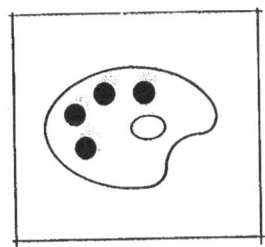 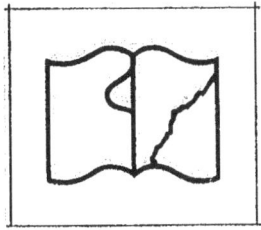

LA

SOIF DE L'OR

⋘◉⋙

LA

SOIF DE L'OR

GRAND IN-8° CARRÉ

— Voici le tombeau du chef Apache (page 228)

LA

Soif de l'Or

PAR

Ch. de la PAQUERIE

—

Trente-quatre Gravures

—

LIMOGES
EUGÈNE ARDANT & Cⁱᵉ
ÉDITEURS

Une voiture vint s'arrêter à la porte des le Guellec (page 9)

LA SOIF DE L'OR

PREMIÈRE PARTIE
Le Crime

I. — LE NOTAIRE LE GUELLEC

La pluie tombait à flots pressés, crépitant sur les pavés iné-
gaux de la grande place du bourg de Pleyben. C'était une de
ces grises et tristes journées de novembre, où le vent du sud-
ouest, soufflant avec violence sur les côtes de Bretagne, amène
de terribles bourrasques.

Il était à peine quatre heures et demie ; mais déjà le jour
disparaissait devant la nuit rendue plus obscure par le déluge,
qui se déversait sur cette partie de la Cornouaille bretonne.

Dans une chambre éclairée par une petite lampe, près d'une cheminée où brûlait lentement un amas de souches de chêne, une femme déjà âgée tricotait avec ardeur, enfoncée dans un fauteuil de velours d'Utrecht.

Madame le Guellec, la femme du notaire le Guellec, était une petite personne d'une cinquantaine d'années, très brune, qui avait été jolie autrefois, mais dont le visage un peu pâle portait la trace des ans et de bien des souffrances intimes. Elle regardait souvent à la pendule empire, dont le vaste globe assourdissait le tic-tac du balancier, qui représentait une aigle éployée. Elle semblait attendre quelqu'un, et l'inquiétude se lisait sur ses traits. Près d'elle, un jeune garçon de quinze ans, regardait un gros livre illustré, et plongé dans la lecture, ne paraissait pas se douter de l'anxiété de sa mère.

La pendule sonna cinq heures, puis la demie, puis six heures. Madame le Guellec plus anxieuse, s'approcha de la fenêtre pour regarder sur la place.

L'obscurité était complète : c'est à peine si elle put distinguer de rares lumières scintillant en face, à travers les hachures de la pluie.

Elle retourna à son ouvrage; mais son agitation et le tremblement de ses mains ne laissaient point de doute sur son malaise qui grandissait avec l'attente.

— Hervé, il est six heures passées et ton père ne revient pas de Châteaulin. Quel temps! comme il doit être trempé!

Hervé leva les yeux, considéra un moment le visage altéré de sa mère et répondit :

— Oui, il est bien six heures, maman, mais tu sais que papa n'arrive pas toujours à l'heure. Si tu le veux, je vais aller voir à l'entrée de la route?

— Non, mon fils, reste près de moi; il fait trop mauvais temps. Entends ce vent et cette pluie. Non, je ne le veux pas.

— Mais, maman, un peu de pluie et de vent ne m'effrayent pas. Je vais...

— Non, non, te dis-je. Tu pourrais attraper du mal.

Le jeune garçon reprit sa lecture, qui lui rendit moins pénible son obéissance.

Une demi-heure se passa encore sans qu'aucun roulement de voiture vint annoncer le retour du notaire.

Au contraire, avec la nuit, la tempête grandissait, les vieux panonceaux dédorés grinçaient au-dessus de la porte d'entrée, comme s'ils eussent voulu échapper à l'étreinte de leurs attaches rouillées. La charpente de la vieille maison craquait et gémissait. Des ardoises arrachées par le vent tombaient sur les pavés, et des gouttières trop pleines ruisselaient de véritables cascades.

— Quelle nuit, mon Dieu ! Et Jean-Louis qui ne revient pas ! murmura sa femme.

Enfin, vers sept heures, un roulement de voiture retentit sur la place et vint s'arrêter à la porte des le Guellec.

— Voilà ton père, Hervé ! s'écria madame le Guellec en allumant une bougie.

Et elle sortit rapidement de la chambre.

D'une voiture découverte attelée d'une vieille jument grise, descendit prestement un homme de petite taille, un peu gros, à la figure joviale et franche, qui à la vue de madame le Guellec, plantée sur le seuil de la maison, sa bougie à la main, s'écria :

— Quoi Sophie, tu es là ? Pourquoi rester dans ce courant d'air. Allons ! rentre, ma chère.

Et il poussa doucement sa femme dans le vestibule.

— Mais tu vas te mouiller, malheureuse, tu ne vois pas que je suis transformé en rivière.

Effectivement, de son gros surtout de peau de chèvre, découlait un ruisseau qui menaçait d'inonder tout le vestibule ; ce qui n'empêcha pas le notaire d'embrasser fort tendrement son fils et sa femme.

Hervé l'aida à se dépouiller de son surtout et prit aussi une lourde sacoche qui pendait à l'épaule de son père.

— Va la porter dans ma chambre, lui dit ce dernier.

Et pendant que son fils montait, tenant des deux mains le sac de cuir, il dit à mi-voix à sa femme :

— C'est l'argent de la vente du domaine de Bot-Cador.

— Je l'ai deviné, répondit-elle, et c'est justement ce qui m'effrayait. Pourquoi revenir si tard avec une telle somme?

— Tu es folle, ma pauvre Sophie avec tes terreurs. Qu'ai-je à craindre? je n'ai pas rencontré une âme sur la route. Mais j'ai hâte de changer de chaussures, car depuis une grande heure, je prends un bain de pied assez froid, je t'assure...

— Marie-Jeanne, cria-t-il, en s'adressant à l'unique bonne, tâchez que le souper soit prêt dans cinq minutes, j'ai grand faim.

Une grosse femme couperosée, portant la coiffe de Châteaulin, entrebâilla la porte de la cuisine.

— Il y a longtemps que le souper est prêt, Monsieur, je crois même qu'il est trop prêt. Mon rôti se dessèche.

— C'est bon, c'est bon, on verra.

Et le notaire monta dans sa chambre.

Un quart d'heure après, les époux le Guellec et leur fils s'attablaient dans une petite salle basse et le notaire savourait en homme affamé le dîner de la Marie-Jeanne, auquel il décerna force compliments.

Sa femme mangeait peu, mais ses yeux brillants et la faible teinte rosée répandue sur ses joues témoignaient assez du contentement procuré par le retour de son mari. Quant à Hervé, habitué à la vie remuante de son père, qui une fois ou deux par semaine s'absentait pour affaires, il mangeait avec l'appétit de son âge, tout en racontant au notaire les événements de la journée. Il avait été prendre sa leçon de latin chez le curé. Ce dernier était content de lui, et en récompense de son travail, lui avait prêté un livre merveilleux : *Le dernier des Mohicans!*

Hervé était un bon enfant, très doux, très docile, un peu délicat comme sa mère, mais très intelligent. Assez grand pour son âge, il avait une jolie figure bien ouverte, bien franche, illuminée de grands yeux noirs; et malgré son air un peu timide dû à ce qu'il était toujours resté chez ses parents, il ne manquait ni de courage ni de fermeté.

Le Guellec père était le type accompli du notaire de campagne breton, devenu presque un bourgeois. A la fois habile et probe, habitué à toutes les ruses des habitants des villes, il ne se déconcertait pas devant les finasseries et l'entêtement des villageois.

On pouvait dire de lui qu'il était le fils de ses œuvres : unique enfant d'une pauvre veuve du bourg de Braspart, à quinze ans, il s'était placé comme petit clerc chez son prédécesseur M' Laurent ; et après vingt ans, à force de travail et de persévérance, il était enfin arrivé à l'emploi de premier clerc.

Tandis que ses collègues des deux études de Pleyben, une fois leur journée finie, passaient leurs soirées dans la principale auberge du bourg, à jouer, à fumer et à commenter le journal, lui, enfermé dans une misérable chambre, s'efforçait d'inculquer à sa rude intelligence de campagnard, la science abstraite du Droit. Il détournait de son misérable budget en s'infligeant de terribles privations, les sommes nécessaires à l'achat de livres et aux frais d'inscriptions à la Faculté de Droit de Rennes ; il subit grâce à un travail acharné des examens brillants. Toute son ambition se concentra dans cette unique pensée : succéder à son patron M. Laurent.

Un jour, ce dernier lui avait dit :

— Jean-Louis le Guellec, tu es un très bon sujet, plus savant en Droit que mes meilleurs collègues de la chambre des notaires de Châteaulin. Tu débrouilles les affaires les plus compliquées ; je te verrais avec plaisir me succéder.

A ces mots, Jean-Louis avait rougi et pâli tour à tour, et était resté muet.

— M. Laurent, vous êtes bien bon ; mais vraiment ne vous moquez pas de moi ainsi.

— Je ne me moque nullement de toi, garçon, dit le vieux notaire d'une voix rude ; seulement je pose un problème à ta perspicacité.

— Comment voulez-vous me voir vous succéder. Je n'ai au-

cune fortune. Ce que j'ai gagné, je vous le dois et je n'ai rien
à attendre de personne.

— Mais, Jean-Louis, un bon mariage.

— Et qui voudrait de moi?

— Cela peut se trouver.

Et le vieux tabellion cligna de l'œil d'un air narquois.

— Ah! M. Laurent! M. Laurent! je vous en prie, ne vous
riez pas ainsi de votre pauvre clerc. Votre étude produit six
mille francs par an et en vaut au moins trente mille. Où trou-
verais-je ces trente mille?

— Imbécile, je connais une jeune personne à laquelle tu ne
déplais point et...

Le Guellec, très ému, cacha sa figure entre ses mains.

— Que dites-vous?...

— Ah! mon garçon, tu as encore beaucoup à apprendre, si tu
te figures qu'un vieux roué de notaire comme moi, ne lit pas
aussi bien dans les cœurs que dans les vieux grimoires. Ainsi
ma fille Sophie.....

— Oh! Monsieur! monsieur! excusez-moi.

— Eh! qu'est-ce? ne te plairait-elle plus?

L'émotion empêchait le Guellec de répondre.

— C'est drôle, ajouta Mᵉ Laurent, il faut donc que ce soit moi
qui vienne t'offrir ma fille! Va! mon garçon, tu aimes Sophie
et Sophie t'aime; tu l'épouseras. Il ne me déplaît pas d'avoir
un gendre travailleur. Je lui donnerai 35,000 francs de dot;
avec cela pour régulariser les choses, tu m'achèteras mon
étude et vogue la galère! J'aurai comme intérêts beaucoup de
petits enfants.

Ainsi fut établi le Guellec. Mais son beau-père ne put guère
jouir de son bonheur. Un peu avant la naissance du premier de
ses petits enfants, il mourut subitement d'une attaque.

Le ménage le Guellec fut très uni et aurait été très heureux,
si ses nombreux enfants eussent vécu. Malheureusement le
notaire et sa femme en perdirent cinq successivement de diverses maladies et il ne leur resta qu'Hervé.

Malgré leur parfaite entente et leur amour mutuel, madame

le Guellec avait vieilli prématurément, sourdement minée par un chagrin rendu plus lourd à chaque mort d'enfant. M. le Guellec était certes le meilleur père que l'on pût voir, mais absorbé par son étude dont l'importance grandissait chaque année, il n'eut plus bientôt qu'une seule pensée : laisser à Hervé une belle fortune et le travail auquel il s'astreignit dans ce but vint le distraire de son chagrin.

Le dîner fini, le notaire, sa femme et son fils, montèrent dans la chambre où nous avons vu madame le Guellec attendre si anxieusement son mari. Hervé après avoir lu une heure environ son Cooper si intéressant, dit bonsoir à ses parents et alla se coucher dans une petite chambre attenante. Alors les deux époux rapprochèrent leurs fauteuils et purent causer d'affaires sérieuses.

— Tu as donc fini cette affaire du domaine de Bot-Cador?

— Oui, je viens d'en faire la vente aujourd'hui, j'ai cru que je n'en sortirais jamais. Ce comte de Mérigné est le plus fin matois que j'eusse encore vu. Il ne m'a rejoint que vers quatre heures avec son homme d'affaires à Châteaulin. Bien que nous fussions convenus du prix, avant de signer l'acte, il m'a entretenu d'une foule de détails absolument inutiles. Enfin n'ayant plus une goutte de salive dans la bouche, je l'ai prié poliment de signer : il a paru très mécontent et enfin s'est décidé. C'est ce pauvre comte de Kergus qui va être content, lui qui est obligé de vendre cette terre pour payer les créanciers de son fils, car M. de Mérigné avait apporté les fonds. Regarde Sophie.

M. le Guellec prit la sacoche et l'ouvrit.

Il en tira successivement une vingtaine de rouleaux d'or et un nombre considérable de billets de banque.

— Oh! Jean-Louis que d'argent! Et si on t'avait attaqué sur la route?

— Ne crains rien, ma chère femme, j'avais mes pistolets et la grise a de bonnes jambes.

— As-tu encore beaucoup de valeurs en caisse?

— Oui pas mal. J'ai reçu dernièrement des fermages en assez grand nombre, j'ai aussi des placements à faire pour la campagne. En tout peut-être cent mille francs avec ces fonds-là. Et il montra la sacoche.

— Tu ne garderas pas cela longtemps, j'espère bien.

— Oh! non! d'ici à trois ou quatre jours, les 80,000 francs de la vente du Bot-Cador seront envoyés au vendeur et les fermages à leurs propriétaires.

— Je ne suis jamais tranquille, mon cher Jean-Louis, quand tu vas en route avec de fortes sommes, ou que tu en détiens dans ta caisse. Songe qu'en ton absence, il n'y a qu'Hervé avec moi et la bonne. Tu n'as pas voulu loger ton journalier Jean; Marie-Jeanne dort comme une souche et je n'ai même pas un chien de garde. Vraiment, Jean-Louis, tu es trop imprudent. Ton étude est si loin de la maison!

— Bah! ma chère femme. La cour à traverser; les portes sont en bon chêne, le coffre est solide.

— Pourquoi ne ferais-tu pas venir un coffre-fort comme ceux de la Trésorerie à Brest?

— Mais Sophie, songes que ces coffres-forts coûtent au moins mille francs chacun, et mille francs représentent le huitième du revenu annuel de mon étude.

— Fais à ta volonté Jean-Louis; mais pour l'amour de moi, arrange-toi de façon à me procurer un gardien ou installe ton étude dans une pièce de la maison.

— C'est bon, j'y penserai. En attendant, je vais me coucher, car j'ai grand sommeil.

Mᵉ le Guellec ne pouvait s'expliquer les craintes de sa femme. Pendant trente ans son beau-père avait trouvé l'emplacement de son étude, reléguée au fond d'une petite cour, suffisamment sûr. Lui-même, à peu près depuis le même nombre d'années, y travaillait sans éprouver de défiance. Jamais, on n'avait entendu dans le pays parler de tentatives de vol chez le notaire et son coffre-fort très primitif composé de plaques de fonte reliées par des boulons, lui paraissait valoir les meilleures caisses Fichet qu'il avait vues à la Banque de Brest.

Aussi, malgré les instances de sa femme, la soirée finie, muni d'une lanterne, il s'empressa d'aller déposer dans son étude les 80,000 francs de la vente du domaine de Bot-Cador.

Il revint après avoir soigneusement examiné les volets des fenêtres de l'étude et fermé à double tour la porte massive en chêne; puis il se coucha avec la satisfaction d'un notaire fatigué, mais très content du gain de sa journée.

Il entendit son patron ouvrir la caisse (page 19)

II. — PIERRE MORNAS

Depuis cinq ans, le premier clerc de M⁰ le Guellec était un nommé Pierre Mornas. C'était le fils d'un éclusier du canal de Nantes à Brest, mort au moment où Pierre atteignait sa quinzième année. Sa mère était du pays, mais le nom de Mornas indiquait suffisamment l'origine méridionale de l'éclusier.

Au moment où commence ce récit Pierre Mornas avait trente ans. C'était un homme d'une taille au-dessus de la moyenne et d'une grande force musculaire. Ses larges épaules, ses biceps énormes auraient mieux fait sous l'uniforme que sous l'habit râpé d'un plumitif.

La figure de Pierre était de celles qui sont difficiles à analyser : le front bas et déprimé disparaissait à moitié sous une chevelure presque crépue et d'un noir-bleu. Le nez droit était un peu recourbé vers le bout ; les lèvres minces découvraient des dents très blanches ; le menton était fort et les pommettes des joues saillantes ; le teint aussi brun que celui d'un Arabe.

Mais les yeux seuls donnaient au visage de Mornas sa véritable physionomie, celle d'un coquin.

De couleur indéterminable, tantôt, ils paraissaient gris, tantôt verdâtres. Très enfoncés sous l'arcade sourcillière, ils regardaient parfois béatement, sans nulle expression, ce qui donnait à la figure quelque chose de stupide; ou bien, les paupières mi-closes, ils laissaient seulement percer un regard étrange qui luisait comme celui des chats aux aguets.

Sa mère s'était trouvée sans ressources à la mort de son mari, et on ne sait ce que seraient devenus la femme Mornas et son fils Pierre, sans la générosité de madame le Guellec qui fit élever le jeune garçon à ses frais et le recommanda chaudement à son mari. Le notaire accueillit bien le protégé de sa femme, quoi qu'il ne lui plut pas absolument; mais Jean-Louis le Guellec n'avait pas oublié sa propre enfance et sa jeunesse si misérables.

La reconnaissance de Pierre Mornas parut suffisante à Mᵉ le Guellec et dès qu'il fut sorti du collège, il lui offrit la place de second clerc dans son étude. A vingt ans, 600 francs de traitement dans un trou comme Pleyben en 1840, où la pension et la chambre au *Soleil d'Or* coûtaient 30 francs par mois, pouvaient être considérés comme des émoluments magnifiques; le Guellec se rappelait le temps où son beau-père l'avait élevé au même emploi, vers 1825, avec 350 francs d'appointements.

Pierre Mornas ne donna jamais aucun sujet de plainte pendant les dix ans qu'il passa à l'étude le Guellec. On ne peut dire qu'il fut accablé de travail, car son patron, à part ses jours d'absence, travaillait souvent jusqu'à minuit et ne laissait à son clerc que le moins difficile de la besogne. Sa probité fut toujours parfaite; mais si Jean-Louis eut été plus observateur, il eut remarqué sans doute les étranges regards qui s'échappaient parfois des yeux mi-clos de son clerc, en regardant le coffre-fort.

Toutes les recettes et les dépôts d'argent étant toujours remis en mains propres au notaire, le clerc ne pouvait guère avoir de tentations immédiates; et cependant ce n'était point

2

les tentations qui manquaient à ce singulier caractère de Pierre Mornas.

Issu d'un Provençal et d'une Bretonne, il semblait avoir hérité des mauvaises qualités des deux races; ou plutôt leurs défauts se complétaient mutuellement. A la brutalité celtique, il réunissait la ruse et la subtilité provençale. Il était à la fois prudent, entêté et assez courageux. Bavard quand il se trouvait avec des gens bavards; simple, devant ceux qui lui paraissaient intelligents et observateurs, il ne laissait jamais échapper une parole inutile.

Parmi les jeunes gens du bourg, il ne comptait guère d'amis. On ne pouvait néanmoins rien trouver à reprendre dans sa conduite, car il était rangé et économe.

Cependant, madame le Guellec depuis quelques années semblait moins s'intéresser à son ancien protégé. Ce grand gaillard avec ses yeux sans expression, sa parole mesurée et sa politesse stricte, lui répugnait profondément. Hervé, suivait les sentiments de sa mère. Quant au notaire, toujours satisfait de son clerc, croyant à son affection et à sa probité, il lui témoignait une assez grande estime et le mettait au courant de toutes les affaires.

Le lendemain matin, vers huit heures, le Guellec était déjà au travail quand son clerc entra.

— Bonjour, monsieur le Guellec. Vous avez fait un bon voyage hier à Châteaulin?

— Oui, assez bon, Mornas; mais je suis revenu trempé... A propos, je vous dirai que le domaine de Bot-Cador est enfin vendu.

— Voilà qui va faire les affaires du comte de Kergus.

— Et même très bien vendu. J'ai obtenu le prix demandé : 80,000 francs.

— Une jolie somme.

— Oui, assez jolie.

Pierre Mornas mit ses manches de lustrine noire et s'attabla à son pupitre, dans une pièce qui était séparée du cabinet du notaire par une cloison épaisse et une porte doublée de cuir.

Tout en griffonnant son papier timbré, il entendit, — car il avait l'ouïe très fine et avait aidé son acuité auditive en perçant dans la cloison un petit trou pas plus gros qu'une aiguille à tricoter, — il entendit son patron ouvrir la caisse, puis le froissement des billets de banque et le tintement de l'or. Cela dura quelques minutes.

— Ah! pensa-t-il, le patron a touché hier les 80,000 de la vente.

Et ses yeux verdâtres lancèrent des éclairs.

En ce moment le petit clerc rentra d'une course, et Mornas abaissa ses lourdes paupières, feignant d'être absorbé par son travail.

C'était jour de foire, M' le Guellec eut de nombreuses visites de fermiers des environs, apportant les uns, leurs fermages, d'autres de l'argent à placer. A cette époque dans les campagnes bretonnes, les notaires étaient à la fois receveurs de rente et banquiers des paysans. La probité et l'habileté en affaires de le Guellec justifiaient cette affluence d'argent chez lui.

Tout en préparant les actes et les quittances, Mornas calculait mentalement la somme encaissée par le patron dans cette journée, il arrivait à un total de 10,000 francs environ.

— Quatre-vingts et dix font quatre-vingt-dix, pensait-il. Avec cela on peut entreprendre bien des choses. Passer d'abord en Amérique, alors on spécule, on s'enrichit, on devient millionnaire.

Millionnaire! Et ce mot lui faisait courir des frissons par tout le corps. Il voyait devant lui des liasses de billets, des monceaux de pièces d'or.

A partir de ce moment, il ne cessa de penser au moyen de s'approprier cette somme contenue dans le coffre-fort.

C'était un garçon sans scrupules, ce Pierre Mornas. Malheureusement il eut beau inventer des combinaisons, il ne trouvait rien de praticable. Il pouvait forcer la caisse, prendre les valeurs et s'enfuir. Mais qui lui affirmait qu'un jour ou deux après, il ne serait pas rattrapé par la gendarmerie? La prison, le bagne n'étaient guère de son goût. Tout ce jour-là, il rongea son frein, entendant toujours le bruit de l'or et le froissement des billets retentir à son oreille.

Depuis deux ans, il méditait une tentative de ce genre; et à tout hasard, pour mieux en venir à ses fins, il était déjà entré dans un commencement d'exécution.

D'abord, il avait soigneusement étudié la topographie de l'étude et des bâtiments y attenant.

L'étude était située, comme nous l'avons dit plus haut, au fond d'une cour étroite, mais assez longue. C'était un petit bâtiment exhaussé d'environ un mètre au-dessus du sol, et la porte principale était desservie par un escalier de pierres de taille descendant dans la cour. Pour pénétrer dans cette cour, il fallait passer par un assez long couloir, traversant le logis des le Guellec et fermé par deux portes solides toujours closes dès sept heures en hiver et neuf heures en été. D'où l'impossibilité de pénétrer dans la cour par ce couloir sans éveiller l'attention des gens de la maison.

En face de l'étude, il y avait la petite écurie de la grise, et un hangar à bois et à décharge. Puis, toujours en suivant la même ligne parallèle, un immense jardin, muré de trois côtés, mais au fond séparé seulement des champs avoisinants par une haie vive. Mornas concentra tous ses soins à l'étude du jardin et de la haie. Bientôt dans une de ses promenades solitaires du dimanche, il découvrit dans cette haie une brèche mal bouchée par un pieu en chêne, auquel on avait cloué deux étrésillons se rattachant, à droite et à gauche avec des fils de fer, aux plants d'aubépines des côtés. Il s'assura que le pieu était à demi pourri et céderait facilement à une vigoureuse poussée. Avec une petite pince, il couperait le fil de fer et le passage serait libre.

Pour pénétrer dans l'étude dont son patron avait naturellement seul les clefs, il trouva un moyen fort ingénieux.

Au moment de la Pentecôte, son patron lui donnait deux jours de congé. Cette année-là, il demanda un supplément de congé prétextant une affaire à Quimper. M° le Guellec les lui accorda généreusement; et Mornas qui avait son plan, au lieu de partir pour Quimper, fila directement sur Brest, emportant soigneusement enveloppé dans de la ouate deux empreintes de cire des serrures de l'étude. Il ne fut pas long à trouver un serrurier habile qui en vingt-quatre heures lui fournit contre argent comptant deux belles clefs.

A la première absence de son patron, il s'empressa d'envoyer le petit clerc faire une commission lointaine et essaya les deux clefs. Elles fonctionnaient à merveille. Profitant toujours de sa solitude momentanée, il examina le coffre-fort sur toutes ses faces et découvrit qu'avec une clef anglaise, il lui était facile de déboulonner cette antique caisse, très lourde il est vrai, mais composée seulement de quatre grandes plaques de fonte surmontées d'une plaque de fer forgée reliée aux autres plaques par huit boulons à écrou, dissimulés sous une enveloppe de bois peint en faux bronze. Un quart d'heure de travail tout au plus suffisait pour ouvrir la caisse et prendre les valeurs.

Restait toujours la question de fuite. Il ne put trouver une solution. Irait-il à Nantes, à Saint-Malo, ou au Hâvre prendre un paquebot pour l'Amérique ou l'Angleterre? Il avait cinquante chances sur cent d'être repris en route.

— Mais qui ne hasarde rien, ne gagne rien, se dit-il.

Ce jour-là, il dut faire d'assez mauvaise besogne à l'étude. En revanche il se promit de tenter le coup, dès le lendemain soir.

Pierre Mornas courait avec son funèbre fardeau (page 77)

III. — L'ASSASSINAT

Le lendemain, avant d'arriver à l'étude, il vit madame le Guellec et son fils monter en voiture, et Jean le jardinier, qui servait aussi de cocher et d'homme de peine, prendre les guides et se diriger vers la route de Châteaulin.

— Ah! pensa-t-il, elle s'en va, la patronne, avec son petit. S'ils ne pouvaient revenir que demain! ce serait autant de témoins évités en cas de malheur dans mon entreprise.

Car Pierre Mornas était résolu à mettre à exécution son projet de vol, le soir même. Il ne pouvait attendre plus longtemps. Le comte de Kergus devant venir dans deux ou trois jours au plus, chercher les fonds de la vente de Bot-Cador.

En s'asseyant à son pupitre, il souhaita comme à l'ordinaire le bonjour à M¹ le Guellec.

— Madame est partie avec votre fils, Monsieur?

— Oui, Mornas; ils vont à Châteaulin passer quelques jours près d'une tante de ma femme.

Et sans plus s'informer, Pierre Mornas se mit à son travail.

A quatre heures du soir selon son habitude, il se leva, détacha ses manches de lustrine et quitta l'étude. Il dîna au *Soleil d'Or* et causa avec les habitués comme à l'ordinaire.

C'était un individu doué d'une merveilleuse puissance de volonté que ce Pierre Mornas.

Il ne logeait plus au *Soleil d'Or* depuis deux ans et habitait une petite chambre située au rez-de-chaussée d'une des maisons à l'entrée du bourg; l'autre partie du rez-de-chaussée était occupée par la salle du cabaret dont les exploitants, un vieux ménage sans enfant, couchaient au-dessus de la chambre de Mornas.

Jusqu'à une heure du matin, il resta tranquille près de son feu et quand il entendit l'heure sonner au clocher de Pleyben, il se leva sans bruit, ôta ses chaussures, monta à pas de loup jusqu'à la porte de ses propriétaires et écouta. Le vieux cabaretier et sa femme dormaient dans leur lit clos. Rassuré par ce sommeil, Mornas redescendit sans bruit et avec d'infinies précautions, ouvrit sa fenêtre : la nuit était froide, mais claire, quoique sans lune; les étoiles scintillaient, il gelait presque. Une petite brise de nord-est secouait les buissons d'ajonc sur les fossés de la route.

— Tant mieux, se dit-il, le sol est sec, il sera impossible de vérifier mes traces.

Il chaussa une vieille paire de souliers sans clous, fourra dans sa poche des allumettes, un bout de bougie, une pince à couper le fil de fer; il mit dans un petit sac une grosse clef à serrer les écrous, et n'oublia pas ses fausses clefs.

Pour ne point faire grincer la vieille porte de la maison et éveiller ses voisins, il enjamba la fenêtre et referma les volets qu'il assujettit avec une petite clavette de bois passée entre eux et la pierre.

Ces opérations préliminaires terminées, il regarda quelques minutes à droite et à gauche pour s'assurer que personne ne passait sur la place et qu'aucune lumière ne brillait aux fenêtres.

Le bourg de Pleyben était plongé dans le plus grand calme. Au loin les hautes cimes de l'Arbès disparaissaient dans le bleu sombre du ciel.

Sûr de n'être observé par personne, il prit sa course par derrière le village et arriva un quart d'heure après devant la brèche faite à la haie du jardin le Guellec, qui était en contre-haut de la maison du notaire. Il ne distingua aucune lumière aux fenêtres donnant sur la cour. Alors, résolument, il coupa les attaches de fil de fer et tira doucement à lui le pieu. La brèche ouverte, il passa dans le jardin et descendit dans la cour.

Les volets de l'étude étaient fermés, aucune lueur ne filtrait par leurs fentes. Quoique l'étude fût vide, ce ne fut pas sans un grand battement de cœur qu'il introduisit la première clef dans la grande porte. Il manqua deux ou trois fois l'entrée de la serrure. Cependant, il y parvint, la serrure grinça un peu et la porte s'ouvrit.

Il la referma, après avoir retiré la clef et alluma sa bougie. La seconde porte, celle du cabinet du notaire, ne fut pas difficile à ouvrir.

— Allons ! à l'ouvrage, dit-il à mi-voix.

Une légère odeur de tabac répandue dans la pièce, des restes de feu mourant dans la cheminée attirèrent son attention.

— Diable ! le patron devait être ici, il y a une heure à peine ; j'en jurerais. Pourvu que la caisse ne soit pas vide.

D'un tour de main, il débarrassa le dessus du coffre-fort encombré de gros livres, ôta le premier couvercle de bois et commença à dévisser les écrous.

Mais ce n'était point chose facile, car ils étaient tous rouillés. Il s'arrêta un moment, regarda au cartel suspendu à la muraille, près du bureau.

— Heu ! une heure et demie déjà ! et ces maudits boulons qui ne viennent pas.

Enfin, les quatre premiers cédèrent. Il en restait encore quatre autres, quand soudain, il entendit un bruit de pas dans la cour produit par des sabots.

— Oh! qu'est-ce?

Et blême, les cheveux hérissés, il resta immobile comme pétrifié à côté du coffre-fort.

Une exclamation retentit à la porte. C'était M' le Guellec étonné de sentir sa clef tourner à vide dans la serrure.

Libre ce soir-là, il en avait profité pour travailler fort tard dans son étude, et au moment de se coucher, il s'était rappelé la disparition d'une pièce importante qu'il avait cherchée vainement dans la journée et que maintenant il se souvenait avoir mise dans un autre dossier.

— Mon Dieu! mais elle est ouverte cette porte là, s'é-cria-t-il.

Et le notaire ne fit qu'un bond jusqu'à son cabinet.

Sur le seuil, il s'arrêta et demeura stupéfait en reconnaissant son clerc.

— Misérable vous crochetez ma serrure!

Mornas ne répondit pas. Il comprit que s'il ne faisait pas taire son patron, il était perdu. Le Guellec allait crier *au voleur;* des voisins entendraient, et il vit passer devant ses yeux la cour d'assises et le bagne.

Il était acculé. Ces pensées traversèrent son cerveau, comme un éclair. Il fallait *supprimer* ce témoin!

Avant que le Guellec eût fait un mouvement pour s'enfuir ou se mettre en état de défense, il se précipita sur lui brandissant sa clef anglaise.

— Lâche! voleur! assas..... cria le notaire. Mais, il n'eut pas le temps d'achever, la clef s'abattit avec un bruit sourd sur son crâne, et il tomba étourdi sur le parquet.

Mornas allait redoubler ses coups. Mais il eut peur de répandre du sang et de laisser des traces accusatrices. Ne valait-il pas mieux l'étrangler; il s'agenouilla...

Le Guellec était évanoui. Une large coupure entaillait son front. Déjà un filet de sang commençait à couler le long du nez.

Alors, de ses mains redoutables, Pierre Mornas serra le cou de sa victime; un léger soubresaut, un râle étouffé, répondit à sa pression; Mornas redoubla ses efforts et quelques minutes après la figure violacée, le corps inerte du patron lui révélèrent qu'il était mort.

Quand le clerc se releva, il courut à la porte; rien ne bougeait dans la maison.

Il fallut que son âme fût solidement trempée pour le crime, car le Guellec à peine mort, Mornas le fouilla pour trouver les clefs de la caisse.

Il ne les trouva pas, le notaire les avait laissées dans sa chambre. Alors, abandonnant le cadavre, il s'empressa avec une hâte fébrile de dévisser les quatre autres boulons.

Enfin, la caisse fut ouverte!

Sans s'arrêter à les compter, il jeta dans son sac les rouleaux d'or et les paquets de billets de banque; puis le sac lié, il s'arrêta.

Qu'allait-il faire du cadavre?

Le laisser étendu dans l'étude, c'était donner des indices à la justice. Ne valait-il pas mieux le faire disparaître, faire croire que le Guellec, affolé par la possession d'une grosse somme d'argent, s'était enfui avec les fonds de ses clients?

— Oui! oui! cela vaut mieux, se dit-il.

Il regarda le cartel, il était deux heures. Vite, il reboulonna le dessus de la caisse, rangea les livres, releva une chaise tombée pendant la lutte, et tout remis en ordre, il s'approcha du cadavre.

— Allons! emportons-le. Je vais le jeter dans l'Aulne!

Le notaire était lourd, mais la hâte de s'en débarrasser doublait les forces de son assassin. Il ouvrit les deux portes et chargea sa victime sur ses épaules; après avoir attaché à sa ceinture le sac plein de valeurs qui lui parut assez pesant. Il monta péniblement avec son funèbre fardeau les marches qui conduisaient au jardin.

Il n'avait pas oublié sa clef à boulons, ni les fausses clefs fabriquées à Brest. Il résolut de s'en débarrasser aussi, après avoir fait disparaître le cadavre.

Il repassa la brèche de la haie et prenant un petit chemin de traverse, en quelques minutes, il se trouva assez loin du bourg.

Ce chemin dévalait en pente assez rapide, et devenait de plus en plus creux à mesure qu'il descendait vers la vallée de l'Aulne. L'obscurité était presque complète et Pierre Mornas qui courait avec son funèbre fardeau, glissa sur les pierres roulantes et faillit tomber. Une ou deux fois, la tête du notaire heurta les parois du sentier taillé en plein schiste et ce bruit mou de la chair sur la pierre fit tressaillir le cœur de l'assassin.

Des oiseaux réveillés par le passage de Mornas s'envolaient effarés, et les feuilles desséchées des chênes bruissaient tristement au souffle du vent d'est.

Un moment, Mornas crut entendre des pas derrière lui; il s'arrêta, mais n'entendit plus rien.

Son fardeau s'alourdissait. Les mains ballantes de le Guellec venaient battre les jambes de Pierre. Il avait grande hâte de se débarrasser du corps. Il s'était persuadé au premier moment que l'Aulne serait une tombe impénétrable. Mais une réflexion fit changer ses plans : le cadavre emporté par le courant irait buter certainement contre une porte d'écluse, et peu de jours après serait découvert. Il pensa qu'il vaudrait mieux aller l'enfouir dans un lieu désert, dans une ancienne carrière d'ardoises abandonnée, où existait une vaste excavation entièrement cachée par des touffes de saules. Un glissement des couches de schiste, à la suite d'un hiver très pluvieux, avait sans doute produit ce puits naturel qui n'était pas vertical, mais s'enfonçait de biais selon la coupe du terrain ardoisier.

Un miracle seul ferait découvrir le corps, car jamais ni gardeurs de moutons, ni cultivateurs ne passaient dans cette carrière.

Il tourna donc à gauche et descendit avec précaution un sentier escarpé. Il lui devenait de plus en plus difficile de conserver son équilibre avec une pente aussi prononcée. Et puis ce mort pesait étrangement! Jamais, il n'aurait cru un corps humain aussi lourd. Il était en nage, il s'arrêta.

En ce moment, il dominait la carrière : c'était une espèce de cirque ouvert d'un seul côté, aux parois de schiste sombre, taillées presque verticalement. En face, les débris d'ardoises en monceaux s'étaient accumulés formant une vraie colline.

Le sentier était cette fois tellement à pic et assombri, malgré le lever de la lune, par l'ombre qu'y projetaient des bouquets d'arbres nains poussés dans les décombres, qu'il était impossible d'en suivre les méandres capricieux. Pour la première fois de la soirée, Mornas eut peur. Qu'allait-il devenir avec ce cadavre qu'il fallait à tout prix dissimuler dans l'excavation ?

Il doit être près de trois heures, pensa-t-il ; dans deux heures le jour se lèvera. Il faut aussi trouver une cachette pour mon or. Ma fuite immédiate me désignerait comme le coupable. Si je reste, on perquisitionnera chez moi. Je le demanderai même pour plus de sûreté, et dès cinq heures mes propriétaires se lèvent ; je dois être rentré avant.

Une terrible anxiété le saisit. A plus de vingt mètres au-dessous de lui, la carrière ouvrait son trou béant.

— Au diable le Guellec ! fit-il.

Et d'un mouvement brusque, il précipita le corps du notaire dans le vide.

Le cadavre dégringola la pente rapide, entraînant dans sa chute des pierrailles, puis un bruit étouffé semblable à un paquet de linge qui tombe de haut, annonça l'arrivée au fond de la carrière.

Mornas descendit à reculons en s'aidant des pieds et des mains. Sur le sol il vit une masse noire étendue. C'était le corps du malheureux le Guellec.

Il sera légèrement défiguré pensa le clerc. Tant mieux. On ne le reconnaîtra pas.

A vingt mètres de là s'ouvrait le puits naturel qui pouvait être profond de trente à quarante pieds.

Il porta le corps jusqu'au bord et le laissa glisser par l'étroite fente la tête la première.

En ce moment, la lune brilla au-dessus de lui et il crut voir les yeux dilatés du mort le regarder d'un air sardonique.

Il recula, effaré, mais après réflexion :

— Bah! que c'est bête d'être poltron! le principal de la besogne est fait.

Et il remonta le sentier; sans détourner la tête, il partit au pas de course dans une direction opposée.

Maintenant, il fallait mettre l'argent en sûreté. C'était moins difficile. Pour cela il avait pris ses mesures d'avance et fait choix d'une maison en ruines dont il ne restait que les quatre murs. C'était autrefois la demeure d'un tisserand; mais incendiée vingt ans auparavant, l'habitation n'avait pas été relevée. Près du foyer, une grosse pierre pouvait être retirée facilement. Pierre Mornas enfouit son trésor dans cette cavité remit la pierre et repartit vers Pleyben.

Il entendit sonner quatre heures au clocher. Deux ou trois voitures de charbonniers venant de l'Arhès, les lanternes allumées, traversaient lentement la place; Pierre craignant d'être vu, se jeta dans une ruelle et attendit que les charbonniers eussent disparu.

Avant de rentrer dans son logis, il examina les maisons. Une seule lumière brillait. C'était aux fenêtres d'un boulanger, de l'autre côté de la place. Il ouvrit ses volets avec précautions, enjamba la fenêtre, et la referma tout doucement.

— Ouf! me voilà revenu sain et sauf. Que je suis donc sot de me laisser aller ainsi à de vaines terreurs! Le Guellec est mort et bien enterré, et les morts ne parlent point. Je vais me coucher, car je suis brisé de fatigue et une fois au lit, je combinerai mes plans pour la journée qui commence.

Le misérable se déshabilla rapidement et à peine étendu sur sa couche, il s'endormit d'un sommeil de plomb. Il se réveilla seulement vers les sept heures et demie au bruit produit dans le débit voisin par des journaliers qui mangeaient avant d'aller au travail. Il avait dormi sans rêve, sans même entrevoir dans son sommeil l'image de sa victime!

Les lueurs gaies du soleil filtraient par l'ouverture en forme de trèfle de ses volets et achevèrent de l'éveiller. Il commença à s'habiller et, au grand jour, il s'examina dans le miroir terni qui lui tenait lieu de glace.

Un peu pâle, pensa-t-il ; mais en somme, je n'ai point la mine d'un clerc de basoche qui vient de se débarrasser de son patron. Soigneusement il passa la revue des vêtements qu'il portait au moment de son crime ; c'étaient de vieux effets à peu près hors d'usage mis pour la circonstance.

Tout à coup un cri de terreur faillit lui échapper et il devint livide ; sur le pantalon gris clair, deux ou trois taches brunes, grandes comme des pièces d'un franc, se distinguaient parfaitement. C'était le sang de le Guellec !

Il se rappela le coup terrible qu'il lui avait porté avec sa clef à boulons. Le front du malheureux notaire s'était fendu, le sang avait coulé et après l'avoir porté près d'une demi-heure sur son dos, il n'était pas étonnant qu'il en fût tombé des gouttes sur ses vêtements.

— Il n'y a pas à hésiter, se dit Pierre Mornas, brûlons-le.

Des braises se consumaient sous les cendres du foyer. Il jeta dessus une brassée d'ajonc sec qui pétilla, déchira le pantalon ensanglanté et le brûla morceau par morceau. Ses chaussures éraillées par les rochers et les épines lui causèrent quelque inquiétude. Il n'osa les jeter au feu à cause de l'odeur du cuir brûlé, mais il les plaça au fond d'un placard humide après les avoir mouillées.

— Dans deux jours ces souliers seront couverts de moisissure ; et bien fin qui pourra assurer quel jour, je m'en suis servi la dernière fois.

Sa toilette finie, il sortit de sa chambre. Déjà sa propriétaire l'appelait.

— Hé ! monsieur Mornas, votre soupe au lait est prête.

— Voilà ! voilà ! madame le Guen.

Et il alla prendre à la cuisine du débit sa soupière contenant son repas du matin.

Certes, il était un peu ému en la mangeant, mais il sut se contenir, et traîna son repas en longueur, parla de choses indifférentes avec les époux le Guen ; et vers les huit heures et demie, il partit pour l'étude.

Qu'allait-il y voir dans cette étude? Peut-être du sang! A cette pensée il frissonna.

Il traversait lentement la place, quand il vit accourir Marie-Jeanne, la cuisinière, sa coiffe de travers et l'air égaré.

Allons! pensa Mornas, voilà le premier clerc. Tenons bon.

— Mon Dieu Seigneur! monsieur Pierre, savez-vous où est Monsieur? s'écria la servante d'une voix anxieuse.

— Quoi? qu'est-il arrivé à monsieur le Guellec? répondit Pierre d'un ton naturel.

— Je ne sais pas; ce matin en descendant je suis passé devant la porte de sa chambre. Elle était ouverte. Peut-être Monsieur, me suis-je dit, est-il déjà descendu. J'ai allumé le feu, préparé le déjeuner et quand le café a été chaud, je l'ai appelé croyant qu'il était remonté. N'entendant aucune réponse, j'ai parcouru la maison du haut en bas, le cherchant partout. J'ai couru à l'étude dont les volets étaient fermés et la porte ouverte.

A ces derniers mots, Mornas faillit laisser paraître son émotion. Il avait donc oublié de fermer la porte de l'étude! Mais il se raidit et répondit :

— C'est bien singulier, Marie-Jeanne, jamais monsieur le Guellec n'a l'habitude de laisser la porte de son étude ouverte, surtout la nuit.

— Ah! mon Dieu! Pourvu que des voleurs ne se soient pas introduits. J'ai entendu dire que Monsieur avait beaucoup d'argent en caisse en ce moment. Où est-il Seigneur?

— Tranquillisez-vous, Marie-Jeanne. Monsieur le Guellec est sans doute parti faire une commission dans le bourg. Vous allez le voir arriver.

Et pour changer un peu la conversation, car il voyait la cuisinière le regarder fixement, il ajouta :

— Allons, je vais voir cela. Brrr... le froid pique ce matin; il ne fait pas bon rester sur cette place.

Et il arriva à la maison du notaire.

Jean, l'homme à tout faire, était sur le pas de la porte, pérorant déjà avec deux ou trois voisines. En un instant la nouvelle courut le bourg que l'on venait de trouver ouverte l'étude le Guellec.

Pierre entra délibérément et pénétra dans la cour. Jean le suivit. Mornas au pied du petit escalier l'interrogea :

— Mais où est donc Monsieur ?

— Nous ne savons pas. Rien n'a été dérangé dans la maison. Marie-Jeanne prétend l'avoir entendu se coucher vers minuit cette nuit, et elle n'a rien entendu depuis.

Après quelques moments de silence, Mornas reprit :

— Venez avec moi, Jean. Peut-être monsieur le Guellec m'a-t-il laissé quelque instruction sur mon bureau. Il est parti de bonne heure ce matin sans doute.

— Mais non, monsieur Pierre, puisque Marie-Jeanne a trouvé la porte de la rue fermée, la clef dans la serrure et que moi qui vient de faire le tour du jardin, j'ai remarqué aussi que la brèche dans la haie avait été rouverte. Il y a deux ans, je l'avais réparée avec un pieu et du gros fil de fer. Les fils de fer ont même été coupés avec une pince.

— Diable ! s'écria Mornas en forçant la voix, voilà qui est singulier.

Il appréhendait malgré lui de rentrer dans le cabinet de son patron. S'il allait y trouver des taches de sang !

Pour éloigner le domestique, il le pria d'aller lui chercher des allumettes à la cuisine pour allumer le feu de l'étude des clercs. Jean s'éloigna et Pierre profita de sa courte absence pour ouvrir les volets du cabinet de Mᵉ le Guellec et examiner minutieusement le plancher.

Entendant les pas de Jean qui revenait avec les allumettes demandées, il se releva vivement. Sa figure avait repris son assurance habituelle.

Les deux hommes regardèrent attentivement l'étude.

— Je ne vois rien de dérangé, dit le clerc au domestique. Monsieur est sans doute parti de bonne heure ce matin et après avoir été dans l'étude, il aura oublié de la refermer. Cela peut arriver.

Le domestique Jean, lourd paysan peu intelligent, ne trouva

rien à redire. Le petit clerc arriva sur ces entrefaites, s'assit en face de Mornas en lui demandant :

— Est-ce que le patron ne descend pas aujourd'hui?

— Il est un peu en retard, je ne sais pourquoi.

— Est-ce vrai, monsieur Mornas, que Marie-Jeanne a trouvé l'étude ouverte?

— Oui, c'est vrai.

— Quelle drôle d'histoire! Ordinairement M° le Guellec la ferme tous les soirs après que nous sommes partis.

— Oui, généralement il le fait. Il a sans doute oublié.

— Bien drôle, bien drôle, pensa tout haut le saute-ruisseau.

— Allons! tais-toi et travaille.

Le jeune garçon regarda Pierre à la dérobée, puis il s'absorba dans ses copies. De son côté Mornas feuilleta des actes, parcourut des minutes, dénoua des liasses, bref parut faire son travail habituel.

La vieille clef était restée sur la porte. Quand midi sonna, Mornas et l'autre clerc se retirèrent ensemble après avoir fermé l'étude et donné la clef à la cuisinière.

Cette fois un clan d'oisifs était réuni dans la cuisine et discutait à perte de vue sur la porte ouverte et la brèche du jardin.

Mornas ne s'arrêta pas à ces commérages. Tranquillement, il alla prendre sa place à la table du *Soleil d'Or*. Les habitués de la maison, c'est-à-dire le greffier du juge de paix, le commis des contributions indirectes et le percepteur — trois célibataires — l'accueillirent par une pluie de demandes.

— Il est donc envolé votre notaire? demanda le greffier.

— Le contenu de sa caisse l'aurait-il tenté? fit le percepteur.

— Peuh! une caisse de notaire à Pleyben, cela ne doit pas contenir des millions, observa dédaigneusement le rat de cave.

— Dites cela pour la vôtre, répliqua le greffier qui était du pays et connaissait bien le notaire. Le Guellec a dû toucher ces jours derniers au moins 80,000 francs. N'est-ce pas Mornas?

Ce dernier qui n'avait pas encore eu le temps de placer un mot, releva la tête.

— Oui, vous êtes bien informé ; 80,000 francs de la vente Kergus, et avant-hier 10,000 francs de fermages.

— Alors, alors je m'explique son absence, s'écria le commis de la régie. Et il regarda Mornas.

Ce dernier crut bon de défendre son patron.

— Oh ! soupçonnez-vous mon patron de vol et de fuite ? Savez-vous que c'est le plus honnête notaire de l'arrondissement ?

— Je n'attaque pas la réputation de M⁰ le Guellec, répondit l'employé en rougissant. Ce n'est qu'une simple plaisanterie de ma part.

L'après-midi se passa comme la matinée. Mornas et le clerc travaillèrent ensemble. Seulement le soir, Pierre en personne, demanda au juge de paix de venir fermer l'étude. Il objectait sa responsabilité à cause de la forte somme contenue dans le coffre-fort. Le juge de paix s'acquitta volontiers de cette mission ; mais, comme toute la population du bourg semblait très surprise de cette disparition inexplicable, il promit sur la prière du clerc d'envoyer un exprès à madame le Guellec, pour lui annoncer l'événement.

Le lendemain matin, naturellement le Guellec n'était pas de retour. Alors le juge de paix prit sur lui de mettre les scellés sur l'étude et partit en personne pour Châteaulin prévenir le procureur de la République de cet événement étrange.

Madame le Guellec arriva le jour même avec Hervé. Dans une inquiétude mortelle, elle supplia tout le monde de lui donner des nouvelles de son mari ; elle demanda au juge de paix de visiter l'étude ; mais ce dernier refusa à cause des scellés.

Dans la soirée, le temps resté beau depuis deux jours se mit à la pluie. La nuit suivante il y eut une tempête affreuse avec des torrents d'eau.

Ce soir-là, dans sa chambre, le clerc assassin en entendant la pluie tomber avec fracas, se frottait les mains de joie.

— Bravo ! disait-il, après une ondée pareille, on ne découvrira aucune trace de mes pas, ni dans le jardin, ni dans la carrière. Le Guellec sera bien immergé, je l'espère. Peut-être les billets de banque seront-ils un peu mouillés. Bah! ils sècheront bien après.

Et le misérable chez qui le remords n'existait pas, passa une soirée fort gaie, quoique solitaire, en lisant un roman et en buvant de nombreux verres de rhum. Il prit aussi la précaution de brûler la paire de souliers qui lui avait servi pendant l'expédition.

Pendant qu'à l'extrémité du bourg le meurtrier se livrait à huit-clos à ce contentement diabolique, escomptant l'avenir, échaffaudant les plus beaux projets de fortune sur le vol du coffre-fort, la pauvre Sophie le Guellec sanglotait dans sa chambre.

— Mon pauvre Jean-Louis, oh! reviens, reviens vite! si tu savais dans quelle mortelle angoisse je me trouve. C'est affreux cette incertitude! oh! le fatal voyage! pourquoi suis-je partie? Il est sans doute à cette heure-ci mort, assassiné par quelque misérable. On l'a attiré dans un piège, on l'a tué, puis on a dû forcer la caisse. Mais qui donc a pu commettre ce crime abominable? Si je venais à connaître l'assassin, je le suivrais jusqu'au bout du monde pour me venger.

A ces crises violentes succédaient des périodes de torpeur et d'abattement.

Blotti dans un coin, Hervé écoutait sa mère, tantôt pleurant à chaudes larmes, tantôt se jetant dans ses bras et essayant de la consoler; malgré son âge, il comprenait toute sa douleur. Ces deux pauvres êtres passèrent ainsi la plus grande partie de la nuit. Enfin, à une heure tardive, madame le Guellec força son fils à prendre quelque repos. Le pauvre enfant ne tarda pas à s'endormir et sa mère resta près de son foyer éteint, veillant et pleurant, tandis que les furieux assauts de la tempête ébranlaient sa maison.

Le jour se leva grisâtre avec cette lueur incertaine des lendemains de grandes tourmentes.

Dans la matinée, le procureur de la République de Châteaulin arriva pour commencer son enquête.

D'abord il fit comparaître devant lui toutes les personnes de la maison le Guellec ; madame Sophie et son fils, Marie-Jeanne la cuisinière et Jean, l'homme à tout faire. Cet interrogatoire sommaire ne lui fournit pas grande lumière. Puis les scellés enlevés par le juge de paix, le magistrat avec ce dernier et un brigadier de gendarmerie, pénétra dans l'étude où il appela Pierre Mornas et le petit clerc.

Dire que Pierre en ce moment ne fut pas en proie à une violente émotion serait altérer la vérité. Mais sa tenue n'eut rien qui marquât la douleur d'avoir perdu son patron, ou tout autre sentiment. Appuyé au chambranle de la porte, il se contenta de suivre les recherches.

Le parquet examiné feuille par feuille ne fournit aucune trace de lutte. Aussi Mornas, se félicita-t-il intérieurement d'avoir chaussé des souliers sans clous ; le pauvre le Guellec ne portait que des pantoufles minces et ses sabots étaient demeurés à la porte de l'étude ; après l'assassinat, Mornas s'était empressé de les faire disparaître avec ses fausses clefs et sa clef à boulons.

C'est singulier, murmura le procureur. Pas de taches de sang ; aucun signe de lutte. Le plancher est net. La caisse ne paraît avoir subi aucune effraction.

— Aurait-il disparu avec son contenu ? demanda-t-il en fixant des yeux perçants sur le juge de paix.

— Oh ! monsieur le procureur, mon ami Jean-Louis le Guellec était depuis vingt ans notaire et personne n'a eu à se plaindre de lui. Tout le monde lui apportait son argent. Il était en quelque sorte le banquier du canton.

— Quelquefois, Monsieur, ce sont au contraire des circonstances propres à donner l'idée de s'approprier le bien d'autrui, mais il faudrait voir cette caisse. Où est la clef ?

— Monsieur le procureur, fit Mornas, très calme, sans aucune altération dans les traits ni dans la voix, mon patron portait toujours sur lui la clef de son coffre-fort.

— Madame le Guellec ne possède-t-elle pas une double clef?

— Non, je ne crois pas.

— Alors, il nous faudra recourir à un serrurier. Avez-vous un serrurier dans le bourg?

— Non, répondit le juge de paix, mais le charron peut le remplacer; et cette vieille caisse ne me paraît pas un chef-d'œuvre.

— Je faisais la même réflexion, repartit le procureur. C'était une grande imprudence de garder de fortes sommes dans un si piètre coffre-fort.

Le charron-serrurier arriva et après avoir examiné la caisse sur toutes les faces, il recula de trois pas et dit aux assistants :

— Messieurs, si vous le permettez, je vais vous l'ouvrir sans clef.

— Pas possible! s'écrièrent le procureur et le juge de paix.

— Pardon, Messieurs, laissez-moi faire.

Et il fit signe au brigadier d'enlever les gros livres du dessus et le couvercle en bois peint.

— Monsieur le procureur, continua l'ouvrier, il y a trois ans, j'ai été appelé par monsieur le Guellec pour réparer sa caisse et je remarquais que le dessus était simplement une plaque de fer forgé tenue avec huit boulons aux quatre parois. Vous voyez les boulons.

Mais il s'arrêta court.

— Monsieur le procureur, approchez-vous; remarquez ces éraflures récentes contre la plaque du couvercle. Vous allez voir, la caisse est sans doute vide.

Tous les assistants, sauf Pierre, se précipitèrent près du coffre-fort; le clerc eut un éblouissement. Nerveusement, il se retint au bureau pour ne pas tomber. Mais cela passa comme un éclair.

— Déboulonnez la plaque, s'écria le procureur.

Calloch, le charron, en un tour de main ôta les boulons.

— Ce n'est pas difficile, on dirait que cette même opération a été faite, il y a quelques jours à peine.

Le dernier écrou tiré. Calloeh souleva la lourde plaque :

— Voyez, Messieurs !

— Mais cette caisse est vide, fit le procureur; il n'y a que des papiers, et vous disiez, monsieur le juge de paix, que le Guellec devait avoir près de 100,000 francs en espèce?

— C'est le bruit qui court.

— Et vous le maître clerc?

Mornas leva les yeux hardiment sur le procureur; toute trace de défaillance avait disparu de ses traits.

— Mon patron, lundi soir a dû y déposer les 80,000 francs de la vente du domaine de Bot-Cador; le mardi, il a touché pour 10,000 francs environ de fermages et de dépôts d'argent, et précédemment il pouvait avoir encore la même somme. On peut évaluer à 100,000 francs la somme renfermée dans le coffre-fort.

— Je vous remercie du renseignement. Mais il y a quelque chose d'incompréhensible : si le Guellec avait pris la fuite avec ces fonds, il ne se serait pas amusé à déboulonner son coffre-fort. D'un autre côté, on ne voit aucune trace de lutte. Avant-hier, vous êtes resté seul à l'étude, monsieur Mornas?

— Pas seul, le petit clerc était avec moi. Nous ne nous sommes pas quittés d'une seconde.

— C'est bien, on vérifiera. Et vous le Calloeh que faisiez-vous dans la nuit de la disparition du notaire.

— Je ne serai pas en peine de vous le raconter. J'ai veillé avec des voisins, un de mes enfants enterré hier.

— Personne n'a entendu cette nuit-là quelque bruit autour de la maison le Guellec?

— Non, monsieur le procureur, répondit le juge de paix.

— Allons voir le jardin et les dépendances.

Comme l'avait supposé Mornas, la pluie affreuse de la veille avait effacé toute trace. La brèche était ouverte. A la rigueur, quelques piétinements se voyaient autour, mais il

était impossible de deviner si c'était la trace d'un ou de plusieurs hommes et de quelle façon ils étaient chaussés.

Le jardin était très vaste. Un moment le juge de paix se
trouva seul avec le procureur.

Ce dernier lui demanda :

— Qu'est-ce que ce grand gaillard-là, qui est le premier
clerc ?

— C'est le fils d'un ancien éclusier, élevé par les soins de ce
pauvre le Guellec.

— S'en plaignait-il quelquefois ?

— Non, jamais à ma connaissance.

— Et sa conduite dans le pays ?

— Très régulière. Ni buveur, ni joueur.

— Vous plaît-il ?

— A vous dire vrai, monsieur le procureur, c'est une singulière figure. Mais tous les gens ne payent pas de mine.

— Eh bien ! sa tête à moi me déplaît singulièrement. Il me
paraît à la fois faux, violent et rapace.

Le juge de paix ne répondit pas et regarda Mornas, qui, à
l'autre bout du jardin, causait tranquillement avec le brigadier
de gendarmerie.

— Il est bien tranquille et ne se doute guère de vos soupçons.
Si vous le désirez, monsieur le procureur, on pourra perquisitionner chez lui.

La tournée du jardin terminée, les assistants revinrent à
l'étude. Le procureur y jeta un dernier regard et ordonna d'y
remettre les scellés.

En ce moment, un vieillard à barbe et à cheveux blancs
arrivait très agité. Il s'arrêta devant le procureur et d'un ton
anxieux, lui adressa cette question :

— Monsieur, je m'appelle le comte de Kergus, j'arrive de
Quimper pour toucher les fonds d'une vente faite lundi dernier
et l'on vient de m'apprendre que monsieur le Guellec a disparu.
Est-ce vrai ?

— J'ai la douleur de vous confirmer cette nouvelle, et de plus
sa caisse est complètement vide.

— Oh ! mon Dieu ! mon Dieu ! quel coup pour moi. Je venais chercher cet argent dont j'ai le besoin le plus pressant, et s'il ne se retrouve pas c'est le déshonneur pour moi et ma famille.

— Hélas ! monsieur de Kergus, je crains que beaucoup de gens ne se trouvent dans le même cas que vous. Sans préjuger de rien, je crois me trouver en présence d'une affaire crimi- nelle des plus obscures. Ou bien M. le Guellec était un mal- honnête homme bien habile et M. le juge de paix de Pleyben m'affirme le contraire ; ou bien il a été assassiné et volé par le plus adroit coquin que l'on puisse imaginer.

Cette conversation eut lieu devant Mornas, qui conservait toujours son masque d'impassibilité.

Après cette première visite à l'étude, le procureur usant de son pouvoir discrétionnaire, demanda à madame le Guellec ses clefs. La pauvre Sophie les lui livra sans mot dire. La veille, elle avait tant pleuré, que maintenant sans voix et sans larmes elle ressemblait à la statue vivante du désespoir. Le jeune Henri errait par la maison, les yeux rougis, les paupières gonflées. Le magistrat eut pitié de ces pauvres créatures mal- traitées par le sort, et perquisitionna seulement pour la forme.

Il interrogea sérieusement la cuisinière et le journalier. Mais il eut grand'peine à conserver sa gravité de magistrat, en en- tendant les hurlements de la pauvre Marie-Jeanne. Cette der- nière s'imaginant qu'on allait la mettre en prison et lui couper la tête, s'était blottie dans sa cuisine et ne voulait point ouvrir. Quant à Jean, il se montra tellement ahuri que le malheureux procureur n'en put tirer quatre paroles de bon sens.

— Monsieur Mornas à votre tour, déclara le magistrat. Il faut que nous allions chez vous.

— Monsieur, je suis à votre disposition.

C'est le moment ou jamais, pensa-t-il, de montrer de la résolution.

Et il guida lui-même le procureur et sa suite vers sa maison.

Les époux le Guen demeurèrent muets d'étonnement, en voyant tout ce monde envahir leur domicile. Ils n'étaient pas en bons termes avec la régie. Ils crurent que ce monsieur grave, à favoris courts, sanglé dans une redingote noire venait fouiller leur débit. Mais le procureur, sans s'inquiéter de leurs mines déconfites, entra le premier dans la chambre du clerc.

Un triste réduit que cette pièce.

Les murs blanchis jadis à la chaux étaient recouverts d'une couche noirâtre *magma* de poussière, de fumée et de crasse combinées. Une vieille commode de mérisier aux tiroirs disjoints, sur le dessus déverni de laquelle était posée une lampe. Quelques romans, deux ou trois bouteilles vides et des verres non rincés.

Au-dessus de la cheminée, une petite pendule en simili-bronze, une glace perdant son tain avec un angle cassé, montrait les ors rougis de son cadre. Deux ou trois chaises dépaillées étaient rangées le long de la fenêtre.

Le lit était à l'avenant : draps d'une propreté douteuse, couverture rapiécée avec un édredon de plumes, dont le contenu s'échappait par les coutures. Une armoire en chêne, aussi poussiéreuse que le reste, complétait le mobilier de cette chambre.

On y respirait un air lourd et nauséabond de fumée de tabac, d'alcool et de poussière. C'était bien la demeure d'un pauvre diable de clerc dans un trou de province, logement auquel on ne tient guère, où l'on couche seulement et qu'on a hâte de quitter le matin, pour y rentrer le plus tard possible le soir.

— Monsieur Mornas, je suis obligé de faire perquisitionner chez vous comme chez les autres.

— Perquisitionnez, monsieur le procureur.

Sur un signe du magistrat le brigadier de gendarmerie et son gendarme tirèrent les tiroirs de la commode : un peu de linge, quelques lettres, des cravates, des vieux journaux. Dans un coin une vieille bourse à coulants d'acier, avec quelques louis.

— C'est mon argent, dit Mornas.

Le procureur ne répondit pas, il observait la fenêtre.

— Vous pouvez l'enjamber facilement, avec la taille que vous avez, dit-il au clerc.

— Oui, cela me serait facile. Je n'en use pas, car à Pleyben les promenades nocturnes offrent peu de distraction.

— Il a réponse à tout, ce drôle, se dit le procureur.

Méthodiquement, le brigadier et le gendarme fouillaient toute la chambre; naturellement, ils ne trouvèrent rien.

— C'est toute votre garde robe? demanda le procureur, en ouvrant l'armoire.

— Hélas! oui, Monsieur. Avec 800 francs d'appointements par an, il me serait difficile de me payer un tailleur de Paris.

— Où sont donc vos chaussures?

— Ah! ah! se dit Pierre Mornas avec un mauvais sourire, quand il se baissa pour ramasser les trois ou quatre paires de chaussures qui traînaient sous l'armoire, comme j'ai bien fait de brûler le pantalon et les souliers qui m'ont servi l'autre soir.

— Allons, je crois que nous ne trouverons aucun indice, pensa avec un soupir le procureur. Si le notaire a été vraiment assassiné, son assassin est un héros du crime.

Et il ajouta tout haut:

— Monsieur Mornas, jusqu'à nouvel ordre tenez-vous à la disposition du parquet de Châteaulin.

— Vous me soupçonnez donc?

Le procureur le regarda fixement pendant quelques secondes:

— Non; mais on aura besoin de vous pour l'instruction de l'affaire.

— Imbécile! se dit Mornas; il a peut-être des soupçons, mais il n'ose me faire arrêter, car il n'y a aucune preuve matérielle.

— Une dernière question, monsieur Mornas, que faisiez-vous dans la nuit de la disparition de M° le Guellec.

— J'étais dans mon lit où je dormais profondément. Demandez à mes propriétaires s'ils m'ont entendu ouvrir soit la porte, soit la fenêtre.

Et pour plus d'évidence, Mornas avec impudence fit grincer l'espagnolette de sa fenêtre et ouvrit ou ferma la porte, qui criait avec un bruit de ferraille.

Le ménage le Guen interrogé, déclara n'avoir rien entendu.

— Nous avons terminé ici, dit à haute voix le procureur.

Monsieur le juge de paix, faites fouiller s'il vous plaît les environs soigneusement.

— Oui! oui! fouille, mon bon, se dit Mornas. Tu ne trouveras rien. Il est trop bien caché pour cela, mon mort et son magot aussi.

Le reste du jour, le juge de paix, son greffier, les deux gendarmes et quelques hommes du bourg, cherchèrent dans un rayon d'un kilomètre.

Pas une meule de paille, pas un tas de foin qui ne fût sondé; on battit les landes, les taillis, les bois; on regarda au fond des puits. A la fin de la journée, les gendarmes étaient les seuls à continuer cette triste et fatigante besogne. Les autres s'étaient lassés. Passant près de la vieille carrière, le brigadier s'arrêta:

— Hé! Merlin, descends donc là. Nous n'avons pas vu de ce côté.

— Brigadier, ce n'est pas commode.

— Mon pauvre Merlin, nous sommes en service commandé.

Le malheureux Pandore soupira, et anxieux pour ses bottes vernies et son pantalon vieux d'une année seulement, il prit le sentier que nous connaissons. Après quelques glissades, il arriva au fond de la carrière. Le brigadier avait allumé une pipe et confiant dans l'expérience de Merlin, s'était assis sur le talus, tenant les deux chevaux par la bride. Le gendarme fouilla les broussailles poussées sur les décombres, s'approcha même du puits naturel sans le voir, car l'ouverture dissimulée par les saules et les ronces, ne pouvait se découvrir qu'avec beaucoup de soin.

— Je ne vois rien, cria-t-il à son supérieur.

— Remonte alors. Nous allons nous payer une bonne goutte au *Soleil d'Or* pour notre peine.

— Brigadier vous avez raison. Ne croyez-vous pas que ce notaire a filé à l'Etranger?

— Peut-être bien, Merlin.

Et ils retournèrent à Pleyben.

Les gendarmes furent obligés de calmer ces furieux (page 44)

IV. — UNE AME COURAGEUSE

Quelques jours se passèrent, et l'enquête le Guellec n'avançait pas. A la foire suivante, ce fut une vraie désolation parmi les gens venus des campagnes. Les paysans qui avaient déposé des fonds chez le notaire, après avoir écouté les racontars des habitants du bourg, et ceux de ces gens toujours prêts à piétiner et à salir l'honneur de leur prochain, crurent que le malheureux le Guellec était parti avec leurs économies. Dans toutes les auberges, on s'interpelait, on injuriait la mémoire du notaire. Quelques-uns poussés par la colère, allèrent réclamer leur argent à la pauvre veuve. Ce fut presque une émeute. Le maire de Pleyben, ami personnel de le Guellec, et les gendarmes furent obligés de calmer ces furieux.

Pendant ce temps, Sophie et le jeune Hervé cachés derrière leurs rideaux, entendaient ces clameurs, voyaient ces poings menaçants, ces bâtons levés. Ils se jetèrent dans les bras l'un de l'autre, en sanglotant. Mais, Hervé dont la raison se mûris-

44

sait prématurément à la vue de toutes ces haines, eût le courage de retenir ses larmes.

— Ne pleure pas, mère chérie, si mon père ne revient pas, je saurai le venger, je te le jure.

Mais sa mère était comme la Rachel de l'Ecriture, elle ne voulait pas être consolée.

Un jour, après une visite au vieux curé de Pleyben, elle revint l'air moins abattu et s'enferma dans sa chambre avec Hervé.

— Mon pauvre enfant, ton père a disparu; tu n'as que quinze ans, je le sais bien, mais tu es trop raisonnable pour ne pas me comprendre. Voici ce que j'ai décidé et j'espère que ta volonté sera la mienne. Si dans un mois, je n'ai aucune nouvelle de lui, nous vendrons cette maison et des terres à moi, n'est-ce pas? Nous désintéresserons les gens qui avaient déposé des sommes à l'étude et nous nous en irons loin d'ici.

— Oh! oui, mère; tu as raison, je ne peux plus souffrir les gens de Pleyben.

— Mon pauvre Hervé, ils ne sont pas plus mauvais que d'autres, mais ils croient que nous les avons volés. Advienne que pourra. Une fois les créances remboursées, l'honneur de de ton père sera sauf et tu n'auras jamais à en rougir.

Madame le Guellec possédait un peu de fortune de son côté, mais après avoir payé les 100,000 francs dérobés par Mornas, il lui resterait peu pour vivre : à peine 2,000 francs de rente; elle comptait choisir un endroit sur la côte du Morbihan, d'où sa famille était originaire; là au moins elle n'entendrait plus parler de ces funestes événements.

Le comte de Kergus fut le moins pressant des créanciers. Le pauvre homme éprouvait une grande confusion devant cette malheureuse femme en deuil. La lettre qu'il lui écrivit quinze jours après la disparition du notaire, était fort respectueuse et il la plaignait sincèrement.

Pierre Mornas, maintenant sans occupation, commença à parler vaguement aux habitués du *Soleil d'Or*, de chercher une place de clerc à Quimper ou à Brest. D'ailleurs le ménage le

Guen, peu soucieux de garder un locataire qui leur amenait des descentes de justice, lui donna congé pour la fin du mois.

Le procureur de la République, le maire et le juge de paix firent encore plusieurs enquêtes pour rechercher les traces du notaire. Les journaux s'emparèrent de ce fait divers; pendant huit jours on ne parla dans le département que de cette étrange disparition. Le procureur de Châteaulin rongeait son frein, voyait sa carrière compromise par cet échec. Tout le monde s'occupa un peu de l'affaire; les uns étaient pour la fuite, les autres pour un assassinat avec vol. Pendant un mois à Pleyben, on se gourma presque à ce sujet. Puis on n'y pensa plus; c'était justement l'époque que s'était fixée Mornas, pour fuir avec les valeurs.

On le rencontrait avec un grand griffon fauve (page 47)

V. — LE SOLITAIRE

A quelques kilomètres de Pleyben, près d'un petit bois, dans une sorte de hutte, faite de blocs de schiste, liés par un mortier d'argile et couverte de genêts, vivait un solitaire. Peu de personnes le connaissaient, car il ne fréquentait guère les villages environnants. Quelquefois à l'automne et à l'hiver, on le rencontrait avec un grand griffon fauve, un fusil de chasse en bandoulière, et une gibecière généralement pleine de gibier. En été et au printemps, il pêchait le long de l'Aulne ou de ses affluents, toujours seul. On le connaissait sous différents noms. Pour les paysans de Lothey et de Lannédern c'était l'*homme seul*; pour les gendarmes et les gardes champêtres l'*homme brun* ou le *braconnier*. Bref, personne, sauf quelques habitants de Pleyben ne savaient au juste quel était son véritable nom.

En réalité, c'était un misanthrope, pour qui la vie avait été très dure et qui s'était retiré loin des autres hommes pour ne point se soumettre à leurs lois et à leurs usages. De son vrai nom, il s'appelait Tugdual de Rosilis; il était le descendant d'une vieille famille des environs de Quimper, et, après une vie d'aventures des plus étonnantes, il s'était retiré dans ce coin perdu de la Cornouaille bretonne.

Un jour, un petit propriétaire de Pleyben, qui possédait un peu de terres à un kilomètre du village de Lothey avait vu entrer chez lui un homme assez pauvrement vêtu, qui a brûle-pourpoint, lui avait demandé de lui céder une bordure de terrain d'un demi *journal* de superficie qui se trouvait près d'un bois. C'était une lande inculte à peu près sans valeur. L'inconnu offrit 500 francs de ce morceau et le marché fut aussitôt passé en l'étude de M° le Guellec. L'acte de vente en poche, l'acquéreur tourna le dos au vendeur et fut droit chez le maréchal ferrant du bourg qui était un peu quincaillier; il lui acheta quelques outils, embaucha un journalier, et le lendemain les fondations de la maisonnette étaient creusées. Les matériaux ne manquaient pas. Tout près de là, il y avait des carrières d'ardoises, et moyennant une faible rétribution, Tugdual obtint la permission d'y puiser à sa convenance. Il loua une charrette avec son conducteur et pendant trois jours se fit amener des pierres et de l'argile. Aidé du journalier, il se mit à la besogne, manœuvrant la truelle comme un vrai maçon. L'habitation n'était point considérable : douze pieds de long sur dix de large. Toujours il travaillait en silence, faisant plus de besogne qu'un ouvrier ordinaire et sachant tous les métiers, car de maçon, il se fit charpentier, couvreur, menuisier, serrurier. Au bout de quinze jours, la maison était terminée. Elle n'était pas élégante, mais solide. Une porte en bon chêne, bien ferrée, pourvue d'une solide serrure, des volets épais avec barres et crochets de fer prouvèrent la défiance innée du solitaire.

Son travail terminé, il meubla d'une façon originale son castel : une table composée de quatre planches portée sur deux tréteaux, un lit qui ressemblait fort à la table par sa structure, si ce n'est que les tréteaux étaient plus bas et qu'une cinquième planche posée de champ formait la tête. Une loupe de chêne à laquelle il adapta trois pieds, lui fit un escabeau. Il s'acheta aussi un objet de luxe : une vieille armoire massive, quelques écuelles, une casserole en fer battu, une cruche et une marmite de fonte.

Tout le monde en jasa pendant quelque temps, mais Tugduald avait une certaine façon de regarder les gens qui mettait les plus résolus en fuite.

Au physique, c'était un homme de cinquante ans environ, maigre, de haute taille, d'une musculature puissante. Sa figure avait dû être fort belle autrefois. De grands yeux bleu-gris au regard franc, mais froid, un nez en bec d'aigle, un large front étaient les traits les plus remarquables de cette physionomie. Mais la bouche était serrée, avec un pli amer ; l'air général hautain et dédaigneux.

Quelques jours après s'être installé, il envoya chercher à Châteaulin quelques objets arrivés à son adresse au bureau des messageries. Un peu de literie, une caisse de linge et de vêtements, quelques livres, deux beaux fusils et un magnifique griffon.

Dès lors, il fut chez lui, on le vit souvent une bêche ou une pioche à la main, s'acharner sur la terre rocailleuse. Il planta, sema, éleva des épaulements, comme pour dérober sa vie privée aux regards des autres hommes.

Il allait lui-même acheter son pain chez le boulanger de Lothey ; de temps à autre un peu de viande à Pleyben. Il eut un rudiment de basse-cour, tendit des collets, pêcha et chassa.

Quelques mois s'écoulèrent ainsi. Un jour, les gendarmes de Pleyben vinrent frapper à sa porte. Il les reçut d'un air impassible et leur demanda ce qu'ils lui voulaient.

— Nous sommes chargés de vous demander vos papiers.

— Mes papiers, et pourquoi faire ?

— Dame !... et le brigadier hésitant un peu, on désire savoir qui vous êtes.

— Qui je suis ? C'est bien. Tenez, regardez, voyez.

Et il ouvrit une vieille malle, tira d'un carton son acte de naissance, puis une nomination à Saint-Cyr en 1830, un brevet

4

de la légion d'honneur en qualité de lieutenant de chasseurs d'Afrique, un état de service très complet et enfin son acte d'acquisition de terrain sur la commune de Lothey.

— Avez-vous assez vu maintenant, brigadier. Eh bien ! alors bonsoir ! Dites à celui qui vous a envoyé que je ne suis ni un vagabond, ni un fainéant, mais le vicomte Tugdual de Rozilis.

Les gendarmes se retirèrent un peu confus en faisant des excuses.

Deux ou trois fois, des paysans ivres ou de petits bourgeois vaniteux, se moquèrent ouvertement de lui ; mais ils s'en repentirent vite, car jamais plus belle râclée ne leur fut administrée.

Bref, depuis trois ans, il vivait ainsi absolument seul ; une sorte de respect l'environnait maintenant dans le canton. Quelquefois, il s'humanisait avec les paysans, donnant des recettes soit pour les blessures, soit pour guérir les bêtes malades ; faisant parfois cadeau à quelque pauvre journalier d'un lièvre ou d'une paire de perdreaux, en guise d'aumône, mais jamais, il ne parlait de sa famille, ni de sa vie antérieure.

Tous les trimestres, le vicomte de Rozilis, allait chez M° le Guellec, toucher une petite rente de cent francs, qui suffisait amplement à ses besoins restreints ; le notaire paraissait l'estimer fort et en parla quelquefois à sa femme. En revanche le vicomte semblait s'écarter de Pierre Mornas avec une sorte de répulsion.

Un jour il lui arriva de dire à le Guellec :

— Comment gardez-vous un pareil être chez vous. Il a une figure qui sue tous les vices. Un jour, il vous assassinera et vous volera.

Malheureusement, il ne connut qu'assez tard la disparition du notaire. Un vieil oncle à lui venait de mourir dans le pays de Tréguier, et on le demandait pour le règlement de la succession. Le lendemain de son retour, il apprit par son boulanger de Lothey l'événement arrivé dans la famille le Guellec.

Immédiatement, il eut l'intuition que ce ne pouvait être

Un duel malheureux s'ensuivit (page 55)

qu'un assassinat, et pour lui l'assassin était certainement Pierre Mornas.

Vais-je m'occuper de cette histoire? pensa-t-il. Non, ma foi; si j'allais après cela faire arrêter un innocent. J'ai connu assez la souffrance autrefois pour ne pas l'imposer à mon prochain. Est-ce que ces affaires là me regardent.

Cependant le vicomte de Rozilis ne cessa d'y penser pendant plusieurs jours.

Il se disait : autrefois aux Etats-Unis, j'ai été un bon chercheur de pistes. Si je recommençais ; voyons, un clerc de notaire, si c'est le clerc, ne doit pas être plus fin qu'un Peau-Rouge.

— Bah! c'est l'affaire des *Robins* de débrouiller ce drame.

Il oublia cette histoire pendant cinq ou six jours. Mais un matin, il se leva, repensant encore à cette disparition de le Guellec. Tugdual de Rozilis au fond n'était pas un égoïste, c'était seulement un cœur aigri par les injustices. Enfant, dans sa famille, il avait été le paria de ses frères aînés. Au régiment, pour avoir parlé trop franchement, il s'attira la haine de son capitaine. Un duel malheureux s'ensuivit. Il fut obligé de donner sa démission. Il voulut rentrer chez son père, mais ce dernier refusa de le recevoir. Il partit alors pour l'Amérique, et dans le Nouveau-Monde il trouva les hommes encore plus méchants que dans l'ancien.

Cette succession de déboires ne l'avait pas rendu mauvais; mais sa sensibilité s'était émoussée, son cœur s'était cuirassé et par habitude de ne s'occuper de personne, il était devenu indifférent à tout.

Par un phénomène curieux, produit sans doute par le besoin instinctif qu'a l'homme d'aimer ou de s'attacher à quelque chose, il portait à le Guellec une certaine amitié. Par sa franchise, par de petits services d'argent, et une intervention vis-à-vis d'un voisin désagréable, M' le Guellec s'était fait un obligé du vicomte Tugdual de Rozilis.

Tom bondit sur Pierre Mornas (page 54)

VI. — NOUVEAU CRIME

Ce matin là, assis sur son lit, le solitaire avait l'esprit préoccupé d'une pensée qui ne le quittait pas depuis vingt-quatre heures.

— Irai-je ou n'irai-je pas faire un tour du côté de Pleyben. Je me suis juré de ne jamais me mêler des affaires des autres. D'autre part cette malheureuse famille m'intéresse. La chasse du gibier à quatre pattes ou à plumes n'est pas toujours si intéressante. Je vais refaire une de ces bonnes parties de *Bestresdor* que j'ai pratiquées autrefois. Ah! ah! termina-t-il en éclatant de rire, ce serait bien drôle si un malheureux de mon espèce réussissait là où un *Robin* a échoué. Ah! ah!...

Il s'habilla lentement, et rumina son projet en préparant son déjeuner du matin.

— Evidemment, le clerc seul a fait le coup. Quelle vilaine figure, il a cet homme avec ses yeux de chat! Si c'est lui l'assassin, il n'a tué le notaire que pour s'emparer du magot. C'est

54

simple comme bonjour. On a cherché partout : ni notaire, ni trésor. Très bien encore. Cette vilaine tête de putois a dû trouver une cachette pour ces deux colis embarrassants. C'est élémentaire. Puis, il a laissé passer l'enquête en singeant l'homme probe. Un de ces jours, il filera à l'étranger. C'est enfantin ce procédé-là ! Plier le dos sous la bourrasque de la justice, faire le mort un mois, six mois, un an, et un beau matin lever le pied et débarquer à New-York ou au Brésil. Pas plus difficile que cela. Quels idiots que tous ces porteurs de robes rouges, ces *chats-fourrés* ! Et ça se croit plus que nous. Allons en chasse.

Il partit vers Pleyben avec son chien, et tout droit alla au *Soleil d'Or* prendre un petit verre. Tout en sirotant son cognac, il fit causer l'hôtelier sur le crime, sur le notaire et son clerc; et il apprit que ce dernier se préparait à chercher une autre place soit à Quimper, soit à Brest.

— Ah! ah! j'arrive juste à temps!

Il paya et sortit. Incidemment, dans la conversation, il s'était fait montrer le logis de Mornas. Deux ou trois fois, il passa devant ses fenêtres. Il le vit fouiller ses tiroirs, déposer méthodiquement du linge et des vêtements dans une vieille malle.

Très bien, pensa le vicomte; ce sera ce soir ou dans la nuit qu'il viendra chercher le fruit de son vol. Mais il s'agit de trouver la *cache* comme l'on disait dans l'Ouest. Evidemment, c'est en une seule fois qu'il a dû faire disparaître victime et valeurs. La cache n'est pas loin de l'endroit où gît le corps de la Guellec. Si je trouve l'un, je trouverai l'autre. Voyons, il est sorti par la brèche du jardin. Le pauvre le Guellec n'était pas bien lourd, mais un cadavre, si léger qu'il soit, est toujours pesant. Voyons donc du côté du jardin.

Il contourna par derrière la maison le Guellec.

— C'est vers l'Aulne qu'il s'est dirigé; mais il n'est pas probable qu'il y ait jeté le Guellec, car on aurait retrouvé le cadavre. C'est plutôt dans quelque trou de carrière.

Et le vicomte instinctivement prit le même chemin creux, qu'avait suivi l'assassin en portant sa victime.

— C'est bien un lieu commode pour cacher un forfait, pensa-
t-il, en s'y engageant, mais c'est dommage qu'il y ait déjà un
mois de passé. Sûrement les jours suivants, j'aurais relevé des
traces qui ont échappé à ces imbéciles de gendarmes.

Une lande, encore un chemin creux, et après... Ah! ah!
s'écria-t-il en se frottant les mains, je suis sur la voie chaude.
Voilà une vieille carrière diablement profonde. Allons, Tom,
dit-il au griffon, il s'agit cette fois d'avoir du flair.

Il descendit par le sentier que nous avons décrit, fouilla les
broussailles et ne trouva rien. Tout à coup, deux corbeaux
s'envolèrent en croassant d'une touffe de saule qui sortait à
moitié d'un creux.

— Hein! qu'est-ce cela?

Mais Tom s'était élancé en aboyant vers les saules.

Aussi vite qu'il put, le vicomte courut après son chien et le
vit s'engager dans les arbustes. Il fit le tour de l'excavation et
sous un gros bloc d'ardoise, il découvrit l'ouverture du précipice où Mornas avait fait glisser le cadavre.

Le chien grattait la terre avec fureur, en humant l'air. Tugduald se pencha sur les bords et regarda. L'obscurité l'empêcha de rien voir. Seulement, il sentit une bouffée d'air fétide
qui s'exalait d'en bas.

— Pouah! ça sent le cadavre. C'est ici que Mornas a jeté son
patron.

Il réfléchit un moment à ce qu'il allait faire; le jour baissait,
le soleil tout rouge se cachait derrière les rives escarpées de
l'Aulne.

— Vais-je aller prévenir le maire et le juge de paix? on me
traitera de fou et de visionnaire. Leur enquête officielle est
faite. Elle n'a donné aucun résultat. On ne voudra pas croire
le vieux solitaire de Lothey. Et puis ce brigand de Mornas part
sans doute ce soir avec le sac et la *cache* n'est pas trouvée.

Son chien aboya, le nez en l'air.

— Qu'est-ce que tu as, Tom? Tais toi. Que diable a-t-il pu
voir?

Le chien n'avait rien vu, mais il avait senti la présence d'un homme, qui espionnait du haut de la carrière.

Cet homme n'était autre que Mornas. Il avait fort bien remarqué le vicomte de Rozilis passant et repassant devant sa fenêtre dans la matinée. Il s'était demandé avec inquiétude pourquoi le vieux solitaire des bords de l'Aulne témoignait tant de curiosité à son égard. Il était trop fin pour n'avoir pas discerné depuis longtemps le mépris et l'aversion que lui portait Tugduald.

— Si celui-là se met à chercher, se dit-il, je suis perdu!

Dès que Rozilis se fut dirigé vers le côté opposé du bourg, c'est-à-dire vers la maison du notaire, Mornas qui l'avait suivi de sa fenêtre ne douta plus. Précipitamment, il sortit et par un détour, vint se poster derrière un buisson d'où l'on dominait la carrière. Il attendit assez longtemps, mais avec sa patience de sauvage, il se coucha dans la bruyère et ne cessa de couver des yeux le cirque d'ardoises.

Enfin, vers les quatre heures, il vit le vicomte descendre fureter avec son chien et bientôt découvrir le gouffre.

— Je suis perdu, murmura le misérable en claquant des dents. Non! non! il faut fuir de suite.

Et une autre voix murmura à son oreille :

— « Il faut supprimer ce témoin! »

Il attendit que le solitaire fût remonté et que le bruit de ses pas s'éteignit sur la route pour quitter son observatoire; et à grands pas, il se dirigea vers la maison en ruine où étaient cachés les 100,000 francs dérobés à la caisse du notaire.

Il n'y avait pas vingt minutes de distance d'un endroit à l'autre.

Quand il arriva devant le pignon où était la cachette, il se trouva face à face avec le vicomte qui pénétrait en même temps dans la maison abandonnée.

— Que viens-tu faire ici, misérable assassin? s'écria le vieux gentilhomme. Chercher sans doute le fruit de ton crime, que tu as caché dans ces ruines?

Pierre Mornas ne répondit rien; les dents serrées, les yeux

injectés de sang, il se précipita, un long couteau de cuisine à la main, couteau dérobé le matin même aux époux le Guen.

Tugduald fit un pas en arrière, épaula son fusil et fit feu, mais Mornas s'était baissé en voyant le mouvement du vicomte, la balle lui rasa le crâne, emportant son chapeau. Tugduald n'eut pas le temps de presser l'autre gachette, que le couteau de son agresseur s'enfonçait dans ses chairs. Tugduald malgré son horrible blessure, avait enlacé de ses bras puissants Mornas et tous les deux roulèrent quelques secondes en rugissant. Tom voyant son maître aux prises avec un inconnu, bondit sur Pierre Mornas, mais la sinistre besogne du bandit était accomplie ; le vicomte râlait, étouffé sous les genoux de son assassin qui avait réussi à se dégager de l'étreinte de son adversaire. Le chien mordit cruellement Pierre au bras gauche, mais ce dernier, d'un revers de son arme, lui porta un tel coup que le fidèle animal eut une patte de devant à moitié tranchée.

— C'est fini, murmura Mornas en se levant essoufflé : sauvons la caisse et filons.

Rapidement, il tira la pierre du foyer; le sac contenant l'or et les billets étaient encore dans la cachette. Il ramassa son chapeau, regarda un instant le vicomte, envoya un vigoureux coup de pied au chien qui essayait de se relever, jeta son couteau parmi les ronces et prit la fuite.

La nuit était venue, claire, étincelante d'étoiles comme une belle nuit d'hiver. Le pauvre Tom se traîna vers son maître dont la large blessure laissait échapper des flots de sang et se mit à lui lécher le visage. De temps à autre il hurlait désespérément; mais sur cette route déserte, personne ne passait. Un hibou vint se percher sur le pignon de la ruine et répondit par son ricanement sinistre aux gémissements du chien.

Il se cacha derrière un rocher (page 62)

VII. — En fuite

Sous la lumière pâle de la lune, qui venait de se lever, les montagnes de l'Arbès profilaient leurs crêtes dentelées. La route s'allongeait blanche et déserte à travers des landes interminables ; le vent d'est soufflait, courbant les bruyères roussies et les genêts desséchés. Des volées de courlis et de pluviers traversaient l'espace lançant par intervalles leurs cris mélancoliques ; et sur les grandes roches de quartz blanc, des hulottes sifflaient. Les hurlements des loups en chasse se répercutaient dans le vide de ce désert.

Il pouvait être minuit. Un piéton apparut sur la route. Il marchait d'un pas résolu, courant presque, les cheveux collés sur les tempes par la sueur, malgré le froid, un gros bâton à la main, un sac peu volumineux sur l'épaule. Souvent, il s'arrêtait, écoutait une seconde, mais n'entendant rien, ni roulement de charrette, ni trot de cheval, ni d'autre bruit que celui de ses pas résonnant sur la route, il repartait plus rapidement encore.

De sa poitrine haletante, sortait un souffle saccadé, mais il marchait quand même comme poussé par le destin.

C'était Pierre Mornas.

Aussitôt après son second crime, il était parti au pas de course dans la direction de Pleyben. Cette seconde scène de meurtre avait été si rapidement menée qu'il n'avait pour ainsi dire pas encore conscience de son nouveau forfait. Ses oreilles bourdonnaient encore de la menace de Tugduald et du coup de feu. Son bras commençait à le faire souffrir; les dents de Tom s'y étaient solidement implantées.

Peu à peu il reprit ses sens. Cette fois, la fuite immédiate s'imposait. Il passa par derrière le bourg de Pleyben; et à travers champ rejoignit la grande route allant vers Morlaix.

C'était loin Morlaix, près de quatorze lieues. Ces quatorze lieues, il fallait les franchir dans la nuit, trouver le lendemain un bâtiment pour aller au Hâvre et du Hâvre passer en Amérique.

Tel était son plan, difficile certes à exécuter, mais non impossible pour un homme aussi énergique et aussi rusé que lui.

Marchant rapidement, il passa par les villages de Lannédern et de Loqueffret. Aux approches des maisons, il prenait à travers champs.

Après avoir passé Loqueffret, il se trouva à l'entrée de cette immense steppe rocheuse qui s'étend sur une longueur de plus de quinze lieues et qui ne comprend que trois villages : Botmeur, Lafeuillée et Breunillis. Grâce au clair de lune, la vue s'étendait très loin sur la route, et il était à peu près sûr de ne rencontrer ni gendarmes, ni passants inquiétants.

Cela ne l'empêcha pas de marcher aussi vite. Il semblait qu'il eût des jarrets de fer. Il s'arrêta cependant auprès du dernier taillis et avec son couteau de poche, se coupa un gros bâton de chêne. Il n'avait pas d'autre arme et il lui semblait bon de protéger les 100,000 francs contenus dans son sac.

Cent mille francs, quelle fortune ! quand il y pensait, il oubliait la longueur du chemin, les difficultés qu'il aurait à vaincre à Morlaix et au Hâvre, si toutefois il y parvenait. Cent mille francs! mais avec de l'or on achète les consciences, on va vite, on triomphe de tout. Cent mille francs! quelle mise de fonds pour ses spéculations futures! Déjà il se voyait millionnaire.

Quand il fut arrivé au point culminant de la route, au carrefour appelé Roch'-Trévézel, il ralentit un peu sa marche. La morsure du chien commençait à engourdir son bras, ses jambes se fatiguaient.

Une auberge solitaire s'élevait dans cet endroit. Il avait faim, il avait soif, soif surtout malgré le froid.

Quoiqu'aucune lumière ne brillât, il fut sur le point de frapper à la porte, mais il prévit des questions, une sorte d'inquisition. Si déjà on était à sa poursuite ce serait du temps perdu.

Le vent soufflait fort sur cette hauteur, d'où l'on découvre en plein jour un panorama splendide s'étendant sur près de trois départements, limité au nord et à l'ouest par la Manche et l'Océan.

Il avait très froid; sous sa mince veste il grelottait. Peu à peu l'espèce d'excitation passagère qui l'avait soutenu jusqu'alors, tomba. Il vit son second crime, non dans son horreur, — car pour lui la conscience n'existait pas et il n'avait aucun remords, — mais dans ses conséquences.

Déjà à Pleyben, depuis plusieurs jours, il avait vu ses connaissances du *Soleil d'Or*, le regarder d'un air méfiant. Le procureur de Châteaulin avait certainement des soupçons. N'avait-on pas découvert sa seconde victime?

— Je n'aurais pas dû partir si vite, pensa-t-il; j'ai oublié d'assommer ce maudit chien. A peine avais-je tourné les talons, que j'ai entendu ses hurlements. Il doit déjà avoir ameuté tout le canton. Puis ce couteau des le Guen que j'ai jeté au hasard, il se retrouvera sans doute. Suis-je bien certain que ce vieux damné de Rozilis est bien mort. S'il revient à la vie, il parlera, et alors, si je n'ai pas trouvé le moyen de filer hors de France, je ne donnerais pas deux sous de ma peau.

Puis, dans quel état vais-je faire mon entrée à Morlaix? mon chapeau troué d'une balle, les vêtements en lambeaux (car dans la lutte avec le vicomte, cravate et veste avaient fort souffert. Je donnerais beaucoup pour avoir un autre costume.

Soudain, il s'arrêta : un bruit de charrette retentissait sur le sol dur de la route.

Il se cacha derrière un rocher et attendit que la charrette fût passée.

C'était un de ces petits véhicules qui servent aux charbonniers et aux sabotiers de la montagne à transporter leurs denrées dans les villes. Un petit bidet fauve à crinière jaune le traînait.

Sur un amas de sacs vides un montagnard vêtu de brun dormait lourdement. Le cheval remontait la côte lentement en zigzaguant, dormant presque autant que son maître.

Bien, pensa Mornas; voilà un gaillard qui m'a tout l'air d'avoir un *plumet* colossal. Il ne serait pas difficile de le dépouiller de ses vêtements.

Et il s'approcha.

En effet, le conducteur ronflait avec la béatitude propre aux ivrognes. Pierre Mornas avant de mettre son projet à exécution examina attentivement les alentours : il était bien seul.

Mais, il s'effraya à la pensée de déshabiller l'ivrogne et de le réveiller peut-être; il pouvait alors l'assommer. Un crime de plus dans la situation où il était, ne l'effrayait guère; mais ce serait du temps perdu. Des piétons, d'autres charrettes pourraient survenir. Il resta indécis; le cheval allait toujours du même pas tranquille.

Il tâta un peu sous les sacs vides. Il trouva un paquet assez gros enveloppé dans un sac blanc, puis un rouleau de grosse toile à draps pour les ménagères des campagnes, et un mètre tout neuf. Le sabotier comme c'est souvent l'usage, une fois la fabrication des sabots terminée, avait acheté un rouleau de toile, pour se transformer en colporteur dans les campagnes.

Une idée traversa l'esprit de Mornas. Il fit glisser d'abord le rouleau de toile, puis le sac et enfin se saisit du mètre.

L'ivrogne un peu secoué par cette manœuvre, se réveilla à

moitié, mais se rendormit de suite, après avoir lancé trois ou quatre jurons énergiques.

— Oh! bonheur, le sac contenait un vêtement d'homme complet, en grosse étoffe brune comme celle des habitants de cette région et même deux chemises. Il n'y avait que le chapeau qui manquait.

Mornas n'hésita pas un instant et s'empara de celui du sabotier. Chargé de ces dépouilles, il courut se transformer derrière le premier rocher venu.

Un quart d'heure après, il reprit sa route métamorphosé de pied en cap, grâce à la veste longue, au pantalon, au gilet brun et au chapeau à large bord du paysan. Du sac blanc attaché par les deux extrémités, il se fit une couverture contre le froid et marcha gaillardement, son ballot de toile sur l'épaule et son mètre lui servant de canne.

Au petit-jour, il était à Pleybur-Christ à deux lieues de Morlaix, et dans une auberge, il s'arrêtait avec l'aisance d'un honnête commerçant, débitait quelques mètres de sa marchandise à un prix raisonnable, déjeunait tranquillement et se donnait le luxe de quelques heures de repos dans un lit clos.

Le soir, toujours déguisé en colporteur de toiles, il arrivait à Morlaix et prenait gîte dans une hôtellerie de pauvre apparence et fréquentée par les marchands forains.

Il découvrit le corps du malheureux vicomte (page 68)

VIII. — SUR LA PISTE

— Eh bien ! brigadier ?

— Quoi donc, Merlin ?

— Nous voilà encore en route pour cette affaire le Guellec.

— Je crois que ce n'est pas la dernière fois, Merlin.

— Que pensez-vous de cette histoire mystérieuse ?

— C'est *une* drame comme l'on disait à Paris, quand j'avais l'honneur de servir au 13ᵉ dragons, Merlin.

Nos deux anciennes connaissances, le brigadier Piton et le gendarme Merlin revenaient de Châteaulin, où le procureur les avait mandés pour leur recommander une stricte surveillance au sujet du clerc de notaire Mornas. Plus le magistrat songeait à ce crime, plus sa croyance en la culpabilité du clerc s'affermissait. Certes, il n'avait que des présomptions morales. Déjà cependant il avait trouvé un témoin, témoin à vrai dire assez incertain : le boulanger de Pleyben avait un jour confié au juge de paix en grand mystère, qu'il lui avait semblé voir dans la nuit du crime, une ombre humaine de la taille du clerc enjamber sa fenêtre. C'est ce témoignage qui faisait que les deux gendarmes rentraient ce soir-là avec un mandat de comparution lancé contre Mornas.

Pour abréger le chemin, ils passèrent par la vieille route. A cent pas d'elle, s'élevait la ruine où agonisait le vicomte de Rozilis. Ils montaient la côte au pas de leurs chevaux, lorsqu'une plainte lointaine traversa la nuit, comme celle d'un chien perdu ou qui hurle à la mort.

— Voilà un chien qui n'a pas l'air d'être heureux, dit Merlin.

— C'est que sans doute, il est à l'attache.

A mesure qu'ils approchaient de la maison en ruine, les gémissements du chien devenaient plus distincts.

— Entendez-vous, brigadier, quels drôles de cris? On dirait qu'il appelle au secours.

— Es-tu bête, mon pauvre Merlin! Un chien qui appelle au secours! quelle idée.

Merlin ne répondit pas. Il arrêta sa bête et écouta : tantôt la plainte se traînait lugubre, voilée, tantôt elle devenait plus éclatante, avec des appels de détresse. Le cheval du gendarme qui dressait les oreilles, se mit à hennir et à se cabrer.

— Ho! ho! là!... brigadier! Il y a certainement quelque chose.

— Peut-être bien, Merlin. A vrai dire, tu as raison. Ce chien a l'air de demander du secours. Mais nous sommes pressés. Il faut que nous soyons à Pleyben à huit heures et si je ne me trompe, il doit être cette heure-là. Allons, en route.

— Mais brigadier...

— Merlin, mon garçon, je crois que tu oublies les lois de la discipline.

— Brigadier, je vous dis que ces plaintes viennent de ce bouquet d'arbres; vous savez là où il y a une ruine.

— Tu m'ennuies. Vas y voir. Je te donne cinq minutes. Si tu t'attardes davantage, je ferai un rapport sur ta conduite.

— Tenez mon cheval, s'il vous plait brigadier, et je cours voir.

5

Merlin descendit de cheval et prenant son sabre de la main gauche, courut vers le bouquet d'arbres. La lune n'était pas levée, mais la nuit était si claire qu'on y voyait suffisamment pour se diriger.

Arrivé sous le bouquet d'arbres, il entendit les hurlements du chien se transformer en aboiements. Bientôt il distingua le griffon se traînant sur trois pattes et venant vers lui.

— Qu'as-tu mon *Cabot?* On dirait que tu es blessé.

Le gendarme Merlin était une bonne pâte d'homme, et avait un faible pour tous les animaux et les chiens en particulier.

Mais Tom remuant faiblement la queue, semblait l'inviter à le suivre. Quelques pas plus loin, il vit une masse noire étendue sur le sol.

— Oh! on dirait un homme. Serait-ce encore un assassinat?

Il s'en approcha et découvrit le corps du malheureux vicomte. Il s'agenouilla près de lui et essaya de tâter le corps, mais il retira vite sa main trempée d'un liquide encore tiède : c'était du sang.

— Il n'est pas encore mort, mais peu s'en faut.

Il ouvrit le gilet du vieux gentilhomme et passa la main sur le cœur : il battait faiblement.

— Si on le laisse ici, il sera mort dans une heure peut-être.

Merlin se releva et courut jusqu'à la route.

— Eh bien? demanda le brigadier Piton.

— Un homme assassiné! il est couvert de sang!

— Allons! encore une histoire. Et nous qui devons être rentrés sans faute à huit heures à cause de ce maudit mandat d'amener. Que faire?

— Brigadier, sans vous commander, je vais attacher mon cheval à un arbre sur la route. Vous galoperez jusqu'à Pleyben et vous m'enverrez une charrette pour prendre cet homme.

— Je pense que tu as raison, Merlin, je vais de suite. Allons cocotte!

Le brigadier enfonça ses éperons dans les flancs de cocotte qui bondit sous ce traitement inattendu, et monta au galop la côte. Cent mètres plus loin, il rencontra une charrette avec deux hommes.

— Hé! là, vous autres, cria-t-il en breton; arrêtez-vous et écoutez-moi. Vous trouverez en arrière à cent pas d'ici un cheval de gendarme attaché à un arbre sur le côté gauche de la route. Appelez le gendarme Merlin qui est dans le petit bois et veille un homme assassiné. Il vous répondra : si vous n'obéissez pas à mes ordres, je vous conduirai en prison. Eh! vite filez.

Cette injonction bizarre, ne parut guère du goût des deux paysans. Seulement la menace de la prison les fit hâter le pas, et ils ne s'arrêtèrent qu'en voyant le cheval attaché et un gendarme debout au milieu de la route qui agitait les bras en signe d'appel.

Ils prirent leur lanterne et guidés par Merlin, coururent vers le bois.

Une fois arrivés près du corps du vicomte, le plus âgé des deux hommes qui était de Lothey, s'écria après avoir promené sa lumière sur le visage du malheureux:

— Mais, je le reconnais, c'est l'*homme seul* d'auprès de chez nous. C'est monsieur Tugdualt. Seigneur que de sang!

— Allons doucement, vous autres, prenons le blessé. Pauvre monsieur Rozilis, un brave garçon, un peu rude, fit le gendarme assez ému, car malgré la façon dont il avait été éconduit trois ans auparavant par le vicomte, sa qualité d'ancien officier d'Afrique lui en imposait beaucoup. Toi, le jeune gars, prends le par les pieds. Moi je vais le tenir par les épaules. Ton père nous éclairera. Allons, pas trop vivement donc.

Tugdualt de Rozilis était d'une pâleur de cire, les yeux fermés, les lèvres décolorées, il avait l'air d'un mort; mais cependant il poussa une faible plainte, quand les deux hommes le relevèrent.

— Toi, mon bon chien, dit Merlin, suis nous. N'est-ce pas, vous autres, ne dirait-on pas que la malheureuse bête a la patte coupée?

— Ah! un fusil, dit le vieux Kervarec, c'est celui du gentilhomme. Et je vois aussi quelque chose dans ces ronces.

— Ramasse, ordonna Merlin, mais dépêche.

Et le vieux paysan ramassa le couteau.

— C'est bon, dit le gendarme, voilà au moins une pièce à
conviction. C'est heureux. Ce n'est pas comme pour l'affaire le
Guellec.

Evitant les secousses, les trois hommes portèrent le blessé
dans la charrette. Merlin l'enveloppa de son manteau et le coucha sur les sacs vides qui s'y trouvaient. Le triste cortège remonta vers Pleyben.

A la grande surprise de Merlin, à l'entrée du bourg, il trouva
le brigadier Piton et les deux autres gendarmes qui l'attendaient.

— Avez-vous trouvé votre oiseau, brigadier? demanda le
gendarme Merlin.

— Déniché depuis une heure, cette après-midi. Seulement la
mère le Guen déclare qu'il lui a volé un grand couteau de
cuisine, sûrement pour assassiner quelqu'un affirme-t-elle.

— Elle n'a pas tort. Le vieux paysan qui est là vient de le
ramasser son couteau, et nous ramenons un blessé peut-être un
mourant : le vieux braconnier Rozilis.

— En voilà des histoires. Eh! mon brave Merlin, tu avais
tout de même raison.

- C'est bon, brigadier, mais où allons-nous déposer notre
blessé.

— Monsieur le maire, vient de dire que ce sera au *Soleil
d'Or*.

Un quart d'heure après, Tugduald de Rozilis était installé
dans une des chambres de l'hôtel. Autour de lui s'agitait une
foule de personnes. Le maire, le juge de paix, les gendarmes.
Le vieux docteur Héry qui connaissait un peu le solitaire était
accouru avec le curé.

A la vue de la blessure, le praticien fit une grimace de mauvaise augure.

— Un mauvais coup dont j'aurai de la peine à le tirer. Quel-

ques lignes plus haut et le cœur était percé. Le poumon gauche
est un peu lésé. Heureusement qu'il a beaucoup saigné.

— Pouvez-vous le sauver? demanda l'abbé Grall, le vieux
curé de Pleyben.

— Monsieur l'abbé, votre question est bien indiscrète. Ma
science n'est pas infinie comme la vôtre.

Le prêtre et le médecin s'estimaient beaucoup, mais jamais
le docteur Héry ne manquait une occasion de contredire son
pasteur.

Pendant ce temps, le juge de paix et le maire se faisaient
minutieusement raconter comment on avait découvert le blessé,
et après un court colloque, les quatre gendarmes prirent chacun une direction différente. Merlin fut chargé de prévenir le
parquet de Châteaulin. Le brigadier et les trois autres montèrent à cheval pour battre les environs.

Toute la nuit, le docteur veilla le vicomte en proie à une
fièvre terrible. Le curé voulut aussi le seconder dans cette œuvre
de dévouement.

— Ah! ça, monsieur le pasteur, à votre âge vous voulez
poser pour le jeune homme. Demain vous serez sur le flanc et
vous aurez besoin de moi. Allez donc plutôt vous reposer.

— Non, non, Héry (les deux vieillards se connaissaient
depuis le collège). Ce pauvre abandonné est digne de toute
compassion.

— Faites alors à votre idée; et si vous êtes en veine de compassion, aidez-moi à panser aussi le chien.

Le pauvre Tom, hissé dans la charrette avec son maître,
s'était faufilé dans sa chambre et, couché au pied du lit, il
léchait sa patte blessée.

Il montra un peu les dents au vieux prêtre, mais en bête
intelligente, il laissa laver et bander sa plaie.

— Hein! une bête intelligente? abbé Grall. Et dire que vous
autres gens d'Eglise vous leur déniez une âme. Mon bon chien,
tu vaux mieux que bien des humains, car ton maître te devra
peut-être la vie.

— Vous dites *peut-être*, docteur?

— Dame! voyez-vous cette fièvre, entendez-vous ce délire?

Effectivement, Tugduald, murmurait des mots sans suite :

— Misérable clerc !... le corps du notaire !... assassin !... dans la carrière !...

— Si le parquet de Châteaulin était ici, murmura le docteur, il pourrait recueillir des notes intéressantes.

— On dit qu'il vient de lancer un mandat d'amener contre le clerc Pierre Mornas.

— Et vous croyez que ce mandat va l'amener à son prétoire, vous l'abbé. Il est loin, s'il court depuis cinq heures, moment présumé du crime.

— Espérons qu'on le rattrapera; ah! mon pauvre Héry, comme la vue de l'or affole. Et cette pauvre dame le Guellec qui ne sait si son mari est vivant ou mort. En voilà une existence avec une meute de créanciers à ses trousses.

— Mon cher Grall pourriez-vous expliquer la corrélation qui doit exister entre l'assassinat de ce pauvre Rozilis et la disparition du notaire.

— Non, je ne vois pas très bien. Le vicomte de Rozilis vivait en sauvage et ne venait guère chez le notaire. Il est très pauvre et ne possède rien qui puisse tenter la cupidité d'un malfaiteur.

— Moi, au contraire, je vous dirai ceci : Ce second meurtre n'est que la conséquence fatale du premier. Le vicomte, par un heureux hasard a découvert le corps de la première victime et peut-être aussi les valeurs. Malheureusement il aura été vu par Mornas..... Décidément il est très fort ce Mornas, qui fait disparaître un notaire, vole la caisse, subit un interrogatoire et une perquisition sans broncher, trouve réponse à tout. Très fort, vous dis-je, l'abbé, et n'en doutez pas en lardant de coups de couteau ce malheureux, il supprime un témoin gênant.

Vers le milieu de la nuit, le médecin après avoir vu Tugduald s'assoupir, un peu, s'en alla emmenant de force le curé. Il recommanda à la garde qu'il laissait de l'envoyer chercher, si le blessé semblait plus mal.

Ce même soir, madame le Guellec arrêtait ses dernières dispositions de départ, quand la vieille Marie-Jeanne accourut l'informer de l'assassinat du vicomte de Rozilis et de la fuite présumée du clerc Mornas.

La pauvre femme joignit les mains, devint très pâle et manqua de s'évanouir. Jusqu'alors elle avait cru à un retour miraculeux de son mari. Elle espérait malgré tout, mais ce dernier événement, lui ôta tout espoir ; et tout ce que son cœur contenait de douleur, elle le fit remonter vers le Tout-Puissant en une ardente prière pour son pauvre Jean-Louis.

Le cadavre de le Goellec apparut à l'ouverture (page 75)

IX. — DÉCOUVERTES TARDIVES

— Décidément, il a l'âme chevillée au corps, ce diable de vieux braconnier. On n'en fait plus de pareils, murmurait le docteur en retirant l'appareil posé sur la blessure de Tugdual de Rozilis.

C'était le surlendemain soir. La veille le docteur Héry, s'était montré fort inquiet croyant à une mort inévitable. La fièvre devint très forte et le malade délira toute la journée. Mais la nuit suivante fut calme et le matin le blessé parut reprendre connaissance.

Il fut très étonné de se voir dans une chambre inconnue, entouré de plusieurs personnes dont quelques-unes lui étaient familières : le docteur Héry et le curé de Pleyben.

Il voulut parler, mais le docteur le lui interdit sévèrement.

— Taisez-vous, vicomte, plus tard.

— Mais... objecta avec peine le blessé.

— Taisez-vous, vous dis-je. Voulez-vous donc aller *ad*

Patres. Votre v   st maintenant trop précieuse pour la risquer aujourd'hui. Demain peut-être.

Derrière le docteur, le procureur de la République de Châteaulin se tenait assis. Quand Tugduald eut fermé les yeux, encore très faible, il demanda au praticien :

— Quel jour pourra-t-il parler?

— Je n'en sais rien, monsieur le procureur; si demain l'amélioration se continue, je permettrai cinq minutes de conversation, mais pas plus.

— Cependant cette enquête...

— Ne me regarde pas interrompit le docteur. Vous usez d'un pouvoir discrétionnaire; vous aviez toute latitude de faire arrêter ce Pierre Mornas, l'assassin présumé du notaire et certain de ce pauvre diable. Vous attendez un mois. Tant pis pour vous.

— Je n'avais que des soupçons.

— Mais cette déposition du boulanger me parait, — du moins à mon avis, — une charge des plus graves. Vous ne vous gênez pas, vous autres gens de robe pour mettre les inculpés au secret. Avec un sujet comme Mornas, il fallait vous hâter.

Le magistrat rougit légèrement sous cette boutade du vieux médecin. Mais sans se décourager, il reprit :

— Vous avez entendu, docteur, les paroles du blessé dans son délire?

— Certainement, il babillait assez. Il revenait surtout sur une certaine carrière. Puisque vos policiers et vos gendarmes n'ont pu rejoindre le clerc, employez-les à fouiller les carrières abandonnées autour du bourg. S'il m'était permis à moi, humble médecin de campagne, de vous donner un avis, je vous conseillerais de visiter surtout les trois carrières du Guern, de Kevero et de Penming. Il y a là des excavations profondes. Il est permis une première fois de ne pas voir une ouverture, mais on peut recommencer.

— Je vous remercie, je vais donner les ordres nécessaires.

Et le procureur sortit assez penaud.

Le curé de Pleyben qui avait assisté à cet entretien sans mot dire, en lisant son bréviaire, regarda le docteur en souriant :

— Vous êtes bien méchant Héry, pour ce magistrat.

— Bah! on ne leur en dira jamais trop. Ils croient être les dépositaires de toutes les sciences et n'ont pas même la jugeotte d'un médecin de campagne.

— Héry! Héry! la modestie n'est pas votre défaut.

— Mon cher curé, finissez votre bréviaire et ne me cassez pas la tête de vos observations.

Le procureur brûlant de réparer ces deux échecs successifs, embaucha plusieurs journaliers, fit prendre des crocs, des pinces, des échelles et des cordes, et se mit en campagne dès le lendemain matin.

Il faisait un vrai jour d'hiver de Bretagne, temps gris, température assez douce, pas de vent. L'horizon était brumeux, les croupes des collines, les bois, les bords de l'Aulne disparaissaient dans un brouillard humide.

Il fouilla minutieusement les carrières du Guern et du Kévero sans découvrir la moindre trace. Certainement en ce moment, si le docteur Héry eut vu le magistrat, il ne l'eût point reconnu, tant il mettait d'ardeur dans ses recherches, gourmandant les uns, encourageant les autres; mais plus la journée s'avançait, plus il désespérait. Enfin vers deux heures de l'après-midi, il accorda à ses gens une heure de répit pour manger. Depuis sept heures du matin, ils cherchaient sans relâche, remuant d'énormes blocs, vidant des trous pleins d'eau, escaladant des pentes à pic.

A trois heures, les travailleurs arrivèrent au Penming.

De plus en plus agités le procureur et le juge de paix, parcouraient le sol rocailleux de cette espèce de cirque, quand le procureur se précipita sur un petit objet légèrement en saillie de dessous une grosse pierre.

— Un couteau, s'écria-t-il.

C'était un petit couteau de poche portant sur son manche de corne, les initiales grossièrement gravées L. J. M.

— Le Guellec Jean-Marie. C'est bien cela, mais où peut se trouver le corps ?

Broussailles, touffes de genêts et d'ajoncs, buissons, grosses pierres, les travailleurs inspectaient tout. Enfin, le juge de paix arriva aux buissons de saules dont nous avons parlé.

— Voilà un endroit intéressant. Ecartez-moi ces branches là vous autres, fit-il aux hommes.

On lui obéit et l'ouverture du puits se trouva découverte.

Elle était fort étroite ; il fallait une certaine adresse pour y entrer.

— Il y a de l'eau, dit l'un des journaliers.

— Et même de l'eau qui pue très fort.

— Laissez glisser une corde avec les griffes, dit le procureur.

Avec un bruit sourd les griffes de fer grincèrent sur l'ardoise.

— Doucement donc, prenez garde d'accrocher les saillies des rochers.

La corde descendit environ de huit à dix mètres. L'eau remuée par les crocs d'acier, dégagea des miasmes infects. Le procureur et le juge de paix se regardèrent :

— Je crois que nous allons le trouver, fit le premier hâletant.

Après une grande heure d'efforts surhumains, le cadavre de le Guellec apparut à l'ouverture ; malgré leur répugnance, les ouvriers le hissèrent hors de la crevasse et le déposèrent sur une couverture qui servit à le transporter sur une charrette réquisitionnée à cet effet. Un autre sondage amena la clef à boulons.

— Voilà enfin le cadavre et l'instrument, notre besogne est terminée, s'écria le juge de paix.

— Trop tard malheureusement, soupira l'infortuné procureur.

La funèbre caravane arriva à Pleyben presqu'à la nuit close. Un grand nombre de gens du bourg l'attendaient à l'issue de la route. Les commentaires allaient leur train. Ceux qui les premiers avaient tant crié contre la disparition du malheureux notaire, s'empressaient maintenant de revenir sur leurs calomnies précédentes.

Bientôt ce fut une rumeur générale. Une foule nombreuse accompagna le corps jusqu'à la mairie où l'on devait procéder aux constatations d'usage.

Madame le Guellec était dans sa chambre priant et pleurant comme le lendemain du jour où son mari avait disparu. Hervé essayait en vain de lui rendre son espoir qu'il savait hélas ne pas exister.

Mais, au bruit de la foule qui passait sous leurs fenêtres, madame le Guellec bondit.

— Mon Dieu, c'est mon pauvre mari, et elle se précipita à la fenêtre.

Elle vit passer la charrette escortée des travailleurs. Elle descendit précipitamment sur la place, malgré les prières de son fils, et rompant avec une force irrésistible les rangs pressés qui entouraient le véhicule, elle voulut voir le mort.

Sur son passage, les gens très émus s'écartèrent, mais le docteur qui attendait aussi l'issue des recherches l'aperçut au moment où elle allait malgré les protestations du procureur et du juge de paix lever la couverture.

— Madame le Guellec, je vous en supplie, rentrez. Hervé, retiens donc ta mère.

— Non ! non ! cria-t-elle, il faut que je vois avant, mon pauvre Jean-Louis.

Et violemment elle arracha le tissu de laine et sous la pâle lumière des deux lanternes, la figure de son mari apparut verdâtre, méconnaissable, un trou au front.

Ce fut trop pour la malheureuse, les paroles s'arrêtèrent dans sa gorge et elle s'abattit évanouie dans les bras du vieux médecin.

— Oh ! les femmes ! grommela-t-il.

Aidé d'Hervé, il l'emporta chez elle et le soir même, il déclara à ses amis que la pauvre veuve était en proie aux tortures d'une fièvre cérébrale.

Hélas ! c'était la fin de cette mère et de cette épouse dévouée.

Huit jours après tous ceux qui estimaient la pauvre Sophie, la conduisirent au cimetière, où elle fut enterrée à côté de son mari.

La culpabilité de Mornas ne fut l'objet d'aucun doute, car on retrouva par hasard le sabotier dont il avait volé les vêtements. Un peu plus tard un quincaillier de Brest demanda à voir la clef anglaise et déclara l'avoir vendue six mois auparavant à un homme répondant exactement à la description de Mornas. La police de Morlaix signala que le surlendemain de la tentative d'assassinat du vicomte de Rozilis, un marchand de toile de la montagne d'Arhès avait été vu entrant dans cette ville, l'air très fatigué, qu'il avait séjourné quelques heures dans une auberge mal famée, d'où il avait disparu sans que l'on sache comment, abandonnant son rouleau de toile sous un lit.

Puis il y eut aussi d'autres rapports de police, mais ils se contredisaient. Des vagabonds de diverses provenances furent arrêtés, mais ils ne purent donner aucun renseignement et la trace de Mornas fut perdue.

Après trois mois de recherches infructueuses, l'affaire fut classée et le souvenir s'en perdit peu à peu dans l'esprit des gens de Pleyben.

Le tuteur et son pupille sortaient pour faire de longues chevauchées (page 81)

X. — LE TUTEUR D'HERVÉ

Oui, ce brave Tugdual de Rozilis avait sans doute l'âme vissée au corps, comme le déclarait le docteur Héry. Deux mois après sa sanglante aventure, il était sur pied et avec la santé la fortune lui était venue.

Outre la petite succession recueillie auprès de Tréguier, il perdit un vieil oncle très riche et très avare, dont il ignorait absolument l'existence, mais dont il se trouva l'unique héritier. Et un beau jour, il eut le joyeux étonnement de recevoir une lettre d'un notaire de Rennes, l'invitant à passer à son étude pour fournir ses papiers généalogiques; quelques mois après, le pauvre gentilhomme vivant de chasse et de pêche, se trouvait en possession d'une fort belle fortune.

— Voilà qui est drôle pour moi, pensait-il, habitué depuis si longtemps à me contenter de pain noir et à attendre mon dîner de mon coup d'œil et du flair de mon brave Tom.

Ce brave Tom ne le quittait plus. Sa patte blessée était guérie

78

et son maître le dressait maintenant à gronder au nom de
Mornas.

Nous devons dire qu'une fois guéri, Tugduald de Rozilis
n'habita plus sa hutte des bords de l'Aulne. Au grand étonnement de tous, il vint habiter l'ancienne maison de le Guellec.

Mais qu'était devenu le jeune Hervé, demandera-t-on.

Un beau matin, le vicomte de Rozilis s'était présenté chez le
juge de paix et l'avait longuement entretenu à ce sujet.

— Monsieur Le Marchand, dites-moi donc ce qu'on va faire
de ce pauvre orphelin.

— Mon cher monsieur de Rozilis, je suis bien embarrassé, je
vous l'avoue. Le pauvre garçon, une fois l'étude vendue, les
charges et dettes payées — et elles sont lourdes, — puisque la
succession le Guellec doit plus de 110,000 francs à cause du vol
Mornas, — n'aura pas grand chose du côté de sa mère. Il est
bien jeune, d'une santé assez délicate. A vrai dire, sa situation
est des plus intéressantes.

— Je n'en doute pas, Monsieur; lui a-t-on nommé un
tuteur?

— Non, jusqu'à présent les parents de sa mère, les seuls qu'il
possède, refusent absolument de s'en charger.

— Oh !

— Oui, c'est comme cela, je désirerais bien remplir cette
charge, quand ce ne serait que pour l'amitié que m'a toujours
témoignée ce brave le Guellec. Mais vous savez, Monsieur, je
puis être appelé à un autre poste.

— Parfaitement, je comprends. Je viens donc vous proposer
une chose. Cela plairait-il au jeune homme, que je remplisse
ces fonctions vis-à-vis de lui? Il me plaît, ce petit gars-là.

Le juge de paix resta un moment ébahi.

— Je vais le faire appeler. Vous déciderez de cela ensemble.

Quelques minutes après, Hervé arriva.

Il était très pâle sous ses vêtements de deuil, le pauvre garçon; tous ces événements tragiques avaient altéré sa santé et
dans sa jeune imagination, il n'entrevoyait que malheur partout. L'insensibilité de ses parents maternels, l'attristait pro-

fondément. C'était un cœur aimant, mais timide ; volontiers, il aurait reporté sur celui qui se serait occupé de lui toute l'affection qu'il avait pour ses parents.

— Mon enfant, veux-tu venir habiter avec moi, veux-tu que je sois ton tuteur? lui demanda affectueusement le vicomte Tugduald.

— Oh ! Monsieur, si je veux bien ! je serais bien ingrat de ne pas vous témoigner toute ma reconnaissance à vous qui avez risqué votre vie pour sauver l'honneur de mon père.

— C'est bien, mon enfant, tu me remercieras plus tard. Alors c'est entendu. Veux-tu quitter la maison ou y rester, je t'en donne le choix?

— Si vous le voulez bien, répondit Hervé très ému, nous resterons dans la maison de mon père. Si vous saviez, ajouta-t-il, les larmes aux yeux, combien la pensée de quitter cette maison me fait de peine. Tout ce qu'elle contient me rappelle tant mon père et maman.

— Tu es un brave enfant. Et Tugduald presqu'aussi ému que le jeune homme l'embrasse. Voilà qui est fait. Nous resterons ensemble. Jusqu'à présent j'ai vécu seul, comme un loup, ce qui n'est pas bon quand on devient vieux, et ta compagnie réjouira ma vieillesse. Monsieur Le Marchand, j'aurai plus tard à vous demander quelques renseignements ; mais pour aujourd'hui c'est assez.

Ce que le vicomte ne voulait pas dire, devant Hervé était bien simple, si simple que beaucoup de gens ne le comprendraient pas. Il voulait, en remplaçant les parents d'Hervé, pousser le dévouement jusqu'au bout. Se trouvant trop riche, il avait décidé de rembourser à ses frais tous les créanciers de l'étude le Guellec. Il y sacrifiait plus du quart de sa fortune.

— Bah ! se dit-il, j'en aurai toujours trop puisque je n'ai pas d'héritiers, et Hervé sera bien content de retrouver intacte à sa majorité la fortune de ses parents.

Il demanda le plus grand secret au juge de paix et ne mit personne dans sa confidence. Seul Dieu connut le dévouement du vieux gentilhomme si longtemps pauvre et méprisé et qui au moment où la fortune lui arriva, ne s'en servit que pour faire cette bonne action.

Les 100,000 francs volés par le clerc furent remboursés et Tugduald de Rozilis vint habiter avec son pupille dans la vieille maison de la grande place où rien ne fut changé si ce n'est les panonceaux enlevés.

Le vicomte de Rozilis était instruit et intelligent. Bientôt il s'aperçut combien les études d'Hervé avaient été négligées. Dès lors il s'occupa activement de son instruction.

Chaque jour pendant quatre heures il se fit son précepteur. Il fut aidé dans cette tâche par un vicaire de la paroisse, un latiniste remarquable. De son côté il lui enseigna la littérature, l'histoire et les mathématiques. Hervé était très intelligent, très désireux d'apprendre. Chaque jour l'union du vicomte et du jeune homme devenait plus puissante. Le vicomte reporta sur son pupille, toute l'affection refoulée après tant d'années d'épreuves au plus profond de son cœur et Hervé le Guellec se prit à aimer ardemment son *oncle* Tugduald, ainsi qu'il se plaisait à l'appeler.

Mais ce dernier ne voulut pas cultiver seulement l'âme du jeune homme, il résolut d'en faire un homme robuste, capable d'exceller aux plus rudes exercices du corps. Autrefois, il avait été un excellent cavalier : il acheta deux chevaux de selle de cette race petite, nerveuse, de la Cornouaille et tous les jours de beau temps le tuteur et son pupille sortaient pour faire de longues chevauchées.

Il lui apprit aussi à devenir un tireur remarquable et lui démontra les meilleures règles de l'escrime.

Cet enseignement sagement gradué produisit son effet ; à dix-neuf ans, Hervé le Guellec était complètement transformé. A voir ce beau jeune homme grand, solide, capable de maîtriser un cheval rétif, tirant comme un chasseur de chamois et leste comme un Basque, on n'eût pas reconnu le petit Hervé timide et craintif des premiers chapitres de ce récit.

Le vicomte de Rozilis avait trop vu autour de lui les résultats d'une éducation sans principes, pour ne pas donner à son élève

6

les plus solides préceptes de la morale. Aimer son pays, se soumettre à la volonté de Dieu, respecter la foi jurée, et ne jamais mépriser les pauvres, furent les assises principales de cette éducation. Lui-même en développant à Hervé ces règles de la vie humaine se sentit devenir meilleur, et peu à peu disparurent tous les germes de haine contre la société amassés par les années d'exil et de pauvreté, dans son cœur.

Le fond d'Hervé était excellent, et trois ans après le vieux gentilhomme en parlant de son élève à ses amis, ne pouvait s'empêcher d'ajouter comme conclusion : c'est un homme !

— Voilà un jeune homme qui désire aller à Rouen (page 85)

DEUXIÈME PARTIE
En Mer

I. — DE MORLAIX AU HAVRE

Pierre Mornas était arrivé à Morlaix déguisé en marchand de toile. Il passa tranquillement la nuit sans être inquiété ; la nouvelle de son second crime n'étant pas encore connue. A cette époque le télégraphe fonctionnait souvent d'une façon irrégulière et ce jour-là, un brouillard intense couvrait tout le pays. Néanmoins, il jugea bon de changer encore de costume, car il pensait bien avoir la justice à ses trousses.

Le matin, après de profondes réflexions, il adopta le plan suivant : D'abord, il allait acheter une ceinture de cuir et y loger le plus de billets et d'or possible. Ensuite il ferait l'acquisition d'un costume complet de matelot : vareuse et pantalon bleu foncé, béret à pompon rouge, ceinture de laine voyante, et s'empresserait de l'endosser pour tromper une fois encore les recherches de la police. Il portait des moustache et les favoris à la mode de ce temps-là. Ces ornements de la figure disparaîtraient, les marins bretons conservant seulement un collier de barbe ou demeurant imberbes.

Ces résolutions prises, il fourra le ballot et le mètre sous le lit, et partit tranquillement le long du port avec l'allure nonchalante et étonnée d'un montagnard de l'Arhès qui flâne en regardant les bateaux. Son sac de toile où étaient les liasses de billets de banque et l'or, était noué sur son dos à la façon des *Pillawer* bretons.

Tout en marchant lentement, il dévisageait prudemment tous les passants, son large chapeau rabattu sur les yeux.

Enfin, il trouva une petite boutique à sa convenance et marchanda un costume complet de matelot du commerce. La vieille femme qui tenait le magasin lui demanda en riant s'il allait s'engager dans la flotte. Mornas sans se déconcerter lui répondit en breton que c'était pour un frère, qui partait pour Brest faire son temps dans la marine. La marchande ne lui en demanda pas plus long. Il paya en faisant semblant de grommeler sur la cherté des objets et mit les vêtements et le linge dans un sac de matelot en grosse toile bise.

Maintenant, se dit-il, il faut encore trouver un endroit pour ma seconde métamorphose.

Il fila le long du quai. Quelques navires déchargeaient des marchandises, d'autres embarquaient des tonnes de beurre et des sacs de pommes de terre.

Un peu plus loin, il trouva une scierie avec un grand chantier de bois du nord. Entre les madriers empilés en tas réguliers de quinze à vingt pieds de hauteur, il y avait de petits passages ménagés pour leur enlèvement.

— Voilà une place qui me conviendrait assez, si seulement, je découvrais une de ces allées avec une seule ouverture ; car je peux être vu et ma manœuvre paraîtra singulière.

A force de fouiller du regard, il trouva deux piles qui réunies

par les extrémités, formaient un cul de sac en angle aigu; vis-
à-vis, une autre pile de planches bouchait absolument la vue.

— Ah! bon, je suis sauvé!

Il contourna la première pile et arriva dans cette espèce de
réduit.

En un clin d'œil, il enfila le pantalon bleu, puis la vareuse,
se coiffa du béret et se trouva transformé en matelot.

— Où vais-je jeter ces vêtements bruns? se demanda-t-il en
pensant à son costume de montagnard. Mais, imbécile que je
suis, il n'y a qu'à les introduire sous le madrier le plus bas et à
les pousser à l'intérieur.

Comme le premier madrier était soutenu à un demi pied au-
dessus de la terre par plusieurs chantiers, il introduisit l'un
après l'autre, la veste, la culotte et le chapeau du sabotier.

Il poussa un soupir de satisfaction, quand il vit le chapeau
disparaître le dernier.

Je doute qu'on reconnaisse en moi le marchand de toile
d'hier et le clerc Pierre Mornas d'avant-hier. Désormais je suis
Pierre le Gall, matelot natif de Quimper, en partance pour le
Hâvre. Tâchons de nous rappeler nos souvenirs de lectures
maritimes et de les appliquer à propos.

Il passa sur l'autre quai en revenant sur ses pas. Personne ne
faisait attention à lui. Il frôla même un gendarme, une main
dans sa poche, l'autre soutenant son sac sur le dos et sifflottant
une vieille complainte de la côte qu'il avait apprise autrefois.

Ses deux transformations lui donnaient une telle assurance
que ce fut sans broncher qu'il entra dans une sale baraque de
perruquier de dernier ordre, et impérieusement demanda à se
faire raser et couper les cheveux. Un Figaro aux mains mal-
propres le tondit et lui rasa consciencieusement le visage et
vingt minutes après, se regardant dans une petite glace ternie,
il ne se trouva plus qu'une vague ressemblance avec le nommé
Pierre Mornas. Il tendit ses six sous au barbier, et sortit l'air
triomphant.

Puis, il s'en alla examinant tous les bateaux et interrogeant des
matelots sur leurs destinations; les uns allaient à Paimpol

d'autres à Brest ou à Saint-Brieuc, mais aucun ne poussait jusqu'au Hâvre.

Ce fut une déception très rude, néanmoins il ne perdit pas courage et voyant sur une enseigne :

A l'Abri de la Tempête.

Il entra, pensant à juste titre que ce devait être un rendez-vous de marins. Mais en ce moment, l'auberge était déserte. Pour se donner une contenance, et en même temps se sentant en appétit, il demanda à manger.

Tout en faisant honneur au jambon et au cidre nouveau, il regardait autour de lui.

Debout, derrière un comptoir d'étain frotté et lavé à miracle, l'hôtesse, grande et forte morlaisienne, vêtue du petit châle noir et la tête ornée de l'affreuse coiffe blanche du pays, essuyait une multitude de verres, tout en ne perdant pas de vue un singe de petite espèce qui doucement marchait à quatre pattes sur le plancher. Près du singe, sur un perchoir élevé, un énorme corbeau au bec en forme de pioche sommeillait la tête sous l'aile.

Le singe cauteleusement s'approchait du perchoir, méditant sans doute une attaque. Mais la grosse morlaisienne, lui allongea un coup de torchon. Le châtiment eut pour résultat de le faire sauter sur la dernière barre du perchoir. Le corbeau se réveilla et la vue du singe, son ennemi intime, lui rappela quelque injure passée à venger. Aussi, le voyant à portée, il administra au quadrumane un maître coup de bec.

Le macaque répondit par un grognement et une bataille épique commença. Le singe arrachait des poignées de plumes à l'oiseau qui de son côté le pinçait avec vigueur, tâchant d'atteindre les yeux.

— Aidez-moi, matelot, supplia la grosse morlaisienne à séparer ces deux vermines.

Pierre, malgré ses préoccupations, ne put s'empêcher de

sourire. Il saisit le singe par la queue et bravant les morsures, il dégagea le corbeau qui avait le dessous.

— Mon pauvre Clock! gémit la cabaretière, comme il t'a arrangé ce vilain Jack.

L'aubergiste caressa l'oiseau noire et lui lissa les plumes. En signe de satisfaction, Clock poussa deux ou trois vigoureux croassements.

Quant à Jack, il fut rattaché à sa chaîne, où il se mit à siffler et à grogner, jusqu'au moment où pour le faire taire, sa maîtresse lui donna une pomme à grignoter.

La paix faite, Mornas un instant déridé, retomba dans ses craintes.

La mère Crenn reconnaissante, plaça du café et un carafon d'eau-de-vie sur la petite table, que Pierre par politesse se défendait d'accepter.

— Vous êtes un brave garçon, lui dit la cabaretière, et pas comme beaucoup de mes clients qui passent leur temps à martyriser ces pauvres bêtes, et leur rendent le caractère méchant. Et où allez-vous comme cela, jeune homme.

Mornas fut un peu surpris de la demande, mais il répondit :

— A Rouen, Madame.

— Mais pour aller d'ici à Rouen, il faut prendre le bateau du Hâvre; et le bateau est parti hier.

— Je le sais, et j'en suis désolé.

Intérieurement, il ne l'était guère, car en prenant le bateau du Hâvre, il donnait à la police une grande chance de le pincer; et il désirait passer par un petit caboteur.

— N'y a-t-il pas d'autres navires en partance pour ces parages?

— Je ne sais pas. Tenez, voici monsieur Ragot qui va vous l'apprendre.

Un homme d'environ cinquante ans, vêtu en capitaine au cabotage, très grisonnant, la face rouge entièrement rasée, sauf un large collier de barbe poivre et sel, tourna le bouton de la porte vitrée et entra.

La Morlaisienne s'enquit de suite, s'il n'y avait pas de navires en partance pour les ports du nord.

— Si, répondit le marin, moi je vais au Hâvre. Pourquoi cette question, madame Crenn?

— Parce que voilà un jeune homme qui désire aller à Rouen.

— C'est dommage. Je ne peux prendre de passager à mon bord. Je ne suis pas installé pour cela.

— Cependant, si l'on vous payait un bon prix, hasarda Mornas.

— Mais qui êtes-vous d'abord?

— Je suis matelot.

La mère Crenn était occupée dans son arrière cuisine, heureusement pour Mornas, car elle n'entendit pas cette observation du caboteur qui lui aurait fait dresser l'oreille :

— Matelot vous! heu! A bord de quels navires avez-vous servi?

A tout hasard Pierre Mornas répondit :

— A bord du brick *les Deux-Frères*, capitaine Meunier, de Bordeaux. Je viens de Saint-Nazaire.

— En qualité de quoi?

— Cuisinier.

— Cuisinier à bord d'un brick? Un bien beau brick alors!

Et le capitaine Ragot, un Normand matois et rusé, fixa ses petits yeux aux paupières éraillées sur le pseudo-matelot.

Mornas était sur des charbons ardents. Jamais depuis l'interrogatoire et la perquisition du procureur de Châteaulin, il ne s'était trouvé dans un si terrible danger.

— Je vous donnerai un bon prix capitaine.

Probablement Ragot n'était pas très scrupuleux. Une occasion s'offrait de gagner peut-être une jolie somme. Bien que Mornas ne payât pas de mine sous sa défroque de matelot, il voulut en profiter.

— Hé! m'ame Crenn, cria le capitaine, un quart de fine et leste. Nous allons causer et peut-être nous entendre.

La mère Crenn lui servit un énorme verre, contenant un quart de litre d'eau-de-vie blanche. Ragot s'attabla commodé-

ment, goûta le liquide, fit claquer sa langue en connais-
seur.

— Nous disons donc jeune homme que vous désirez aller au
Hâvre.

— Oui.

— Eh bien ! que me donnerez-vous pour cela?

— Vingt francs, cela va-t-il?

Pour toute réponse, le vieux forban haussa dédaigneusement
les épaules, tira une pipe de terre de son étui et la bourra
méthodiquement.

Diable, pensa le clerc, cela va être dur, il a des soupçons.
Tâchons de traiter ça à l'amiable. Sans s'en douter la mère
Crenn vint à son aide.

— Messieurs, dit-elle, si vous voulez passer dans le petit
cabinet, il y a du feu, vous serez mieux pour causer d'affaires.

Les deux hommes passèrent dans une pièce meublée de deux
chaises et d'une petite table. Un feu de rondins pétillait dans
une vaste cheminée.

Une fois installés, la porte close sur eux, Mornas recom-
mença :

— Monsieur Ragot cinquante francs, voyons.

A cette proposition le capitaine Ragot le regarda fixement et
fit opérer à sa chaise un quart de cercle; tournant le dos au
clerc, il prit un tison pour allumer sa pipe.

Mornas réfléchit : offrir plus de cinquante francs serait augmenter les soupçons du capitaine. D'un autre côté, il ne pouvait envisager sans péril un plus long séjour à Morlaix, malgré
son déguisement.

Quelques minutes se passèrent, Ragot, sa pipe allumée, but
une gorgée de son eau-de-vie et se retourna vers Mornas.

— Nous disons donc?

— Je vous propose soixante francs.

Le capitaine avança la lèvre inférieure, lança une forte
bouffée de fumée à la face de Mornas, avala une seconde gorgée
et resta muet.

Me voilà dans de beaux draps, soupira intérieurement Mornas. Je suis perdu ! Allons-y de cent francs.

— Capitaine cent francs, mais pas un sou de plus ?

Nouvelles rasades et nouvelles bouffées de fumée du capitaine qui, d'un air parfaitement tranquille, prit son verre et sa chaise, posa le verre sur la tablette de la cheminée, s'assit tout près du foyer et se rôtit les mollets avec sérénité.

Mornas était désespéré, il tenta un dernier effort.

— Capitaine.

— Hein ! quoi ?

— Deux cents francs.

— Ah ! ah ! voilà un drôle de cuisinier. Et c'est tout votre sac, cela ? fit-il, en montrant du pied le misérable sac de matelot où avec un peu de linge se trouvait l'argent volé.

Mornas jeta un regard éperdu sur le capitaine qui semblait jouir de son anxiété.

— Jeune homme, continua-t-il, vous tenez beaucoup à aller au Hâvre. Vous êtes matelot comme je suis notaire (au mot de notaire, Mornas frissonna et pâlit). Vous avez des raisons spéciales pour quitter Morlaix et la Bretagne, peut-être même la France. Ces raisons ne me regardent pas. Le capitaine Ragot ne s'occupe que de son navire. Ce sera mille francs ou rien.

De pâle le visage de Mornas était devenu livide.

— A quand le départ ? murmura-t-il d'une voix entrecoupée.

— Ce soir sept heures, à la marée descendante. Donnez-moi la somme de suite. Je vais vous faire descendre dans la cale. Mon chargement est terminé, il n'y a pas de visite intempestive à craindre, ricana-t-il en clignotant de ses petits yeux gris.

Mornas tira un billet de banque de sa poche et le tendit au capitaine.

L'autre le plia méthodiquement en quatre et le mit dans son gousset à côté de sa montre et d'une voix de tonnerre cria :

— Madame Crenn, madame Crenn, un punch au kirch et du bon.

— Ah ! monsieur Ragot, vous êtes de belle humeur, vous vous êtes entendu avec monsieur.

— Oui ! oui ! à merveille.

Mornas cacha son dépit le mieux qu'il put devant la cabaretière.

Ah ! canaille de Ragot, disait-il en lui-même, tu m'exploites comme un vrai pirate.

Le punch fut vite bu et Ragot emmena son passager à son bateau.

La *Marie des Anges*, la goélette commandée par Ragot était assez finement taillée et portait à destination du Hâvre un chargement d'avoine. L'équipage était à terre, sauf le mousse occupé à la cuisine et qui ne fit aucune attention à Pierre Mornas. Le capitaine, après s'être assuré qu'aucun douanier ne l'observait, souleva un panneau et poussa Mornas dans la câle. Ce dernier s'allongea sur le lit d'avoine, son précieux sac à ses côtés, et attendit avec une torturante impatience le départ du navire.

Il faisait noir et infect dans ce réduit; l'avoine montait presque jusqu'au pont. Au bout de quelques minutes le clerc de notaire entendit des trottinements légers à côté de lui. C'était les rats qui galopaient. Deux ou trois fois, il en passa sur sa tête et ses mains. Bientôt il étouffa à moitié dans cet air lourd, mais il devait subir cette séquestration jusqu'à huit heures du soir, au moment où l'on serait sorti de la rivière.

Deux heures se passèrent. Des piétinements sur le pont l'avertirent de l'arrivée de l'équipage; puis il entendit larguer l'amarre et hisser les voiles, et bientôt la goélette fila laissant derrière elle les lumières de Morlaix.

Alors Ragot le délivra, et lui demanda s'il voulait manger. L'équipage parut un peu surpris de la présence de cet intrus, mais il n'en partagea pas moins le repas du soir avec Mornas; c'étaient de braves matelots bretons peu causeurs et peu curieux. Aussi Pierre ne fut-il guère l'objet de questions indiscrètes. Après le dîner, il resta un moment accoudé à l'arrière près de la barre et vit défiler successivement dans la nuit étoilée des ombres noires représentant les diverses pointes et caps de la baie de Morlaix, le château du Taureau, l'île Louet, les chaînes de Primel, et quand la dernière des pointes disparut, Mornas se sentit un grand poids de moins sur la poitrine.

Le vent s'était tourné un peu plus dans l'ouest, la goélette ne fatiguait pas trop. La nuit devint froide et le fugitif alla prendre possession du cadre étroit que Ragot lui avait assigné.

Quand il se réveilla au petit jour, le navire était en pleine marche, nulle terre à l'horizon, sauf une pointe bleuâtre qui fuyait à l'ouest : Pors-Even près de Paimpol.

La vie sur cet étroit espace était fort monotone. Ragot jurait contre ses hommes, chiquait et se promenait de l'avant à l'arrière deux heures durant, sans adresser la parole à son passager. Les matelots dormaient, sauf celui de la barre, ou flânaient et jouaient d'interminables parties avec des cartes graisseuses. Le mousse cuisinait, essuyait, frottait, lavait et de temps à autre, recevait des taloches du capitaine.

On doubla les îles Normandes, la pointe de Cherbourg et le cinquième jour au matin, l'homme de quart signala le Hâvre.

Curieusement, Mornas regarda la belle entrée de la Seine, les falaises blanches de Sainte-Adresse, les phares élevés sur le Hève, les bassins, la pointe du Hoc, et de l'autre côté Honfleur avec son admirable pointe de Grâce.

Il admira cette forêt de mâts, ces navires colosses venus de tous les points du monde, les grands *schipps* américains élancés, taillés pour la course dans l'Atlantique ; les Hollandais lourds, l'avant presqu'aussi rond que l'arrière, les bateaux norwégiens chargés de bois et les navires anglais noirs de charbon.

Dès que l'amarre fut lancée, il débarqua sans bruit son sac sur le dos, profitant du moment où les douaniers envahissaient le pont et se mêla à la foule du port.

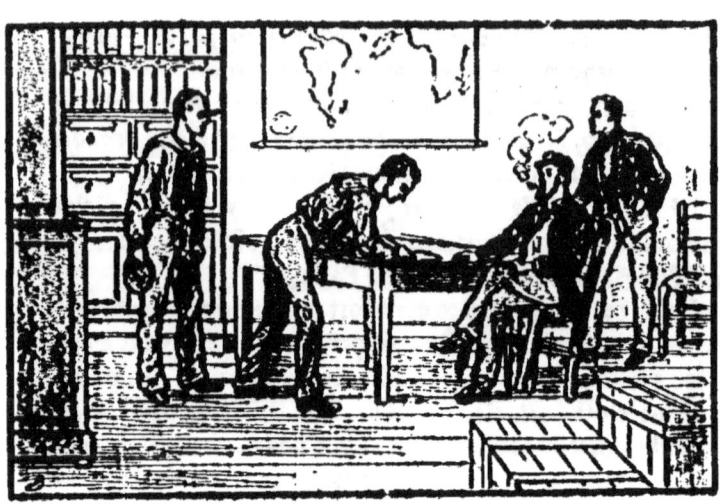

Il signa l'engagement (page 101)

II. — L'ENGAGEMENT

L'animation des quais, l'encombrement près des docks et des entrepôts, le roulement des camions et des charrettes, les gémissements des machines à décharger, les sifflets des vapeurs, tout contribua à étourdir un peu Mornas.

Pendant quelques minutes, il fut bousculé, coudoyé par une multitude de porteurs et de matelots. Il faillit recevoir une benne de charbon sur la tête; un portefaix chargé d'un sac de blé, le heurta violemment et l'injuria. En quelques minutes, il fut couvert des poussières les plus diverses : charbons, plâtre, farine, etc. Il trébucha sur des boucants de sucre et de grossiers paniers en natte pleins de raisins secs. Enfin, il put reprendre haleine dans un carrefour moins fréquenté et réfléchir un peu.

Dans cette multitude de mâts, il n'était pas facile de reconnaître des navires en partance pour l'Amérique. Il passa une heure à questionner des matelots, fut accueilli avec des injures par les uns, avec des haussements d'épaules par les autres.

Etourdi des cris, du fracas des voitures, du bruit des agrès, du ronflement des machines, il s'assit sur une borne. Mais pas pour longtemps, car un douanier passa devant lui deux ou trois fois, en lui jetant un regard défiant.

Il n'osait s'adresser aux agences de navigation, à cause de son costume délabré; puis il avait peur des questions indiscrètes qu'on lui ferait certainement, puisqu'il manquait absolument de papiers et de passeport.

Il s'éloigna au hasard. Les rues où il erra ne lui offrirent pas grand intérêt. C'étaient des files d'entrepôts, de magasins, ou de vastes bâtiments portant simplement ces mots : *Commission — Exportation.* Plus loin, il lut sur une enseigne : *Coton — Echantillonnages.* D'énormes charriots à quatre roues apportaient des balles monstres, mal cousues, d'où s'échappaient des flocons de coton blancs comme de la neige, luisants et satinés. Par un vitrage, il entrevit une foule d'employés maniant de gros registres à coins de cuivre, ou écrivant rapidement sur des feuilles volantes. Des coups de timbres sonnaient ; une vie, une activité débordante, une fureur de travail agitaient ces ruches humaines.

Poursuivant toujours sa route, il atteignit le quartier de l'épicerie. Des senteurs exotiques, des odeurs de canelle, de raisins secs, de poivre l'assaillirent. Dans des cours ou de vastes salles, les caisses de conserves, les tonnes d'huiles, les sacs de café s'amoncelaient. Des armées de garçons, s'agitaient, jetant des chiffres, des noms dans un brouhaha de voix et de choses remuées.

Plus loin, il arriva au chantier de déchargement des peaux et des cuirs. Une odeur infecte s'élevait de ces grandes cours où des hommes en bras de chemise, chaussés de sabots, étendaient sur les pavés humides les peaux de bœufs des Pampas, et les lavaient à grande eau pour dissoudre le sel qui les imprégnait.

A côté, sous des hangars, des piles de toisons ou des montagnes de laine blanche, dégageaient leurs senteurs grasses de suint.

Puis les maisons s'espacèrent et firent place aux scieries avec leurs chantiers à travers la poussière qui s'élevait dans les halles immenses. Les ouvriers s'agitaient comme des ombres grisâtres, silencieux, au milieu du grincement des scies et des rugissements des machines.

Marchant toujours devant lui, Mornas s'égara dans des terrains vagues. De grandes fosses remplies d'argile jaune, des trous pleins d'eau croupie annonçaient les briqueteries. Symétriquement placés en cubes élevés, largement aérés, les tas de briques cuisaient ; à côté, des mouleurs façonnaient des tuiles, passaient du sable à la claie et ce travail, relativement silencieux, contrastait avec l'animation et le bruit des industries voisines.

Pierre Mornas sans s'en douter, marchait depuis longtemps et voulant revenir près du port, il prit une avenue d'arbres rachitiques et pénétra quelques minutes après dans un quartier populeux dont les habitants par leur aspect lui rappelèrent ceux des rues pauvres de Brest. Les enfants sales, mal peignés, jouaient dans le ruisseau fétide. Des vêtements et du linge séchaient aux fenêtres. Des vieillards en haillons fouillaient des tas d'ordures. De nombreuses petites boutiques étroites et obscures étalaient à des devantures dévastées des comestibles suspects et de misérables articles de ménage.

Après s'être égaré plusieurs fois, Pierre Mornas revint sur le quai où on l'avait débarqué.

Sur ce quai grouillant de matelots et d'ouvriers des docks une foule de cabarets étalaient leurs devantures avec des inscriptions en plusieurs langues. Mornas talonné par la faim, choisit au hasard un *bar* remarquable par une enseigne assez pittoresque. Un sauvage brésilien, couleur de brique sur un terrain vert pomme et dans un ciel indigo, portait sur le poignet un perroquet orange et carmin. Au-dessous on lisait :

Au retour de l'Amazone.

L'intérieur était très différent du cabaret de la mère Crenn à Morlaix. Beaucoup de petites tables de marbre, un *zinc* bril-

lant comme de l'argent chargé de verres, un tourniquet. Des
casiers chargés de bouteilles aux appétissantes vignettes. De la
sciure de bois répandue sur le plancher. Au comptoir, un gros
homme bouffi à tête de boule-dogue, sanglé dans une vareuse
étroite, avec un tablier blanc retroussé, dessinant un ventre
d'une rotondité majestueuse.

Il jeta un regard assez méprisant à Mornas et parut servir à
regret la portion que celui-ci demanda avec une bouteille de
bière; il se fit même payer immédiatement.

Tandis que Pierre, son sac entre les jambes, mangeait avec
appétit du bœuf dur qui n'avait jamais connu les gras pâturages
du pays de Caux, il vit entrer deux hommes qui s'assirent à
une table vis-à-vis de la sienne.

Le premier avait la mine d'un commis de négociant. Sa
figure était d'ailleurs parfaitement insignifiante. Le second
avait une physionomie assez originale et son accent dénotait
un étranger.

Assez grand, mince, le nez busqué, le teint olivâtre, les yeux
veloutés d'un Espagnol, les cheveux très noirs, il parlait le
français avec l'accent traînard et les expressions surannées des
Louisianais d'origine française. Il fumait un gros cigare et gesti-
culait beaucoup en parlant.

— Certes, disait-il, je suis dans une position peu commode :
je devais partir après-demain et voilà que c'est impossible, mes
marauds de matelots m'ont joué un tour pendable, ils se sont
battus dans une taverne près du port avec des Anglais; un a été
tué, un autre est à l'hôpital avec trois coup de couteau, un
troisième a le bras cassé et les autres sont en prison, et ne
seront pas relâchés avant un mois ou six semaines. Ceux qui
sont restés à bord ne peuvent suffire à la manœuvre et mon
cuisinier est parmi les prisonniers. Comment me tirer de là?

— Certainement, je le comprends, capitaine Denis, mais je
vais me mettre en campagne pour vous retaper votre équipage.
Pouvez-vous rester cinq jours ici?

.— Hélas! il le faudra bien. Mes consignataires Colson and
C° de la Nouvelle-Orléans ne m'ont donné cependant que douze

jours pour le déchargement de mon coton. J'ai fini avant-hier et sans mes faquins de matelots, j'aurais appareillé à la marée du matin.

— Alors ne désespérez pas, dit le négociant, avant trois jours, votre équipage sera complété.

Quelques minutes encore, les deux hommes causèrent de choses indifférentes, et sortirent.

Tiens, tiens, pensa Mornas, si j'essayais de cette voie-là pour sortir de France. Qui s'aviserait de me reconnaître parmi l'équipage de cet Américain? Il va recruter un tas de coquins et ne se montrera pas difficile. Le cuisinier manque, je remplacerai le cuisinier. C'est une occasion précieuse et en plus un capitaine parlant le français. Je vais tâcher de connaître son nom et celui de son navire.

— Dites donc patron, dit-il en s'adressant au maître du bar, connaissez-vous ces deux messieurs?

— Au moins l'un d'eux, grogna la tête de dogue. Le plus petit est le premier commis de la grande maison de coton Frizel, l'autre est sans doute un capitaine américain, mais c'est la cinquième fois que je le vois.

— Je vous remercie bien.

Et il sortit à son tour du bar.

Le premier passant qu'il rencontra lui donna l'adresse de la maison Frizel. Il y sonna et demanda à parler au premier commis.

Ce dernier, seul dans son cabinet, lui demanda brusquement ce qu'il voulait.

— Tout à l'heure, Monsieur, je vous ai entendu causer avec un capitaine américain qui veut compléter son équipage. Je viens me présenter pour en faire partie.

— Avez-vous déjà été marin?

— Oui, trois ans, comme cuisinier à l'Etat

— Montrez-moi votre livret.

Mornas avait prévu cette demande.

— Hélas! Monsieur, je l'ai perdu ainsi que mes certificats.

— Et vous osez vous présenter ici sans certificats ni papiers?

7

Mornas resta muet.

Le commis l'examina attentivement, puis il haussa les épaules, semblant dire : Que m'importe la qualité de ce gaillard-là ? Ce n'est pas mon affaire.

— Revenez demain à huit heures et soyez exact. Le capitaine Denis décidera.

Sur cette parole, le commis le congédia d'un geste.

L'ex-clerc de notaire se promena quelques heures pour essayer de rencontrer le capitaine Denis, mais il ne put le trouver dans la foule des quais.

Vers le soir, il s'enquit d'un gîte et on lui indiqua l'hôtel de l'*Ancre Couronnée*, où on logeait pour un prix modique.

Toute son assurance lui était revenue. Il marchait la tête haute, son sac sous le bras. Personne ne le regardait dans cette foule qui sortait des docks et des magasins. Aussi entra-t-il à l'*Ancre Couronnée* comme s'il l'eût habitée des années. C'était une maison meublée de pauvre apparence où couchaient les matelots sans engagements et les ouvriers qui faisaient leur tour de France. Avant d'y pénétrer, il vérifia la boucle de son sac ; ce fut une précaution dont il ne se repentit pas, car l'aspect seul de la chambre où il devait prendre place, lui causa une certaine inquiétude. C'était une pièce toute en largeur, meublée de quatre lits symétriquement rangés à la file et composés chacun d'un matelas d'étoupe et de deux couvertures rapiécées, (les draps étant chose inconnue dans ce bouge). Une grande cuvette en cuivre et deux cruches posées sur un banc offraient aux locataires des moyens suffisants pour leurs ablutions.

Quand il entra vers neuf heures, il y avait déjà deux individus couchés. A en juger par les vêtements du premier, étalés sur son lit, c'était un matelot, les loques du second et son feutre pointu indiquaient un vagabond. La petite lampe qui éclairait la pièce était trop faible pour que l'on pût bien distinguer les figures.

Sans bruit Mornas introduisit son précieux sac sous son traversin et se déshabilla rapidement.

Mais une fois couché, il ne songea pas à s'endormir ; l'esprit occupé d'une foule de pensées, il se demandait non sans inquiétude, si la nouvelle de son second crime était arrivée jusqu'au Hâvre. Le procureur de Châteaulin avait sans doute envoyé son signalement à tous les ports français.

— Ragot, avant mon débarquement, me regardait tout particulièrement. Ne se serait-il pas avisé d'aller prévenir la police hâvraise de l'arrivée fortuite à son bord d'un singulier passager? Ce coquin-là après m'avoir rançonné, ne voudrait-il pas faire du zèle pour se faire pardonner certaines peccadilles qu'il doit avoir sur la conscience?

Il allait s'endormir, quand le vagabond d'une voix pâteuse, à moitié ivre, l'interpella :

— Hé! là-bas, l'aristo! qu'est-ce donc que vous avez mis comme cela sous votre traversin? Faut pas faire le fier avec les amis. Si vous êtes *grinche* faut partager.

Si la lumière eût été plus vive, on eût pu voir Mornas blémir. Il se garda bien de répondre.

Son silence irrita sans doute l'ivrogne qui saisissant son traversin, l'envoya à toute volée dans la direction du lit de Mornas.

Le projectile dépassa le but et tomba lourdement sur la poitrine du matelot.

Ce dernier réveillé en sursaut, s'écria avec un accent breton très prononcé.

— *Malarch doué!* qu'est-ce qui m'a fait cela? et il jeta autour de lui un regard farouche.

— Ah! ben, si l'on ne peut plus rigoler? répondit le vagabond.

— C'est toi canaille, attends un peu.

Et le matelot d'un bon s'élança hors de son lit et tomba à grands coups de poings sur son agresseur.

Pendant quelques secondes ce fut une lutte furieuse. Le vagabond cherchait à saisir son adversaire à la gorge, mais par une agilité incroyable, celui-ci se déroba et lui envoya un formidable coup de tête dans la poitrine. Le malheureux tomba sur la porte dont un panneau se fendit.

Le maître de l'établissement alarmé par le bruit de cette lutte accourut et voyant le vaincu regagner son lit clopin-clopant, s'écria :

— Ah! ça, vous autres, avez-vous envie de faire monter la garde ici? Toi l'ami, dit-il, en prenant le bohême par le bras, ramasse tes frusques et houste-là, dehors !

Sans écouter les supplications du pauvre diable demi-nu, le logeur le traîna sur l'escalier, d'où il le précipita presque jusqu'en bas, en lui jetant sur le dos ses vêtements.

— Tenez-vous tranquilles vous autres, grommela le logeur, espèce de géant roux, ou je vous envoie coucher à la belle étoile.

— As pas peur, patron, répondit le matelot, nous sommes débarrassés de ce *black boule*. Nous allons ronfler.

Blotti sous ses couvertures, la main droite, tenant le précieux sac contre sa poitrine, Mornas resta muet.

Le logeur referma la porte et le matelot reprit son sommeil interrompu.

Rassuré par la tranquillité de son voisin, l'ex-clerc finit aussi par s'endormir.

Il se réveilla le matin vers sept heures, quand un jour grisâtre et froid filtra par les carreaux salis de la misérable chambre. Il se rappela la recommandation du commis de la maison Frizel et s'empressa de se lever.

Son compagnon s'habillait lentement comme quelqu'un qui ne sait que faire de son temps. Enfin, quand il eut noué son foulard rouge et planté son bonnet sur sa tête, il s'assit sur son lit, bâillant, les mains dans ses poches.

— Un sale temps, fit-il.

— Oui un sale temps, répondit Mornas.

Les deux hommes s'examinèrent en silence.

Le marin était un homme de taille moyenne, les traits hâlés, un peu durs, une forêt de cheveux châtains tombait sur son front bas et ombrageait deux yeux bleu-clair. Ses épaules larges, ses jambes courtes, mais solides annonçaient un homme vigoureux. Il pouvait avoir de vingt-huit à trente ans. Sa mise n'était pas très luxueuse ; un pantalon de gros drap bleu défraîchi, une vareuse de laine noire, blanche aux coudes et rapiécée ; le foulard rouge noué à la marinière et son bonnet complétaient son habillement.

Il avait l'air franc et honnête. C'était sans doute un pauvre diable, mais sans rien de déplaisant dans la physionomie.

Pierre rompit de nouveau le silence :

— Si nous allions déjeuner ? dit-il.

Mais le marin ne lui répondit que par un geste d'une grande éloquence ; entre le pouce et l'index de chaque main, il exhiba le fond de ses poches qui étaient parfaitement vides.

— Déjeuner ? je ne demande pas mieux ; mais avec quoi ? Hier soir, j'ai donné ma dernière pièce de dix sous pour ce lit. Aujourd'hui je compte sur un engagement pour me mettre quelque chose sous la dent.

— Alors, je vous offre de casser une croûte ensemble. Je ne suis pas beaucoup plus fortuné que vous ; je cherche aussi une place de maître-coq.

Le matelot accepta avec empressement et quelques minutes après, les deux nouveaux amis étaient attablés dans une des innombrables tavernes du port devant un plat de viande froide et deux pots de cidre.

— Foi de Dieu ! s'écria le marin, sans vous je me serrerais le ventre aujourd'hui. Et sans plus tarder il entama avec ardeur les victuailles.

Mornas le fit causer, et apprit que son convive s'appelait François Mescam, et était natif d'Audierne. Ancien gabier de l'Etat, il venait de faire deux ans de navigation au commerce, et après avoir porté à sa mère ses économies, depuis huit jours, il errait à travers le Hâvre sans pouvoir trouver un engagement à bord d'un navire français.

— Je ne sais plus que devenir, dit-il en finissant ; si je ne vous avais pas trouvé ce matin, j'aurais été à un poste de police prier de m'arrêter et de me faire reconduire dans mon pays.

Cette naïve déclaration, au lieu d'émouvoir l'ex-clerc, l'irrita plutôt. La probité native du matelot breton lui sembla une injure. Mais il se contint. Ce Mescam serait un moyen de parvenir plus sûrement à contracter un engagement avec l'Américain. Ce dernier, le voyant amener un bon marin, l'accepterait sans doute par-dessus le marché.

— Si je vous proposais un engagement à bord d'un Américain ?

— Je ne sais pas l'anglais, malheureusement, sinon, ce serait avec plaisir.

— Mais le navire dont je vous parle est commandé par un homme de la Nouvelle-Orléans, qui parle très bien le français, car je l'ai entendu.

— Si c'est ainsi, autant celui-là qu'un autre.

Mornas lui raconta ensuite ses prétendus malheurs : son livret perdu et à cause de son manque de certificats, deux ou trois engagements ratés.

Le Breton n'y comprit pas grand chose, si ce n'est que son nouvel ami était fort désireux de quitter la France.

Leur repas terminé, ils se rendirent aux bureaux de la maison Frizel.

A la porte, ils rencontrèrent le capitaine américain James Denis. On les introduisit dans le bureau sans les faire attendre.

— Tiens, vous êtes deux aujourd'hui ? demanda le premier commis.

— Oui, Monsieur, j'ai trouvé un compagnon, un solide marin, et je ne doute pas de votre satisfaction. Mescam, montrez votre livret à ces messieurs.

Mescam exhiba son livret. Le Louisianais se balançait sur sa chaise en fumant son éternel cigare, et paraissait parfaitement indifférent à la scène. Le commis de Frizel lut attentivement les états de service du gabier breton, et passa le livret à James Denis. Ce dernier jeta un simple coup d'œil, mais après, il s'entretint à voix basse en anglais avec le commis et enfin, il jeta de sa voix dure et sèche ces mots :

— Dix dollars par mois, ça vous va-t-il ?

— Oui, capitaine. C'est bien peu, cependant. Enfin, puisqu'on ne trouve rien.

— Eh bien! signez, et il poussa vers le matelot une liste d'engagement.

— A l'autre, dit le capitaine. Que voulez-vous?

— Vous n'avez plus de maître-coq, capitaine? Je suis prêt à le remplacer.

— Avez-vous des certificats?

Mornas rougit, hésita et enfin répondit :

— Hélas! tous mes papiers m'ont été volés.

— Je ne prends personne sans papiers. Je n'ai pas besoin de vous.

— Mais, capitaine, un matelot ordinaire se trouve plus facilement qu'un bon maître-coq. Prenez-moi, vous ne vous en repentirez pas.

Il y eut un nouveau colloque en anglais entre le commis et le capitaine. Ce dernier parut hésitant.

Mornas sentait son cœur vaciller dans sa poitrine. C'était le seul navire en partance immédiate pour l'Amérique. S'il était obligé d'attendre plus longtemps au Hâvre, il courait le plus grand danger. D'heure en heure, ce danger se rapprochait. Hâletant, les yeux fixés sur le capitaine Denis, il attendait.

— Bah! murmura le Louisianais, je n'ai pas trop de monde à bord. Il doit avoir navigué, paraît solide. S'il ne marche pas droit, Hilary, mon maître d'équipage est là. Trois dollars par mois, pas un *cent* de plus?

C'était un prix dérisoire, mais Mornas n'eut garde de laisser échapper l'occasion. Il signa l'engagement sans pouvoir presque contenir sa joie.

— Ce soir, ordonna le capitaine à huit heures à bord de la *Syracusa*.

Et lançant une forte bouffée de fumée, le capitaine congédia les deux hommes d'un geste.

Quand ils furent sortis, le commis lui dit d'un air mécontent :

— Savez-vous capitaine qu'il a une drôle de mine, votre nouveau maître-coq?

— Eh bien?

— A votre place, je n'aurais pas pris cet individu sans papiers et sans certificats. Il n'est pas plus matelot que moi.

— Bah! n'en ayez cure. Moi et Hilary savons mâter tous ces gaillards-là.

D'autres matelots se présentèrent pour être engagés, et Denis et le commis cessèrent de s'entretenir de Mornas.

Intérieurement, ce dernier n'était pas très rassuré. Comme toujours, il avait menti effrontément. A peine si sa science culinaire atteignait à la cuisson d'un œuf.

— De l'audace, toujours de l'audace, se dit-il. Ces Américains n'ont pas plus de goût que des pourceaux, et pour trois dollars par mois, le capitaine ne doit pas espérer un régal de financier.

La *Syracusa* était un grand trois-mâts de forme élancée. Autrefois, c'était sans doute un navire négrier; à voir son avant finement taillé, sa carène profonde, on devinait un voilier de première classe et non un simple bateau à coton.

Mornas absolument neuf dans les choses maritimes ne fit point ces remarques, mais l'aspect du navire se traduisit pour Mescam en une vive admiration.

Malheureusement quand ils virent l'équipage, l'opinion des deux amis sur la *Syracusa* changea un peu.

Une vraie collection de filous et de pirates, cet équipage, composé de gens de nationalités différentes.

A force d'insistance auprès des autorités, le capitaine Denis avait obtenu par l'intermédiaire du consul américain la mise en liberté de six de ses matelots emprisonnés. Les autres restaient sous les verrous.

♣

— Méfiez-vous, lui dit tout bas Mescam (page 105)

III. — LE VOLEUR VOLÉ

Mornas débuta assez mal dans sa carrière maritime. Il faut un apprentissage à toute chose, et l'occupation de son hamac ne réussit guère à lui faire goûter son nouveau métier. A côté de lui deux Yankees énormes, taillés en athlètes, ricanaient en mâchant leur chique. Un petit Italien noiraud, l'œil mauvais, voulut sous prétexte de l'aider à se hisser dans sa couche branlante, le débarrasser de son sac.

— Méfiez-vous, lui dit tout bas Mescam près de lui, il va vous prendre quelque chose.

Or, on sait le contenu du fameux sac, Mornas y tenait plus qu'à son âme.

— Bas les pattes, toi, répondit-il aux offres intéressées de l'Italien, et violemment il le repoussa.

— Corpo di Baceldo, cria le napolitain, tu m'offenses, je vais te faire ton affaire.

Et il tira de sa ceinture un long couteau.

Mais Mornas était d'une bravoure farouche et surexcité par la peur de se voir dérober le fruit de ses crimes, il lança à l'Italien ses deux souliers ferrés attachés ensemble. Son adversaire les reçut en pleine figure et le choc le surprit tellement qu'il chancela et lâcha son couteau.

— Hourrah pour le Frenchman ! Je parie un dollar contre un cent qu'il rossera Gennaro, s'écria l'un des géants Yankees.

— Trois dollars pour Gennaro, riposta l'autre géant. Tu tiens Jim ?

— Oui, ben.

Gennaro voulut ramasser son couteau ; mais Mercam d'un coup de pied envoya l'arme rouler au fond du poste.

— C'est bon, mon garçon, pensa Mornas, te voilà désarmé. J'ai la partie belle. Et sans laisser à son adversaire le temps de reprendre le couteau, il se précipita sur l'Italien.

Ce dernier assez lâche de sa nature, voulut fuir le Français, autour duquel les matelots amusés par cette lutte s'étaient groupés.

Avant qu'il eût fait trois pas, les mains de Mornas s'abattirent sur son cou et lui serrèrent la gorge.

L'Italien se débattit un moment, les yeux hors de l'orbite à moitié étranglé.

— Peste, vous allez bien pour un maître-coq ! dit une voix rauque derrière Mornas. Lâchez cet homme et couchez-vous.

Mornas obéit, car il venait de reconnaître le maître d'équipage, un nommé Hélary, déserteur de la marine française que le capitaine venait d'envoyer pour savoir la cause de la bagarre. Véritable hercule, il en imposait par la vigueur de ses poings énormes et celui qui avait maille à partir avec lui, s'en relevait rarement.

Gennaro se releva, se secoua comme un chien mouillé et décampa sur le pont.

Tous les autres matelots se couchèrent.

— Ben tu as perdu.

— C'est vrai, Jim ; mais nous nous sommes bien amusés. Un fier *boy* que ce cuisinier.

— C'est possible; mais nous aurons peut-être une drôle de cuisine.

Mornas se hissa dans son hamac assez content de l'issue de ce combat singulier, mais fort inquiet au sujet de son sac.

Pendant la nuit, il ne dormit guère. Vers le matin, Mescam l'appela.

— Hé! le petit Gall (c'était le nom que Mornas, on le sait s'était donné depuis son déguisement en matelot) dormez-vous?

— Non. Pourquoi?

— Eh bien! (et ce fut en breton que Mescam parla), vous savez l'Italien, c'est dommage que vous ne l'ayez pas étranglé.

— Pourquoi donc?

— Parce qu'il se vengera dès qu'il en saisira l'occasion. C'est traître ces *Mokos* là.

— C'est bon, je veillerai. Tout de même, se dit-il, je me suis embarqué sur une drôle de galère.

Un homme de veille vint une heure après lui dire qu'il était temps de préparer le café de l'équipage.

Mornas sauta hors de son hamac, et monta à la cuisine située sur le pont. Il pleuvait à torrents. Son sac commençait à l'embarrasser. Il ne pouvait se résigner à le quitter une minute. En arrivant dans la cuisine, il trouva un coffre servant à renfermer des provisions. Il y mit son sac et le ferma à clef; ne craignant plus d'être volé, il se demanda comment il allait procéder à ce fameux café, car il ne voyait ni filtre ni cafetière.

— Vous êtes bien embarrassé, je vois, dit le mousse, un jeune garçon de la Nouvelle-Orléans, appelé Dan David. Mais ici, nous faisons le café dans un chaudron. Je vais vous montrer cela.

Et lestement, l'enfant détacha une petite chaudière de cuivre, puisa dans une boîte de fer-blanc cinq ou six poignées de café moulu qu'il jeta dans le chaudron, versa environ quatre litres d'eau par-dessus et mit le tout sur le fourneau.

— Quand ça bouillera, passez avec ce torchon. Voici la tasse du maître d'équipage et la gamelle des autres. Je vais préparer celui du capitaine et du second à part.

Tandis que l'eau chauffait, Mornas fit causer Dan David, et apprit qu'il y avait en tout vingt-deux hommes à bord. Le capitaine Denis, de la Louisiane, le second Josiah Dumble de Boston. Le maître Hilary, un Malouin. Les matelots Ben et Jim du New-Jersey, l'Espagnol Miranda, le Napolitain Gennaro, puis deux Anglais, un Danois, un Norwégien, cinq hommes de San-Francisco qu'il croyait Américains un mulâtre de Cuba et deux Allemands de Hambourg, lui Mornas, Mescam et enfin le mousse Dan David.

— On était vingt-six autrefois, ajouta le mousse. Hilary et le capitaine ont prétendu que c'était trop ; moi aussi, je trouvais que vingt-six maîtres à servir c'était beaucoup.

— Quelle tour de Babel flottante ! répondit Mornas à cette énumération.

— Et le capitaine Denis, ajouta-t-il, est-ce un brave homme ?

— Comme ça, répondit Dan David, quand il n'a pas bu trop de weskey ou de gin, ça va bien. Si par malheur, il en consomme trop, c'est moi qui en reçoit des gifles et des coups de pied !

— Et le maître-coq avant moi, était-ce un homme habile ?

— Un hideux ivrogne, toujours gris. Il ne savait que mettre du poivre et du piment partout. Sa cuisine emportait la bouche.

— Quels sont les menus ordinaires ?

— En mer, du bœuf salé ou du porc avec des haricots et des pommes de terre. Quelquefois du riz, mais pas bien souvent.

— Je vous remercie Dan, où est le sucre ?

— Voilà, c'est de la cassonnade.

Mornas prit la cassonnade avec une cuillère à pot, et la répandit libéralement. Le café se trouva fait.

Deux ou trois fois, Gennaro était venu roder près de la cuisine, mais l'ex-clerc ne s'en aperçut pas.

A dix heures, Mornas prépara le repas de midi. C'était du bœuf frais. Pour se faire bien venir du capitaine et de l'équipage, il le détailla en beafsteck qu'il s'ingénia à cuire à point. Le soir, il déposa sur la table de l'équipage du bœuf en daube avec une sauce de sa composition, au lieu de l'éternelle sauce poivrée du cuisinier Yankee. Ce qui lui valut les félicitations d'un grand nombre de matelots. Les deux officiers dînaient en ville. Peut-être n'aurait-il pas eu le même succès près du capitaine Denis et de Josiah Dumble.

Sa réputation était faite parmi l'équipage. Par patriotisme, Hilary ne lui tint pas rigueur de la correction administrée à Gennaro.

Ce dernier même ne parut point gêné près de Mornas : avec sa bassesse italienne, il joignit aussi ses compliments à ceux des matelots. L'Espagnol Miranda, voyant Mornas au seuil de sa cuisine après le repas vint, la cigarette aux lèvres, lui serrer la main.

—Senor, vous êtes un *Caballero*. Veuillez accepter l'amitié d'un bachelier de Salamanque, plus riche en science qu'en doublons. Vous avez solidement corrigé cette vermine de Gennaro, que je déteste personnellement, et vous me paraissez un homme infiniment supérieur aux grossiers Yankees qui nous entourent.

Vers le soir, sur l'ordre du capitaine, il s'absenta du bord avec Dan David pour prendre des provisions fraîches dans un magasin sur le quai. Il ne pensa pas à son sac. Qu'avait-il à craindre, puisque la clef du coffre était dans sa poche. Il revint fatigué de sa journée, et se coucha dans son hamac.

Le matin de bonne heure, on appareilla. Le capitaine, Dumble et Hilary donnaient les ordres nécessaires. Une fois remorquée hors des jetées, la *Syracusa* déploya ses voiles et s'élança dans la Manche. Déjà on avait perdu de vue le cap de la Hève, lorsque le maître d'équipage Hilary vint demander à Mornas, s'il n'avait pas vu le matelot Gennaro.

— Non, répondit-il, pas depuis hier soir.

— Eh bien ! alors, c'est qu'il a déserté. C'est tout de même singulier, car il sait à peine quelques mots de français et n'a pas un sou en poche. Hier matin, je l'ai entendu gémir d'avoir perdu toute sa paye en jouant avec le Cubain Antonio. Je vais prévenir le capitaine Denis.

Mornas pâlit en entendant ces paroles, un horrible soupçon lui vint.

— Il m'a sans doute dévalisé ; mais comment ? puisque j'ai la clef du coffre dans ma poche.

Il ouvrit son coffre. Son sac y était bien ficelé. Il le soupesa, il pesait le même poids. Il voulut vérifier le contenu et délia les cordons.

Ses yeux se voilèrent, il faillit tomber à la renverse. Dans des chiffons, deux morceaux de fonte, remplaçaient les rouleaux d'or et des morceaux de vieux journaux déchirés en carrés remplaçaient les précieuses vignettes bleues ! Sans doute profitant de son absence de la cuisine et protégé par le désordre inévitable du chargement et des préparatifs de l'appareillage, le Napolitain à l'aide d'une fausse clef avait ouvert la serrure du coffre, pris le contenu du sac de Mornas, et déserté.

Mornas resta quelque temps comme assommé par cette découverte. Cependant, il n'osa aller se plaindre. Il est peu naturel de voir un homme possesseur d'une fortune s'engager comme coq à trois dollars par mois et à bord d'un navire étranger. D'ailleurs qui l'assurait qu'après cette plainte le capitaine Denis ne relâcherait pas à Cherbourg, ou à Saint-Malo, pour débarquer un cuisinier aussi rare et le livrer à la police française.

Pendant six semaines, après le meurtre du notaire, il était resté à Pleyben, subissant stoïquement les interrogatoires et les perquisitions des magistrats. Il avait eu la constance de ne pas toucher à un seul de ces louis d'or si brillants, de ne palper aucun de ces billets de banque. Puis pour garder le fruit de ce premier crime, il avait assassiné le vicomte de Rozilis, imaginé des ruses de sauvage, changé deux fois de déguisement, s'était engagé dans cette troupe de forbans, et il n'était pas sorti de France qu'un des bandits qui l'entourait, lui dérobait cette fortune !

C'était trop ! un moment, il sentit une folie furieuse envahir

Il s'assit sur sa table, et, la tête dans ses mains, se prit à songer (page 113)

son cerveau. Si par malheur, il s'était trouvé quelqu'un dans sa cuisine, il l'aurait égorgé avec son énorme coutelas.

Tous ces calculs, cette fuite si bien combinée et si heureuse, ne lui servaient de rien maintenant! Oh! ce Gennaro, s'il l'avait tenu, comme il lui aurait tiré la dernière goutte de sang de ses veines!

Pour calmer sa fureur, il proféra les plus horribles blasphèmes, et sabra sa table à grands coups de couteau.

Le petit Dan David qui arriva sur ces entrefaites, fut si effrayé de ce visage décomposé et de ces yeux sanglants qu'il s'enfuit et n'osa revenir de toute la matinée.

Tout à une fin, Mornas se calma par degré. Méthodiquement, il visita son sac, mais Gennaro, dédaignant le linge, avait bien emporté or et billets. En vain fouilla-t-il dans les coins et recoins du coffre, bouleversant les provisions, il ne découvrit pas un centime.

C'était fini; et la réaction se faisait, il s'assit sur sa table maltraitée et la tête dans ses mains se prit à songer à ce voyage vers l'inconnu.

Tout à coup, il s'écria :

— Et ma ceinture ?

Elle était solidement bouclée sous ses vêtements, il la palpa, elle était rebondie, et alors il se rappela qu'après les 1,000 francs extorqués par le capitaine Ragot pour son voyage de Morlaix au Hâvre, une somme assez importante y restait encore, près de 9,000 francs, tant en or qu'en billets.

Il respira longuement, il n'était pas sans ressources; mais n'importe les 90,000 francs volés par Gennaro et qu'il avait conservés si peu de jours eussent été bons à garder. Pas un seul moment, il n'eut une pensée de regrets pour ses victimes. Sa conscience était bien muette à ce sujet.

— Tant pis, ce qui est fait est fait. Ne pensons plus à cette somme, mais tâchons en Amérique de regagner lestement l'équivalent.

Vols, assassinats, abus de confiance, il ne reculerait devant rien pour ressaisir la fortune.

8

— Je veux arriver, je veux être riche!

Et maintenant plus que jamais, il consacrerait toute son énergie bretonne, toute sa ruse provençale à ce but.

Pendant qu'il faisait ces réflexions, le capitaine et Hilary fouillaient tout le bâtiment pour retrouver l'Italien. Mais au bout d'une heure, voyant les recherches inutiles, il rentra dans son *roofle* en haussant les épaules.

Le soir, personne ne parlait plus de cet incident si commun dans l'existence de cet étrange équipage.

Ben et Jim se jetèrent sur le capitaine qui se débattit (page 119)

IV. — PROJETS D'AVENIR

Pendant deux ou trois jours, Mornas resta sous le coup de cette catastrophe, mais il prit héroïquement son parti et chercha parmi ses nouveaux compagnons quelqu'un qui pourrait l'instruire sur les industries et le commerce de la Nouvelle-Orléans et de la Louisiane.

Tous ceux qui l'entouraient étaient des gredins, et la plupart ne savaient pas le français. Lui ne comprenait pas un mot de leur langage, affreux mélange de français, d'anglais et d'espagnol.

Miranda était certainement d'une autre classe que les grossiers matelots de la *Syracusa*. D'une famille honorable de la Bastille, il fut envoyé par son père, un alcade, à l'Université de Salamanque, où il fit de bonnes études. Il y prit les germes d'un vice détestable : le jeu. Après la mort de son père, son petit héritage fut bientôt dissipé et un jour à Cadix, se trouvant sur les quais, sans un maravédis, il prit du service à bord d'un brick marchand. Après chaque traversée, il se trouvait aussi pauvre qu'au commencement. Les dix, le *moute* râflaient sans cesse ses économies. Souvent il en riait avec Mornas.

— Je déjeune d'une cigarette, dîne d'un oignon et soupe d'un air de guitare. Que me faut-il de plus ?

Son amitié pouvait être précieuse à Mornas. Avec cette volonté d'arriver par tous les moyens à la fortune, il pensa qu'il devait tirer de cet homme intelligent et qui avait connu le monde, tous les renseignements nécessaires pour ses projets futurs.

Après un entretien sur les Etats-Unis et la Louisiane en particulier et sur les gisements d'or découverts récemment en Californie, Mornas demanda :

— Avez-vous entendu parler d'autres gisements d'or près de la Louisiane ?

— Non, très loin au contraire, dans le Mexique près de Santa-Fé, j'ai entendu dire qu'il y en avait; mais j'y crois peu, et c'est fort loin, dans un pays désert, infesté d'Indiens féroces. Avez-vous l'idée d'aller par-là ?

— Si ces gisements d'or existaient réellement, j'irais volontiers. Mais c'est encore à l'état de projet très vague. Ce serait au cas seulement où je ne trouverais aucune occupation à la Nouvelle-Orléans.

— Si vous le faites, senor, je vous proposerais de me joindre à vous pour cette petite expédition. Je commence à en avoir assez de ce navire et de ceux qui le montent. Quelques pépites d'or me seront bien agréables. Je ne les garderai pas longtemps, je le sais. Mais voyez-vous, fit l'Espagnol, les yeux brillants, ce n'est pas l'or que j'aime, mais les sensations du jeu, ses coups de fortune, ses émotions. Je vis doublement alors.

Pauvre garçon, pensa Mornas, si tu crois conserver les pépites que tu trouveras pour les faire servir au jeu !

— Mais vous ne savez pas l'espagnol ? ajouta Miranda.

— Non, pas un traître mot.

— Cependant c'est nécessaire, car c'est la seule langue de ces contrées. Si vous le voulez, je vous donnerai des leçons.

Lorsque la cuisine peu compliquée du bord était faite, Mornas était libre de son temps. Appuyé sur la lisse, il regardait ses amis, Mescam et Miranda juchés sur les barres de perroquet ou descendant des plus hautes enfléchures avec l'agilité de l'écureuil.

Il rumina à loisir son plan d'expédition.

L'Espagnol et le matelot breton seraient ses associés temporaires, car plus tard, une fois le placer découvert, il chercherait à s'en débarrasser. Miranda et Mercam tomberaient dans quelque précipice ou quelque torrent. En maniant un fusil, le coup part souvent involontairement. Ce sont des accidents et non des crimes. Une fois riche, il reviendrait en Europe, peut-être même dans le midi de la France. Qui s'aviserait de reconnaître Pierre Mornas, le clerc de Mᵉ le Guellec dans le millionnaire qu'il serait devenu.

En attendant, il ne manquait aucune occasion de baragouiner soit l'anglais avec Jim et Ben, soit l'espagnol avec Miranda.

Le voyage s'était accompli jusque-là sans incident. La traversée de l'Atlantique était aux trois quarts faite. La chaleur augmentait tous les jours; des oiseaux d'espèces inconnues à Mornas, suivaient le navire; et bientôt les Bahamas apparurent : îlots de sables, petites terres rocheuses avec quelques palmiers et des cases de nègres.

— Voici la première terre découverte par Christophe Colomb, dit un soir Miranda à Mornas. Voilà où mes aïeux, les marins de la Nina, aperçurent le premier feu des sauvages américains. Ils allaient comme nous deux à la conquête de l'or et ils en trouvèrent.

— Et nous aussi, nous en trouverons, je l'espère bien. Qui sait! peut-être le plus riche placer du monde...

— Ah! les Français! ils ne doutent jamais de rien.

On ne tarda pas à reconnaître les côtes de la Floride. Des marais, de grandes prairies sablonneuses, voilà ce que l'œil découvrait au loin. Souvent les hauts fonds forçaient le navire à s'écarter à une grande distance de la côte; et quand on salua le phare de Key-West, Miranda poussa un soupir de satisfaction.

— Aviez-vous quelque crainte pour notre navigation, grand d'Espagne? demanda en riant Mornas.

— Peut-être, répondit l'Espagnol, à mi-voix, avez-vous remarqué les allures du capitaine Denis, depuis quelques jours?

— Ma foi non, je ne m'occupe que de ma cuisine.

— Eh bien! si vous suiviez comme moi les progrès de son alcoolisme, vous seriez effrayé. Tenez le voilà.

Le capitaine Denis sortait en ce moment de sa cabine, l'œil étincelant, l'air égaré, une longue-vue sous le bras. Il se promena quelques minutes à l'avant à grands pas, gesticulant et prononçant de vagues paroles.

Jim et Ben qui étaient assis sur un rouleau de cordages le suivaient attentivement des yeux.

— Voilà Denis qui a ses *diables bleus,* dit à voix basse le grand Jim.

— Si son second en a autant, nous pouvons fumer notre dernière pipe, répondit Ben.

Denis semblait en ce moment concentrer toute son attention sur la mâture. La brise était assez forte. Josiah Dumble avait fait diminuer la voilure.

— Toute la toile au vent, la barre toute babord! cria Denis.

A ce commandement insensé, les matelots se regardèrent avec stupeur.

— Il va nous faire noyer, ce fou-là, dit Miranda.

Denis répéta son ordre l'accompagnant de son juron familier:

— « Dieu vous donne les yeux faillis chiens! »

Quelques matelots s'apprêtaient à obéir, quand le second Josiah Dumble s'élança en criant:

— Arrêtez!

— Que faites-vous, Josiah Dumble, votre place est dans votre cabine, rugit Denis.

— — Mais capitaine, avec un pareil vent, nous allons sûrement casser nos mâts et peut-être couler.

— Non! après tout, qu'importe. Allons qu'on obéisse !

— *Boys*, cria Josiab, il est fou ; ne bougez pas.

— Dumble allez-vous-en, ou je vous tue.

Et l'alcoolique tirant un pistolet de sa ceinture, fit feu sur son second.

Par bonheur ce dernier s'était baissé et la balle alla s'enfoncer dans le grand mât.

— Désarmez-le ! commanda Dumble, attachez-le ! il est fou furieux.

Ben et Jim se jetèrent sur le capitaine qui se débattit, écuma, rugit ; mais sous leur solide poigne finit par être maintenu. Ils l'emportèrent dans sa cabine où il fut enfermé.

Longtemps on entendit ses cris sauvages, pareils à ceux d'une bête fauve. Des fracas de meubles et de vaisselle brisée, de violents coups de pieds dans la porte annoncèrent la continuation de son accès. Cela dura une grande heure, puis il se calma par degrés, et les matelots attroupés se dispersèrent en commentant cette étrange scène.

— Le triste capitaine, fit Mescam à l'Espagnol.

— Pas drôle du tout. Nous n'avons plus que quatre ou cinq jours de navigation avant d'atteindre les bouches du Mississipi. Mais d'ici là il peut être la cause de quelque malheur.

La *Syracusa* venait de sauter (page 129)

V. — L'INCENDIE EN MER

Pendant deux jours, rien de nouveau ne troubla le voyage. La *Syracusa* se trouvait en plein golfe du Mexique. Mornas voyait avec plaisir s'approcher le moment où il débarquerait sur les quais de la Nouvelle-Orléans. Le soleil se couchait dans un bain d'or, les étoiles se levaient dans le bleu sombre du ciel, la mer était douce et une sensation de fraîcheur remplaçait la chaleur étouffante de la journée.

Sa cuisine finie, Mornas suivant son habitude causait avec Miranda et Mescam. Ce dernier, assis sur une balle renversée, fumait voluptueusement sa pipe. Ils jetaient en ce moment les bases de leur association.

A la Nouvelle-Orléans, on mettrait les capitaux en commun. Ils achèteraient des armes, des couvertures, des vivres et une mule pour porter le tout.

Mornas serait le chef reconnu de la petite troupe. Miranda par sa connaissance de la langue anglaise et de l'espagnol, sa langue maternelle, servirait d'interprète. Quant à Mescam, en sa qualité d'ancien fusilier de la marine, il chasserait et approvisionnerait de gibier les deux autres.

Miranda était allé chercher une vieille carte des Etats-Unis et du Mexique, accrochée dans le poste de l'équipage. L'Espagnol et l'ex-clerc éclairés par un fanal (car Mescam après un coup d'œil, venait de déclarer qu'il n'y connaissait rien) penchés sur la carte, suivaient le cours des fleuves.

Une discussion s'engagea : suivrait-on les rives du Rio-Grande del Norte, ou couperait-on directement à travers le Texas et le Nouveau-Mexique.

Miranda tenait pour la première route plus suivie généralement, mais Mornas la trouvait trop longue et nécessitant en outre le voyage par mer de la Nouvelle-Orléans à Brounsville.

Ils étaient là discutant, chacun tenant à son itinéraire, lorsque le cri : *fire, fire* (au feu) retentit et les glaça jusqu'aux moëlles.

Une épaisse fumée mêlée d'étincelles, s'élançait en tourbillons épais de la cabine du capitaine. Tout l'équipage y courut, et l'un des matelots, un Allemand voulut ouvrir la porte. Elle résista.

Ben, l'Hercule saisit une hache et la défonça ; mais tous reculèrent épouvantés.

De hautes flammes en sortirent, léchant le rouffle, tandis qu'un ruisseau d'alcool enflammée courait sur le pont.

Au fond du rouffle, une petite porte s'ouvrit qui communiquait avec la cambuse où était la réserve des liqueurs et le capitaine Denis, les vêtements en flamme, s'élança un bidon plein d'alcool dans chaque main.

— Attrapez-le, jetez-le à l'eau, crièrent quelques matelots ; mais hélas ! il fallait que Denis eût débondé tous les barils, car le liquide coulait de toutes parts et en quelques minutes, le pont se trouva couvert de flammes.

Tout l'équipage se jeta vers les bastingages où déjà quelques-uns attaquaient éperdument les saisines des chaloupes. Pendant qu'on se hâtait de démarrer le grand canot, le misérable fou après avoir été, en bondissant dans les flammes, de l'arrière à l'avant, jetant le contenu de ses bidons à la volée, se précipita dans la mer.

Josiah et Hilary voulaient en vain organiser les secours, mais avec un équipage pareil, c'était impossible. Au lieu de songer à éteindre le feu, tous se ruaient sur les embarcations. Seul Miranda tenta de saisir un des seaux de toile empilés à l'arrière avec les bouées. Il ne parvint qu'à brûler assez fortement la plante de ses pieds nus.

Les flammes commençaient à attaquer le pont, montaient le long des mâts, rampant comme des reptiles sur les enfléchures goudronnées.

Le sapin sec s'enflammait avec rapidité, et le goudron fondant de toutes parts, donnait un nouvel aliment à l'incendie. Déjà des débris enflammés, des bouts de cordages, des lambeaux de toiles carbonisées, tombaient sur le pont avec des grésillements sinistres.

Ce fut une confusion, un désordre épouvantable, les matelots se tassaient sur la lisse et se précipitaient dans les embarcations.

Ne pouvant combattre le fléau, Josiah Dumble et Hilary voulurent mettre un peu d'ordre dans l'embarquement. Deux ou trois hommes à moitié brûlés tombèrent à la mer.

Enfin, après dix minutes d'efforts, on réussit à descendre le grand canot. Hilary une hache à la main, s'opposa quelques secondes à cette effroyable bousculade, mais il fut débordé. Les deux Allemands et le mulâtre plus poltrons que les autres, le lancèrent à la mer.

Cette mauvaise action ne leur porta pas bonheur, car le canot mal descendu et envahi par une douzaine d'hommes à la fois, chavira.

Des cris d'angoisses, des blasphèmes et des imprécations apprirent à ceux restés sur l'avant, quelle nouvelle catastrophe venait d'arriver; de tous ceux qui le montaient, la plupart se noyèrent, deux seulement réussirent à saisir des cordages lancés par Ben et Mescam.

Le second, Ben, Jim, les deux matelots remontés à bord, Mescam, Mornas et Miranda et le mousse restaient seuls sur le navire en feu. Ils s'étaient retirés près du beaupré. En cet endroit, le pont exhaussé n'avait pas permis aux liquides enflammés d'arriver jusqu'à eux, mais leur position n'en était pas moins fort critique.

Une lourde fumée noire formait un dôme sombre au-dessus du navire. Des gerbes d'étincelles éclataient en feu d'artifice, les couvrant de débris enflammés. Maintenant, toute la mâture était prise.

Le bois sec et résineux craquait et les vergues à moitié détachées, oscillaient d'une façon inquiétante. Les voiles s'envolaient par morceaux en ignition; les poulies et les ferrures tombaient avec un bruit sec.

Tout à coup, un ronflement lugubre gronda à l'arrière.

— Qu'est-ce? demanda Mornas.

— C'est le feu dans la cale.

— Qu'y a-t-il dedans, Miranda?

— Des tonnes d'eau-de-vie de France et des caisses d'artifice.

— Mais nous allons tous sauter, s'écria l'ex-clerc.

— Probablement, répondit Miranda avec calme. Encore un quart d'heure et notre sort sera décidé.

— L'air chaud devenait irrespirable, la flamme gagnait de plus en plus l'avant.

— Et le petit canot de l'arrière, cria Ben?

— C'est vrai. Nous n'y pensions plus, dit Dumble. Impossible de traverser le pont en feu murmura-t-il. D'ailleurs, il doit brûler aussi.

— Non, lui cria Jim, qui grimpé jusqu'au bouté-dehors de beaupré s'efforçait de percer le voile de fumée qui couvrait l'arrière.

— Miranda, Mescam, venez avec moi détacher cette embarcation, prononça Mornas avec fermeté, nous ne pouvons rester ainsi inactifs dans la situation où nous sommes.

L'ex-clerc était doué de tous les vices, sauf de la peur. L'idée de se voir sitôt retranché du nombre des vivants, au moment d'arriver en Amérique, où il comptait bien rattraper les 90,000 francs volés par Gennaro, lui donnait du courage.

Intrépidement, Mornas s'élança sur la lisse, et par un miracle d'équilibre, se tenant seulement avec les mains, les pieds appuyés sur la petite moulure qui garnissait le pourtour du navire à quelques pieds au-dessus de la flottaison, il parcourut en se collant contre la muraille, la distance qui le séparait de l'arrière.

Miranda et Mescam entraînés par son exemple le suivirent.

Les trois hommes aveuglés par la fumée, suffoqués par la chaleur, faillirent dix fois lâcher prise. Après des prodiges de volonté, Mornas, le premier, réussit à saisir le porte-manteau de l'arrière où se trouvait le canot.

Il était temps! la chaleur commençait déjà à écailler sa peinture et les flammes n'étaient qu'à quelques mètres. Mescam et Miranda l'aidèrent à le détacher.

— Bravo! cria l'Espagnol, nous sommes sauvés.

Et le canot descendit rapidement des porte-manteaux.

Les six autres naufragés les attendaient anxieux, ne sachant pas s'ils n'avaient pas péri dans leur entreprise, mais Jim, le premier, vit le canot arriver à l'avant et poussa un hourrah formidable.

— Doucement! commanda Josiah. Le canot est petit, descendons avec précaution; et chaque homme se laissa glisser le long d'un cordage, quand Dumble quitta le dernier le navire, le ronflement de la cale devenait effrayant.

— Vite, avant partout, s'écria Dumble, avant cinq minutes, la *Syracusa* va sauter.

Le navire en flammes éclairait la mer au loin, et la mer toute rouge autour, semblait rouler des flots de sang.

Des frémissements sourds, des espèces de clameurs partaient de l'intérieur. Du canot on entendait les mâts craquer et tomber.

Le canot était à deux cent mètres à peine du bateau, quand une détonation épouvantable déchira l'air. Les voiles enflammées s'envolèrent au loin comme des démons de feu, une nuée de débris qui s'éteignirent dans l'Océan, tomba autour des naufragés.

La *Syracusa* venait de sauter : les alcools et les pièces d'artifice de la cargaison avaient fait explosion et du beau navire sorti du Hâvre sept semaines auparavant, il ne restait plus que quelques épaves fumantes qui achevaient de s'éteindre dans la mer.

L'ex-clerc lui décocha un vigoureux coup de poinle (page 129)

VI. — A LA MERCI DES FLOTS

Errants dans leur coquille de noix sur les vagues du golfe du Mexique, sans boussole, sans lumière, sans vivres et sans eau, les neuf naufragés passèrent une triste nuit.

Josiah Dumble prit naturellement le commandement du canot; se guidant sur l'étoile polaire, il gouverna droit au nord. Il espérait rencontrer un navire dans le voisinage de l'embouchure du Mississipi, dont, selon ses calculs, on ne devait pas être éloigné; mais il remarqua bientôt qu'au lieu de se rapprocher de ce point, le canot s'en écartait : le grand courant équatorial chassait le pauvre esquif dans l'est, c'est-à-dire vers l'Atlantique. Il se garda bien de communiquer ses réflexions à ses compagnons, qui tous les huit ramaient avec force et courage.

La lune se leva étincelante sur le grand désert des eaux et aussi loin que le regard humain pouvait porter, on ne distinguait rien que les vagues miroitantes dans un scintillement argenté.

Au bout de trois heures de navigation la fatigue commença, et Josiah Dumble déclara que seul avec Ben, le plus vigoureux de la bande, il ramerait encore pendant que les autres dormiraient ou se reposeraient. Jim prit la barre et Dumble le remplaça sur son banc.

Tous étaient silencieux. Miranda regardait tantôt les étoiles, tantôt la mer et tâchait de savoir quelle direction suivait le bateau. Plus instruit que ses autres compagnons, il n'ignorait pas cette particularité du golfe du Mexique. Un moment, il hocha la tête d'un air de doute et dit à mi-voix en espagnol.

— Guien sabe? (qui sait?)

Mescam doublement fataliste en sa qualité de Breton et de marin, paisiblement s'endormit après un grand signe de croix et une courte prière. Le pauvre diable savait par expérience qu'en mer l'homme est un atôme. Dieu seul y gouverne en maître. Son exemple fut suivi par les deux autres matelots américains, et par David le petit mousse. Ce dernier, avec l'insouciance de son âge, jointe à la fatigue, ne tarda pas à s'endormir entre les jambes des rameurs. Les lèvres entr'ouvertes, les joues un peu pâlies, le pauvre enfant reposa du bon sommeil de quatorze ans.

Mornas ne se consolait pas de ce nouveau malheur. Ignorant le métier de la mer, il ne pouvait sans frémir envisager le genre de mort qui l'attendait, précédée d'une épouvantable agonie. Cependant il était encore confiant en son étoile : Josiah comptait sur la rencontre d'un navire, et l'attitude paisible de ses compagnons lui donnait encore un peu d'espoir.

La nuit se passa assez tranquille. Rien d'insolite ne les accabla dans leur malheur. Ils se relayèrent aux avirons et au lever du soleil, ils se virent encore seuls sur l'immense nappe d'eau brillante.

Le soleil monta vite à l'horizon ; une chaleur de plomb tombait sur leurs têtes, leurs bras raidis ne soulevaient les avirons qu'avec peine. Pour comble de malheur, un des matelots aperçut à quelques brasses un aileron noir qui se profilait par instant entre les vagues.

— A shark! à shark! (un requin! un requin!) s'exclama-t-il, et les neuf naufragés virent avec effroi, l'affreuse bête se rapprocher rapidement du canot.

— Un requin! dit Pierre. Et l'on prétend que ce poisson mange les hommes. Je ne veux pas mourir de cette façon. Et au moment où le monstre s'apprêtait à se retourner, il saisit une gaffe et lui asséna un coup terrible entre les deux yeux.

Le squale répondit par un bond formidable, donna un coup de queue au canot qui manqua de chavirer et s'éloigna.

— Bravo le maître-coq! exclamèrent tous les naufragés!

Mais Dan David se prit à pousser des cris de terreur.

— Le voilà qui revient! Ah! ils sont deux.

— Attachez votre couteau au bout de la gaffe, conseilla Miranda à Mornas.

Le coutelas de cuisine emporté par Mornas avait au moins un pied de long, fort épais de lame, il coupait comme un rasoir.

En quelques secondes, Ben le lia solidement au manche de la gaffe, faite en frêne d'une solidité à toute épreuve.

Hardiment, Mornas se porta à l'avant. Il était temps. Rendu furieux par son échec, le requin revenait à la charge. Mais au moment où il s'élançait contre le canot, l'ex-clerc lui décocha un vigoureux coup de pointe, la lame s'enfonça dans le cuir moins épais du ventre et un jet de sang jaillit d'une large blessure.

— Touché!

— Oui! oui! assurèrent ses compagnons. Seulement prenez garde de perdre l'équilibre.

— Tenez-moi bien.

Mais il n'eut pas besoin de porter un second coup. Selon l'expression de Mescam : *le requin avait son compte.*

Josiah Dumble avait pu saisir par hasard en quittant le navire, une bouteille de rhum à demi pleine. Une vieille coquille de moule trouvée au fond de l'embarcation servit de verre. Chacun eut droit à remplir trois fois sa coquille et ce fut tout.

Aussi une soif ardente ne tarda pas à se faire sentir. L'air était de plus en plus lourd. Vers le soir, la chaleur devint suffocante, le soleil se coucha dans un horizon sanglant. Une brume irrisée s'éleva de la mer et monta. Puis la nuit vint et la brise disparut. La mer unie sembla huileuse, et ce calme avait quelque chose d'étrange.

Peu à peu, le ciel fut envahi par un linceul de sombres nuées, tandis que l'Océan, au contraire, s'illuminait. Pierre Mornas vit alors pour la première fois le plus magnifique spectacle de la nature, auprès duquel les feux d'artifices les mieux combinés ne sont que jeux d'enfants.

Chaque vague roulait enveloppée d'une lumière blanche, nappe frangée et lumineuse qui s'étendait comme une écharpe et ondulait avec l'Océan.

On ne voyait rien à deux brasses de distance, mais les naufragés eurent l'illusion de voguer sur du feu. Les lames courtes, petites rebondissaient en gerbes étincelantes. Dan David s'avisa de plonger ses doigts dans la mer et les retira pleins de flammes liquides à sa profonde terreur.

Les requins avaient reparu et les neuf malheureux virent avec effroi leurs puissants sillages tracer des nuées lumineuses; mais aucun ne les attaqua. Des truites énormes battaient l'onde avec fureur. Des gerbes de flammes jaillissaient des vagues pour retomber en pluie d'or. Un souffleur traversa la mer à l'arrière du canot, lançant par ses évents des jets de feu d'un effet surnaturel.

Les naufragés étaient muets de terreur, Mescam se signa pieusement et dit en breton :

— Sainte Vierge, ayez pitié de nous, nous sommes en perdition.

La mer s'illuminait maintenant toute entière. A la lumière blanche primitive, vinrent se joindre des feux de couleur.

Le feu Saint-Elme d'un violet chatoyant parcourut en frissonnant l'extrémité de leurs avirons. Puis des nuées de mollus-

9

ques phosphorescents s'allumèrent à leur tour. Les méduses
énormes, les pélagies qui flottent à la surface des vagues comme
des parachutes et des globes dépolis de vastes lampes, les
mélitées à la croix de Malte d'un rouge sanglant, les myriades
d'acalyphes microscopiques qui brillent dans chaque goutte
d'eau comme des constellations de diamants et d'autres inno-
mées bleues ou vertes, se formèrent en étoiles, en rosaces, en
chaines de flammes d'une merveilleuse régularité.

Et tout cela ondulait avec les vagues, imitant dans ce feu
d'artifice de la mer, les guirlandes de verres qu'on suspend
aux mâts pavoisés des fêtes nationales.

Longtemps, les naufragés contemplèrent ces splendeurs de
la création, mais vers la fin de la nuit, le vent s'éleva et un
bruit sourd précurseur de l'orage se fit entendre.

La mer s'éteignit et devint d'un noir profond, mais le ciel
s'illumina d'éclairs fulgurants.

Ballotés par les vagues, les neuf malheureux de la *Syracusa*
s'attendaient à sombrer d'un moment à l'autre, quand à quelques toises d'eux une masse sombre apparut à la lueur d'un
éclair.

— Un navire! un navire! crièrent-ils tous ensemble. Et ils
poussèrent un *hollako* strident qui dut s'entendre au loin.

Rien ne leur répondit, si ce n'est le fracas du vent.

Cette dernière chance de salut allait leur échapper, et la
masse sombre s'avançait rapidement menaçant de couper leur
embarcation.

Tous se remirent à crier avec énergie.

Cette fois ils furent entendus, et une voix leur répondit en
anglais :

— Qui va là?

— Des naufragés.

— Où êtes-vous?

— Babord devant.

— Doucement. Prenez garde.

Josiah Dumble eut toutes les peines du monde à éviter le

navire qui les frôla presque. De l'arrière on leur lança un cordage qu'ils attrapèrent et se traînèrent à la remorque.

— Dépêchez-vous de monter à bord, sinon je vous abandonne, car la tempête arrive.

A la force du poignet, ils se hissèrent sur le pont. Un quart d'heure après la rencontre du navire, ils se trouvaient tous sur *Smyrnia* qui se rendait à la Nouvelle-Orléans.

Heureusement pour les neuf survivants de la *Syracusa*, le bateau sauveur était solide et bien commandé, car la tempête arriva avec la rapidité de la foudre et secoua le navire depuis la quille jusqu'à la flèche du perroquet.

Mais il tint bon et à part quelques légères avaries, il supporta bravement cette trombe furieuse.

Le lendemain matin, le ciel était bleu, le soleil splendide et Mescam dit à Pierre :

— Quand nous serons de retour en Bretagne, nous ferons bien d'aller à Sainte-Anne-d'Auray porter un beau cierge que nous lui devons bien.

Mornas haussa les épaules avec dédain et pour toute réponse, lui tourna le dos.

Les quatre aventuriers s'en allèrent, convoyant ce moribond qui râlait (page 137)

VII. — LA FIÈVRE JAUNE

Deux jours après, Mornas montant sur le pont vit devant lui
à une distance de quelques milles, une longue bande grise et
verte qui semblait à peine émerger de la mer. Un point noir
s'en détacha et courut sur la *Smyrnia*.

C'était un remorqueur : on était arrivé à l'embouchure du
Mississipi.

Bientôt le navire pénétra dans un large canal bordé d'une
étroite bande de terre boueuse, spongieuse, où l'eau et le
limon produisaient un mélange infect.

Un dédale de fossés, réceptacles des eaux du fleuve et de
la mer, formait d'énormes lagunes semées de buttes très basses, couvertes de fourrés impénétrables de roseaux et de cannes sauvages.

Sur la rive droite, une sorte de misérable village *balize*,
amas de huttes en planches élevées sur pilotis au-dessus de la

boue et des eaux croupissantes dressait ses toits, que le vent
emporte parfois sur la haute mer.

Un manteau de fièvre entoure perpétuellement ces demeures
où seul le génie mercantile des Américains peut leur donner la
force d'y vivre.

A droite, à gauche, partout des bois de roseaux hauts de
vingt pieds, que le souffle du sud-est faisait onduler, avec un
murmure triste et monotone. Les roues du remorqueur battaient les ondes jaunes et terreuses du fleuve et son sifflet
strident faisait s'envoler des nuées de courlis, de flammants
roses et de canards sauvages.

Appuyé aux bastingages de l'avant, Pierre se perdait dans la
contemplation de ce pays étrange où l'eau et la terre se livrent
un éternel combat ; où le terrain reconquis hier par le fleuve
sur les atterrissements apportés par son courant, sera demain
perdu pour lui, si la marée repousse plus avant les bancs de
sable de son lit.

Plus on remontait le fleuve, plus les rives se peuplaient de
végétaux divers. Un saule perché sur une motte de gazon
comme un naufragé sur une île déserte, montrait son feuillage
glauque, bruissant éternellement à la brise de mer. Plus loin,
d'autres saules se groupaient. Le bouquet d'arbres devenait
forêt, le sol plus fertile maintenu par le lacis serré de leurs
racines se couvrait de verdure et de fleurs.

Le navire remonta le fleuve évitant soigneusement les grands
troncs d'arbres qui, écueils flottants, s'en allaient à la dérive
entraînés par le courant. Aux saules, succédaient des cyprès,
qui croissent majestueux colosses sur des bosses du terrain à
demi cachées sous les flaques d'eau. D'épaisses racines servaient
de contreforts à ces géants des arbres. Leurs feuilles rares et
petites donnaient à leurs sommets un aspect triste et souffreteux ; et de toutes parts d'épaisses mousses grises pendaient
lugubres de leurs branches dépouillées, comme dé grandes
chevelures. Cette mousse, dite *espagnole*, est un indice de
fièvre et donne au paysage un caractère tout particulier
d'étrangeté.

Un fortin de terre, espèce de redoute aux murs gazonnés, orgueilleusement appelé fort Jackson, montrait ses embrasures vides de canons. Peu à peu apparurent lès premières plantations.

Pierre ouvrait de grands yeux.

C'était si différent de ce qu'il avait vu et même lu jusqu'à ce jour.

Derrière des palissades élevées, formées de troncs d'arbres, s'étendaient à l'infini, dans le sol gras et humide, les champs de cannes à sucre semblables à des blocs d'émeraudes ; les grands magnolias balançaient les coupes blanches de leurs feuilles odorantes.

Des allées de pacanas et d'azedarach conduisaient aux maisons peinturlurées de rouge et de blanc.

Plus loin, humblement accroupies dans les grandes herbes, comme les habitations des serfs aux temps féodaux, s'arrondissaient les huttes coniques des nègres.

En ce moment, le soleil couchant dorait les forêts chauves des grandes cyprières.

Les villages nègres retentissaient du son du *tenjo*, et des ritournelles du violon.

Les chants mélancoliques de l'oiseau moqueur traversaient l'espace.

Mornas, voyait sous ces allées sablées de cailloux polis des femmes somptueusement vêtues se promener au bras de gentlemen rieurs. Il se disait : quel beau et heureux pays ! quand derrière lui, il entendit le pilote raconter au capitaine les ravages occasionnés en ce moment par la fièvre jaune à la Nouvelle-Orléans.

Pierre frémit à cette nouvelle, mais il se remit vite.

— Bah ! pensa-t-il, puisque j'ai échappé à l'incendie de la *Syracusa*, à la dent des requins et à la dernière tempête, j'échapperai à la fièvre jaune.

A l'un des coudes que fait le fleuve la *Smyrnia* se trouva tout à coup en présence d'un steamer remorquant un trois-mâts de grande dimension, juste au moment où l'on jetait par-dessus bord deux matelots morts de la fièvre jaune. C'étaient les deux premières victimes visibles de cette peste horrible, vers le foyer de laquelle, le navire n'en cinglait pas moins à toutes voiles.

Sur les rives les plantations se multipliaient, les villas devenaient plus nombreuses. Des bandes de perroquets poussaient des cris aigus traversant l'air. Des colibris, des oiseaux-mouches, papillons emplumés, plongeaient leurs becs frêles dans les corolles des grandes fleurs pourprées. Des essaims de moustiques bourdonnaient au-dessus des eaux du fleuve.

Enfin, la Nouvelle-Orléans parut avec ses tours, ses palais et l'immense coupole de l'hôtel Saint-Charles dominant les autres monuments de la cité. Sous le rayonnement d'un soleil de feu, les briques rouges prenaient des tons sanglants d'un aspect presque lugubre.

Des navires de toutes les nations, des files de paquebots et de steamers étaient rangés le long des quais ; mais on y remarquait peu d'animation, on sentait qu'un fléau terrible pesait lourdement sur la Nouvelle-Orléans.

Les formalités douanières terminées, Josiah Dumble pria ses compagnons de l'attendre quelques heures à bord du navire. Il allait, disait-il, chez l'armateur de la *Syracusa* le prévenir du sinistre arrivé au bâtiment et chercher leur solde.

Au bout de trois heures, il revint, les paya et leur souhaita bonne chance.

Ils se séparèrent.

Ben, Jim et les deux autres matelots partirent avec Dumble à la recherche d'un engagement. Miranda, Mornas et Mescam après avoir remercié le capitaine et l'équipage de la *Smyrnia* s'apprêtaient aussi à débarquer, quand Dan David le mousse, les larmes aux yeux, supplia Pierre de l'emmener avec eux. Il n'avait personne au monde, disait-il, qui s'intéressât à lui et si tous les trois devaient courir les aventures dans l'ouest, il voulait aussi en être.

Pierre Mornas interrogea du regard ses deux amis. Miranda lui fit signe de refuser, Mescam resta muet.

— Que faire de cet enfant dans une entreprise aussi fatigante que périlleuse? demanda l'Espagnol.

— C'est vrai, mais d'un autre côté, il me répugne d'abandonner ce pauvre petit diable dans une ville de pestiférés.

— Enfin, gardez-le, Mornas; mais vous répondez devant Dieu de cette existence d'enfant.

Mornas ne répondit pas. Un de ces éclairs de charité, qui quelquefois traversent le cœur des plus mauvais, venait de luire dans le sien.

Et le pauvre petit Dan David, tout joyeux de cette décision, les précéda en gambadant.

— Quelle chaleur! disaient les deux Français, tandis qu'ils s'en allaient rasant les maisons, s'abritant dans la petite raie d'ombre projetée par les murs.

Cependant, le ciel paraissait moins azuré. Une couche de nuages blancs interceptait la lumière directe du soleil; mais l'air était tellement embrasé, le sol si surchauffé qu'il brûlait les pieds à travers le cuir des chaussures.

— Connaissez-vous cette ville? demanda Mornas à l'Espagnol.

— Un peu, mais il y a plusieurs années que je n'y suis venu.

— Vous allez nous piloter et trouver un gîte pour cette nuit.

— Qu'a-t-il donc, ce citoyen? interrompit Mescam en montrant un individu devant eux à la démarche heurtée et chancelante comme un homme ivre.

Cet homme était jeune et robuste, mais on l'aurait dit frappé d'une sénilité subite. La tête vacillait sur ses épaules; sur son front ruisselait une sueur visqueuse. Le teint passait sans transition du jaune à la couleur de cendre. Ses yeux roulaient dans leurs orbites. Les lèvres noircissaient à vue d'œil.

Soudain, il chancela sur ses jambes et s'abattit sur le macadam poussiéreux de la rue.

— Pauvre diable, fit Miranda, en cherchant à le relever. C'est la fièvre jaune! c'est le *vomito negro!*

— Mais il faudrait le conduire quelque part, dit Mescam apitoyé.

— Où habitez-vous? demanda à tout hasard l'Espagnol en anglais.

Le malade prononça d'une voix entrecoupée :

— Rue de Bourbon.

— Portons-le alors chez lui? demanda Miranda à ses compagnons.

Pierre Mornas eut un mouvement de répulsion.

— Nous ne pouvons cependant le laisser mourir ici, répondit l'Espagnol. Mescam prenez-le du côté droit, moi je vais le saisir par l'épaule gauche.

Mornas honteux de laisser paraître sa peur se décida à le prendre par les jambes.

Les quatre aventuriers, le mousse portant le chapeau du malade, s'en allèrent, convoyant ce moribond qui râlait et suffoquait.

— Senor Miranda, dit Dan David, la rue de Bourbon coupe celle-ci à vingt pas plus loin.

— C'est horrible, se disait Pierre quelle épouvantable mort !

Dans la large rue à peu près déserte, ils virent un corbillard qui stationnait. Trois nègres descendirent d'une maison voisine et y jetèrent un cadavre. L'un d'eux monta sur le siége, fouetta ses chevaux et le char funèbre partit lestement. Les autres suivaient à pied, criant halte au cocher pour ainsi dire à chaque pas.

Tout le long et des deux côtés de la rue, aussi loin que la vue pouvait s'étendre, on ne voyait que des portes tendues de crêpe, ce qui indiquait que la mort venait d'y faire une victime de plus.

Le corbillard récoltait les cadavres au passage, entassés les uns sur les autres.

Le visage du malheureux Louisianais devenait de plus en plus jaune; malgré la courte distance, deux ou trois fois, ses porteurs s'arrêtèrent, ne voulant pas trop le faire souffrir. Enfin, dans la rue de Bourbon, une sourde exclamation du moribond leur fit tourner la tête. Le pauvre mourant s'efforçait d'attirer leur attention sur un portail de riche apparence, probablement sa demeure.

Pierre Mornas frappa. Personne ne répondit. Deux fois de suite, il fit retomber le lourd marteau de bronze sans obtenir de résultat.

— Entrons quand même, car je crois qu'il va passer, leur cria Miranda.

Ils poussèrent la porte, et pénétrèrent dans un vestibule dallé de marbre. Une mulâtresse la tête couverte d'un madras rouge et jaune s'enfuit en les voyant, les prenant sans doute pour des voleurs.

Le plus grand désordre régnait dans cette maison. Les meubles ouverts, des malles à moitié pleines, des effets étalés avec du linge sur une table, témoignaient d'un départ précipité. Sans doute, le créole avait voulu fuir le fléau. Dans une dernière visite à des amis ou une sortie pour affaire, il s'était senti atteint et trop affaibli pour regagner seul son logis, il serait mort en route si nos quatre marins ne l'avaient secouru.

Ils montèrent au premier étage par un escalier en noyer ciré recouvert d'épais tapis. Une splendide chambre à coucher s'offrit à leurs regards. Lit de palissandre, rideaux en mousseline des Indes, portières et tapisseries de haute lisse. Dan David et Mescam n'osaient fouler les splendides fourrures d'ours noir qui garnissaient le parquet.

Il était temps. Le râle du moribond devenait plus pénible. Une fois déposé sur son lit, il fit le geste d'appeler quelqu'un.

— Attendez-moi là un moment, dit Mornas, je vais sans doute trouver quelque domestique.

Il descendit en courant l'escalier, appela, cria : Personne.

Résolu à pousser plus avant ses recherches, il ouvrit plusieurs portes. Une pièce servait de cabinet de travail et de bibliothèque. Des rangées de livres en faisaient le tour. Une vaste table garnie d'une quantité de petits tiroirs était adossée à un mur.

Pierre sentit comme un frisson lui secouer l'âme entière. Qui sait? Peut-être y avait-il là dans l'un des tiroirs une forte somme, et certes c'était pour lui le moment d'en profiter. Rapidement, il tira les poignées des tiroirs. Tous étaient fermés à clef, sauf un qui ne renfermait qu'un amas de paperasses sans valeur. Rageusement, il bouleversa ces papiers, et sentit une clef sous ses doigts. Il la saisit et l'essaya à la serrure du tiroir opposé.

Heureuse chance! le tiroir s'ouvrit sans bruit et glissa silencieusement sur ses rainures polies. Dedans il y avait des actions de Compagnies diverses, des valeurs de toutes espèces et seulement un mince rouleau d'or, deux ou trois cents dollars au plus. Comme la plupart des riches américains, le Louisianais ne conservait chez lui d'espèces que juste le strict nécessaire, se réservant d'aller puiser à la grosse somme placée dans une banque.

Tant pis, se dit Mornas ce sera pour les frais du voyage. Et il mit tranquillement le rouleau d'or dans sa poche.

Cette opération avait juste duré deux minutes.

Il remonta précipitamment dans la chambre du malade.

Il était mort!

— Qu'allons-nous faire maintenant? murmura Mescam.

— Je vous propose, répondit Miranda de nous en aller : notre rôle d'infirmier est terminé. Nous étions des inconnus pour cet homme; et si la police nous trouvait à son chevet, elle pourrait bien nous chercher noise, voyant surtout le désordre qui règne dans cette maison.

— Oui, vous avez raison, confirma Mornas. C'est le meilleur parti à prendre. Allons-nous-en.

Et les quatre aventuriers descendirent rapidement l'escalier et sortirent sans bruit de l'hôtel abandonné.

— Ce n'est pas gai tout de même, continua l'ex-clerc, notre arrivée dans cette ville. Tâchons de trouver un endroit moins lugubre où nous pourrons dîner sans voir passer les corbillards.

Dan David, qui en sa qualité de mousse laissait les anciens parler, éleva la voix en rougissant :

— Je connais une taverne où nous serons bien tranquilles. C'est celle du *Poisson-Volant*, dans la rue de la Vieille-Levée.

— Va pour le *Poisson-Volant,* dit Mornas, conduis-nous, mon garçon.

Et ils allongèrent le pas à travers les rues désertes; au bout de la Vieille-Levée, ils virent une grande porte vitrée.

— C'est ici, dit Dan David.

Nos montures se cabrèrent violemment (page 145)

VIII. — HEUREUSE RENCONTRE

Miranda entra le premier et tous quatre s'assirent à une table.

— Que désirent les gentlemen? demanda la *Bar-Maid*, grosse Allemande joufflue, à l'épaisse tignasse d'un rouge flamboyant.

— Du porc aux haricots, du porter et du gin, et vite, car nous avons faim, commanda l'Espagnol.

Tout en mangeant, Pierre examinait la taverne.

La salle était grande et large ; des espèces de box, suffisants pour contenir une table et six chaises, s'espaçaient parallèlement à l'entrée sur la rue. En haut le *Publicain* se tenait devant une espèce de comptoir, distribuant ses ordres à un bataillon de servantes de toutes couleurs.

Les buveurs étaient nombreux, comme dans toute taverne qui se respecte en Amérique.

Des créoles louisianais, au teint jaune, maigres, élancés, la figure en lame de couteau, l'œil noir et velouté. Parmi eux, quelques méthodistes du Nord en habit noir et cravate blanche, malgré la chaleur tropicale.

Puis la tourbe des matelots étrangers : Anglais, Danois, Allemands avec ceux des Etats du Nord aux grandes bottes, le feutre cabossé sur le coin de l'oreille. Quelques aventuriers français épars çà et là, et des Italiens chanteurs et musiciens venus plutôt pour exercer leur métier que pour boire.

Deux ou trois planteurs de la Géorgie et de l'Alabama en veste blanche, des bagues aux doigts, absorbaient de nombreux *cocktails* en causant sucres et cotons, tandis que des Mexicains de la Floride ou du Texas, aux vestes brodées d'argent, les larges pantalons de velours vert ou bleu richement garnis de boutons du même métal, fumaient de minces cigarettes en savourant des verres d'eau pure, à peine teintée de quelques gouttes de *resino* de Catalogne. Des chasseurs canadiens coiffés du bonnet de fourrure, vêtus d'une sorte de jaquette en peau de cerf, les jambes guettrées de cuir, une lourde carabine kentuckienne entre les jambes, causaient avec des trapeurs de l'Arkansas et du Colorado, farouches et hirsutes.

Çà et là se disputaient bruyamment des groupes d'Irlandais sales et déguenillés, qui s'invectivaient en gaélique, mêlant les *Arragh*, les *Begorragh*, les *Pat* et les *Owen* avec une incroyable volubilité. Des squatters descendus par les steamers de Saint-Louis et des bords du Missouri, les regardaient avec mépris en caressant leur *bowie-knife* pendu à la ceinture ou le manche d'un pistolet.

Quelques rares chasseurs indiens Chactaws ou Séminoles, muets, les lèvres pincées, buvaient d'un air froid d'énormes rasades de wiskey en fumant leur calumet de pierre rouge. Des émigrés allemands, récemment débarqués, attablés devant des chopes de bière, écoutaient avidement les récits plus ou moins véridiques des agents chargés de la vente des lots de terre. Quelques mulâtres se faufilaient timidement dans les coins les plus retirés, évitant d'être remarqués, et montrant par cette conduite prudente que si leur titre d'hommes libres, leur permettait de fréquenter les mêmes lieux publics que les blancs, la couleur de leur peau leur commandait la plus complète humilité.

Tout ce monde buvait, fumait, chiquait et jurait avec une parfaite désinvolture et un sans-gêne tout à fait américain.

Un moment Mornas sentit derrière lui quelque chose qui lui grattait la nuque. Il se retourna et vit une paire de bottes se dresser à la hauteur de ses yeux.

— Ne vous formalisez pas de cela, senor Mornas, dit en riant l'Espagnol. Ces Yankees manquent d'éducation.

Leur repas s'achevait; Mescam lentement avalait de grosses bouchées d'un pain dur et compact, comme s'il voulait s'approvisionner pour longtemps. Miranda, sobre comme tout véritable Espagnol, avait terminé son repas, lorsque Dan David déclara la cuisine de Pierre Mornas à bord de la *Syracusa* supérieure à celle de sa ville natale.

— Si nous buvions un verre d'eau-de-vie de France pour faire passer le goût de cette viande de Cincinnati? proposa Miranda.

— Certainement, repartirent Mescam et Mornas.

— Et dire, reprit l'Espagnol, que si nous avions demandé du bœuf, vous l'auriez pris pour du crocodile. Il n'y a qu'à l'hôtel Saint-Charles que l'on mange passablement.

— Mais ce n'est pas pour nos bourses, ajouta-t-il avec un soupir.

Pendant que les trois hommes buvaient et fumaient, le petit Dan qui n'avait pas encore contracté ces habitudes, désigna à l'attention de ses compagnons, un homme qui venait d'entrer et qui demandait humblement une mesure de wiskey comme quelqu'un qui n'est pas sûr de pouvoir payer sa consommation.

Effectivement, il lui manquait trois *cents*. La bar-maid attendait tendant la main, tandis que le malheureux jetait autour de lui un regard éploré. Pierre poussé par un sentiment inexplicable chez lui, compléta la somme.

Aussitôt, il reçut les remerciments les plus chaleureux de son obligé.

— Sir, dit-il en anglais, — langue que Mornas commençait à comprendre et même un peu à parler, — vous êtes bien bon. Et par saint Patrick, mon glorieux patron, dire, fit-il, en baissant la voix, que j'ai vu des millions sous mes yeux, qu'ils étaient à moi et que maintenant je n'ai même pas de quoi m'humecter le gosier d'une goutte de la *rosée des montagnes.*

A ce mot de millions, Pierre Mornas tressaillit. Avidement, il regarda l'étranger. Mescam et le petit Dan lui-même se prirent à le considérer avec une sorte de respect. Seul Miranda eut un sourire sceptique aux lèvres.

— Vous ne me croyez pas gentleman, mais par tous les saints martyrs de Limerick, ma noble patrie, j'ai été un moment riche à acheter l'hôtel Saint-Charles en entier, riche à reconstruire toutes les églises de la verte Erin, riche à abreuver pendant cent ans tous les gosiers altérés d'Irlande.

Certes l'extérieur du pauvre diable ne ressemblait guère à celui d'un millionnaire. Un pantalon effrangé, roussi, de couleur indéfinissable, dont on voyait la grossière trame de coton, couvrait ses maigres tibias. Ses pieds logeaient l'un dans un soulier jadis verni, l'autre dans une botte éculée. Une veste en lambeaux vêtissait à moitié son torse décharné, et sous un feutre déformé s'épandait une chevelure noire et bouclée.

Patrick O'Leary était un grand gaillard d'au moins six pieds anglais, dont le visage aurait été beau, si les fatigues, les jeûnes prolongés, suivis de débauche insensée, n'eussent creusé ses joues et ridé son front vaste et intelligent.

De beaux yeux bleu foncé, de ce bleu semblable aux lacs du Connemara, éclairaient sa figure amaigrie. Une grande barbe noire, aussi inculte que sa chevelure, descendait sur sa poitrine. Cet ensemble lui donnait néanmoins l'air sympathique.

— Avez-vous faim, gentleman? demanda Pierre.

— Certes oui et je ne bouderai pas devant une portion.

Mornas lui fit servir de quoi se rassasier et Mescam, qui était cependant un beau mangeur, resta stupéfié devant l'appétit formidable de l'Irlandais.

Quand sa faim fut calmée, Mornas le fit parler :

— Dites donc, Patrick, vous avez donc été millionnaire ?

— Oui, hélas ! et pas bien longtemps ; ne heure seulement. Il y a de cela dix-huit mois, j'étais avec n Canadien, Maurice Herd, dans le grand désert américain, au milieu des sables du Llano-Estacado. Nous n'avions guère de vivres et encore moins d'eau. Nos chevaux étaient harassés de fatigue, et un soir qu'il avait fait plus chaud que d'habitude, au moment où nous allions chercher un abri au pied les buissons de mesquites et de cactus géants, nos montures se cabrèrent violemment en passant devant un corps humain étendu sans mouvements sur le sable. Je descendis de cheval, et je soulevai l'homme. C'était un chercheur d'or mexicain. Il avait une affreuse blessure au côté droit et un bras à moitié détaché du tronc. D'ailleurs, il me sembla qu'il n'avait plus longtemps à vivre. Nous le fîmes boire et dans un langage entrecoupé, il nous raconta qu'il revenait des montagnes Rocheuses. Surpris par un parti d'Apaches qui battaient la campagne, il se défendit vaillamment, en tua deux, et en blessa deux autres. Mais blessé lui-même au bras, il tomba de sa monture, et ces pillards rouges le laissèrent pour mort, emportant sa carabine et emmenant sa monture.

Maintenant, je sens que je vais mourir, avait continué l'inconnu, mais avant je veux vous faire part d'une découverte qui peut vous faire plus riches que tout ce que vous pouvez souhaiter sur la terre. Vous avez été bon pour moi, soyez-en récompensés.

Ecoutez-moi bien, car mes forces s'en vont rapidement. A trente journées de marche de Santa-Fé dans la direction du sud-ouest, après avoir passé le Rio-Bravo del Norte, et la Sierra de los Mimbres, dans un étroit vallon où le Rio-Gila prend sa source, vous trouverez un gisement d'or naturel en pépites énormes, tel qu'il n'en existe pas de pareil dans le monde. Mais prenez garde aux Apaches et aux Comanches qui

rôdent sans cesse dans les environs. A cent pas du placer, il y a
le tombeau d'un de leurs grands chefs : que la sainte Vierge
de Guadalupe me prenne maintenant pour entrer dans son
paradis.

Il mourut et nous l'enterrâmes dans une excavation naturelle
en roulant de gros blocs de pierre sur son corps.

Maurice Herd, ne voulait rien croire du récit du Mexicain,
moi, je n'y ajoutais pas grande foi non plus. Cependant comme
nous devions aller à Santa-Fé, nous résolûmes de pousser plus
loin dans l'ouest, jusqu'aux sources du Rio-Gila.

Nous marchâmes bien des jours, nous égarant souvent, mais
un matin, vers dix heures, nous étions arrivés sans nous en
douter au vallon de l'or.

Herd marchait devant moi. Tout à coup je le vois lever les
bras au ciel. Dans un trou creusé par le torrent, des espèces de
pierres jaunâtres, arrondies, brillaient au soleil. Nous descen-
dîmes de cheval et nous nous jetâmes dessus. Comme c'était
lourd ! A genoux par terre, dans une extase de joie, nous ramas-
sions les nuggets, les entassant dans nos couvertures. Herd
était comme fou, riant et pleurant à la fois. Moi je songeais à
ce que je ferais de mon or. Je bâtissais beaucoup de châteaux
en Irlande. Soudain, un épouvantable hurlement ébranla les
airs. Une troupe de Peaux-Rouges à cheval se rua sur nous,
mon compagnon eut la tête fendue d'un coup de hache, moi
jeté à terre, à l'aide d'un poitrail je fus lié, garrotté en un clin
d'œil, et je vis les Apaches se féliciter de ma capture. Le
poteau de torture m'attendait pour le lendemain. Heureusement, la nuit suivante, mes gardiens après s'être repus de nos
provisions et bu notre wiskey s'endormirent en vraies brutes
qu'ils sont. Je réussis à rompre mes liens et sautant sur un
cheval, je partis au galop, la rage dans le cœur d'abandonner
un placer aussi riche. Depuis j'ai manqué mourir de faim et de
soif dans le désert, après avoir vu des millions en ma possession.

- Les quatre aventuriers l'écoutaient avidement, Mornas plus
que les autres.

— Y retourneriez-vous encore? demanda-t-il à l'Irlandais.

— Certainement, mais à la condition d'être mieux équipé que maintenant, répondit-il après un regard jeté sur sa misérable tenue. Et puis, ajouta-t-il, il faudrait être trois ou quatre, et encore !

— Cependant, quatre individus résolus viendront bien à bout de toutes les difficultés. Et il est inutile que nous soyons plus nombreux à cause du partage, objecta l'ex-clerc

— C'est entendu, dit Miranda à l'Irlandais. Vous serez le guide et le chef de l'expédition. Nous allons faire le compte de ce que nous pouvons donner comme mise de fonds communs.

— Quel chemin suivrons-nous? demanda Patrick.

— Mais le plus court, répondirent en chœur Miranda, Mescam et Mornas.

— Voici donc l'itinéraire le plus commode. Remonter en steamer, le Mississipi jusqu'à Jackson, traverser la Louisiane et le Texas jusqu'à Austin, prendre à Austin la route des émigrants qui suit le Rio-Colorado, passer le Rio-Pécos à un gué connu de moi, et continuer par la route que j'ai suivie dans ma première expédition.

— C'est bon, répliqua l'Espagnol. Faisons maintenant nos comptes. Quels sont nos ressources?

— Très maigres, fit observer Mescam.

Mornas in petto se promit de ne point toucher à sa précieuse ceinture. Si l'expédition manquait, il trouverait dans cette réserve de quoi commencer une autre entreprise. Aussi répondit-il :

— Il faudra faire le voyage comme on pourra et au besoin à pied.

Et il commença son compte :

— Combien de dollars, Miranda?

— J'en apporte soixante.

— Et toi, Mescam?

— Quinze.

— Toi, Dan David?

— Vingt-cinq.

— Vingt-cinq pour un gamin de ton espèce, c'est fort beau.

Le petit Dan parut tout fier des paroles de Mornas.

— Et O'Léary, zéro. Moi je donne cent dollars. Ce qui nous fait en tout deux cents dollars ou mille francs de France. Avec cela dans ce pays, on ne va pas loin, je crois ; mais, nous en tirerons le meilleur parti possible.

Miranda prit la parole à son tour :

— Vous voyez, Patrick, nous ne sommes pas riches. Pour faire des économies, je propose de supprimer le steamer et de passer de la Nouvelle-Orléans à Austin sans remonter le Missisipi.

L'Irlandais fit la grimace.

— Passer par les *Swamps* et les cyprières. Vilaine route !

— Cela se peut, Patrick, mais d'ici à Jackson en vapeur, on nous prendra au moins six dollars chacun : nous sommes cinq soit trente dollars ou le sixième de notre capital

— Vous emmenez donc cet enfant ? demanda Patrick.

— Oui, répondit Mornas, il ne boude pas à la besogne, et nous ne nous repentirons pas de sa compagnie.

Dan jeta un regard anxieux sur Pierre Mornas.

— N'aie pas peur, garçon ; tu viendras avec nous.

— Assez discuté pour ce soir, fit Miranda. Demain, nous achèterons ce dont nous avons besoin. Pour mon compte, je ne serai pas fâché de me reposer. Patrick, vous qui connaissez bien la ville, pilotez-nous vers un dortoir quelconque.

— Au faubourg de Carlton, nous trouverons ce dont nous avons besoin. Suivez-moi.

Ils sortirent ; les rues étaient sombres, la nuit noire Peu de passants. Seulement de petites lumières à l'entrée des maisons, annonçaient le décès de quelque victime de l'épidémie. Les voitures funèbres troublaient le silence par leur roulement sourd.

L'Irlandais les conduisit dans un immonde bouge, où ils passèrent la nuit sur la paille de riz

Quelques minutes après leur entrée, l'Irlandais, Miranda, Mescam et le mousse s'endormaient. Mais le sommeil ne vint pas vite fermer les paupières de Mornas. Il avait mis le pied en Amérique, ce qui était son rêve depuis l'assassinat du notaire le Guellec. Le hasard, selon lui, la Providence, dirons-nous, venait de lui faire connaître cet Irlandais possesseur du secret de l'or. N'était-ce pas une chance inespérée? Au lieu d'aller vers les Montagnes Rocheuses seul avec l'Espagnol et le Breton, sans savoir où se diriger, il était sûr maintenant de la position d'un placer d'une richesse fabuleuse. Une seule chose l'inquiétait : la petite troupe saurait-elle déjouer les ruses des Indiens ou la rencontre d'autres chercheurs d'or. Ils étaient peu nombreux pour une entreprise aussi formidable, et cependant au fond, il trouvait qu'on était trop. Partager? oui, il faudrait partager! L'Irlandais demanderait certainement une part plus forte que les autres. Mescam, Miranda et même le mousse auraient leur part. Si O'Léary s'était trop vanté, et si le placer ne contenait qu'une petite quantité d'or? Tant de fatigues, tant de peine pour quelques milliers de francs peut-être! Qui sait si depuis un autre chercheur d'or n'avait pas déjà découvert et emporté les pépites?

Longtemps, il roula ces pensées, longtemps il chercha, et l'idée de se débarrasser de ses compagnons au retour lui vint naturellement, sans que sa conscience eût un cri de désapprobation. Il suivait fatalement la pente naturelle du crime : d'abord le meurtre du notaire et le vol des 100,000 francs. Puis pour conserver le fruit de ce premier crime, l'assassinat du comte de Rozilis. Et le pied à peine posé en Amérique, n'avait-il pas osé dérober dans la maison du créole mort de la fièvre jaune tout le numéraire. Maintenant, il regrettait d'avoir laissé dans le tiroir de la rue de Bourbon les actions et les nombreuses valeurs.

— Une bêtise! se dit-il, j'aurais dû tout prendre comme chez le Guellec. Au moins maintenant, je ne courrais pas après la fortune. Je la tiendrais d'une main ferme.

Il maudit une fois de plus l'Italien Gennaro.

— Pourquoi ne l'ai-je pas tué lorsqu'il m'attaqua à mon arrivée sur la *Syracusa* ? Plus tard, ne nous laissons plus attendrir par une vaine sensibilité.

Il s'endormit et ne se réveilla qu'au grand jour, secoué par Miranda.

— Allons ! paresseux, réveillez-vous. Nous partons.

— Si vous voulez, dit l'Irlandais, allons faire nos emplettes, car il est malsain de s'attarder trop longtemps dans cette ville. Je connais un grand *Store* où nous aurons à bon marché tout ce qu'il nous faudra.

Au *Store* de l'*Union*, tenu par un nommé James Stewart, Yankee jaune et souffreteux, aux yeux louches et qui chiquait son tabac en se balançant sur un *Rocking-Chair*, ils n'eurent que l'embarras du choix. Le négociant ne daigna pas répondre à leur salut, et sans se déranger, leur montra son magasin avec un geste qui voulait dire : Faites à votre idée, cherchez.

O'Léary, en coureur des bois expert, fit choix de deux *rifles* canadiens d'occasion, en très bon état et pouvant servir.

— Combien ces deux *rifles* ?

— Seize dollars pièce.

— Mais ils ne sont pas neufs.

— Ça se peut. Prenez des neufs.

— Et combien ?

— Dix-huit dollars.

— Vieux *Rough*, nous allons ailleurs.

Le marchand secoua la tête sans se départir de son balancement agaçant, et l'affaire sembla manquée. Cependant, il se ravisa :

— Prenez-les à quinze dollars les deux. L'épidémie arrête les affaires.

— Ils ne sont pas mauvais, dit tout bas l'Irlandais.

Et plus haut :

— C'est cher, nous repasserons. Bonsoir, sir.

Le négociant lança à dix pas un énorme jet de salive noirâtre, et se balança encore plus fortement.

Les cinq clients étaient déjà partis qu'il leur cria d'une voix enrouée :

— Revenez.

— Dix dollars les deux fusils alors, fit O'Léary?

— Non, douze.

— Va pour douze. Et l'affaire fut conclue.

Deux autres carabines, un cinquième fusil très léger pour le mousse, des couteaux énormes, genre *Bowie Knife*, quatre paires de pistolets, de la poudre, du plomb, des balles, une marmite de campement et des couvertures furent achetés avec des vêtements pour Patrick et des chaussures solides pour tous. L'Irlandais n'oublia pas quelques conserves, et une petite pharmacie de campagne. Ces achats eurent lieu après deux heures de discussions effrénées. Pierre Mornas fit le total et fut effrayé. On en avait pour cent dix dollars, soit plus de la moitié de la caisse commune, mais ils étaient munis de tout l'attirail nécessaire à leur entreprise.

Des vautours, occupés à dépecer le corps d'un daim mort, s'envolèrent (page 159)

TROISIÈME PARTIE

A la Conquête du Placer

I. — A TRAVERS LES SWAMPS

Le soleil dardait ses flèches d'or sur le fleuve, lorsqu'ils traversèrent le Mississipi, et s'engagèrent dans la campagne louisianaise.

Pierre Mornas admirait, malgré la chaleur qui l'accablait, la végétation plantureuse de cette région fertile et bien cultivée. Des champs de coton, des cannes à sucre, des maïs énormes, des plantations de tabac, s'alignaient le long de la route sur le coteau opposé au fleuve.

Des habitations à l'air gai, ressemblant vaguement aux châlets suisses, dominaient les champs et des villages nègres se perdaient sous l'ombre des magnolias et des catalpas.

Un steamer descendant le fleuve s'arrêta près d'une habitation. Un grand gaillard long et maigre, à l'aspect rude et sauvage, aux cheveux hérissés comme le poil d'un porc-épic, chaussé de vieilles bottes d'où sortait le haut d'une paire de guêtres en coton jadis blanches, coiffé d'un large chapeau en feuilles de palmier qui retombait sur ses petits yeux gris et méchants, pressait à coups de fouet, la marche d'une douzaine d'esclaves, qui devaient être embarqués sur le vapeur pour être vendus à la Nouvelle-Orléans.

Ces pauvres diables, véritables débris humains, perclus de rhumatismes, vêtus de guenilles, allaient chancelants vers un nouveau maître. Vieux nègres au dos couturé de longues cicatrices blanches produites par les coups, vieilles négresses réduites à l'état de squelettes aux yeux chassieux, à l'air hébété et rendus stupides à force de mauvais traitements.

Pierre Mornas s'arrêta un moment à les regarder curieusement. Il suivit leur embarquement. Le maître administra une dernière correction et dès qu'il fut parti, les pauvres hères accroupis à l'avant du steamer, entonnèrent un hymne bizarre rendant grâce au Grand-Esprit de leur délivrance. Ils allaient passer d'un maître à un autre ; mais après ce que Pierre en avait vu, il lui semblait difficile que leur changement ne leur fût pas favorable.

La chaleur augmentant, les aventuriers campèrent dans un petit bois touffu de chênes verts. L'Irlandais et Mescam s'endormirent, et Mornas laissant Miranda fumer ses cigarettes et suivi de Dan David, s'aventura un peu aux alentours du bois.

Devant lui, sur une éminence, était placé un enclos carré entouré d'une haie de cactus énormes couverts de fleurs écarlates qui formaient une ceinture épineuse infranchissable.

Espérant que cet enclos contenait une habitation et désireux de se rafraîchir, ils tournèrent autour et entrèrent par une barrière à claire-voie.

C'était un cimetière nègre !

Des éminences en terre gazonnée indiquaient les tombes. Quelques croix rustiques à demi-renversées par le vent se

dressaient çà et là. Une foule d'ex-voto, d'amulettes, d'offran-
des plus bizarres les unes que les autres étaient placées sur les
tombes. Il y avait des marmites, des calebasses pleines de riz
que dévoraient des légions de fourmis, des figures d'idoles ou
de saints en bois sculpté peintes en rouge, des cheveux pendus
à des perches, des oiseaux empaillés, des chaussures éculées,
des peaux d'animaux.

Deux choses frappèrent surtout Mornas : une sorte de croix
fabriquée avec de vieilles boîtes à sardines enfilées dans des
tiges de fer et un pot à lait placé par une mère désolée sur la
tombe d'un enfant. Des couleuvres attirées par le lait s'étaient
glissées dans le vase et quand Pierre et son compagnon appro-
chèrent, elles s'enfuirent en sifflant.

Ce cimetière entouré de cactus en fleur, tapissé de pensées
sauvages qui croissaient sur les tombes abandonnées au milieu
de ces bois et de ces plaines verdoyantes, inspira quelques
idées mélancoliques à l'ex-clerc; mais cela ne dura pas longtemps. Haussant les épaules et toujours suivi du mousse, il
rejoignit le campement.

On coucha en plein air, ce qui d'ailleurs n'était pas une bien
grande souffrance, car l'air était très doux, le gazon épais formait une belle chambre à coucher sous la clarté brillante d'un
ciel étoilé. Le seul désagrément sérieux était l'abondance des
moustiques et quelques serpents à sonnettes dont on entendit
un moment les crécelles tinter dans le silence de la nuit; mais
ces légers inconvénients se supportent facilement, et des gens
qui vont à la conquête de la fortune ne doivent point s'effrayer
de tous les dangers de la route.

Mais le surlendemain, les difficultés sérieuses commencèrent. Ils abordaient la région des *Swamps* et des cyprières.

Les *Swamps* sont d'immenses marais semés d'étangs, de lacs
et de ruisseaux, où les pins croissent sur les parties non inondées et forment des forêts profondes et complètement inhabitées.
D'énormes espaces de vase liquide présentent au voyageur qui
se hasarde dans ces solitudes de dangereuses tourbières où
l'enlisement est aussi rapide que mortel.

La petite troupe pénétra dans une de ces vastes forêts de pins et de cyprès. Les arbres s'élevaient en longues colonnes droites sans une branche à plus de soixante pieds de hauteur. Le feuillage serré empêchait les rayons du soleil de venir jusqu'à eux. Des troncs immenses frappés par la foudre, abattus par les tempêtes, pourrissaient sur le sol, couverts d'un épais tapis d'aiguilles de pins. Des vautours cendrés, occupés à dépecer le corps d'un daim mort, s'envolèrent lourdement et vinrent se poser sur un vieux cyprès chauve; quelques corbeaux dérangés dans leur festin croassèrent d'une façon lugubre en passant au-dessus de leur tête.

Les cinq aventuriers marchaient à la file indienne. L'Irlandais en tête. Mescam en queue. Le Breton, peu rassuré au milieu de cette étrange solitude, avait peur, et, bien qu'il n'osât communiquer ses craintes à ses compagnons, il lançait souvent derrière lui des regards soupçonneux. Un ours noir passa à cinquante pas d'eux; Miranda le mit en joue, mais l'Irlandais le retint. Il valait mieux ne pas attaquer de pareils animaux au milieu de cette forêt touffue.

Plus on avançait dans cette forêt, plus la nature y devenait étrange. Mornas déjà fatigué par la lourde chaleur qu'aucune brise ne venait rafraîchir demanda à se reposer quelques minutes.

Au pied d'un énorme pin plus que centenaire dont les racines formaient des contreforts formidables, les chercheurs d'or s'arrêtèrent. Mais avant de s'asseoir, O'Léary fouilla et visita soigneusement les racines de l'arbre géant.

— Que faites-vous donc? Asseyez-vous plutôt, dit Mornas.

— Vous croyez que sous cette forêt on s'asseoit aussi commodément que dans un salon. Regardez.

Et l'Irlandais montra au clerc de notaire d'énormes araignées logées dans de petites excavations de la terre sablonneuse.

— Vous voyez ces bêtes?

— Eh bien ! ce sont des araignées, un peu grandes, il est vrai. Mais en somme ce ne sont que des araignées.

— Ce sont des araignées endormeuses. Ces affreuses bêtes

sortent de leur repaire la nuit, vous piquent et vous vous réveillez souvent dans l'autre monde.

— Bah! et un sourire incrédule courut sur les lèvres de Mornas.

— Ceci est vrai, et je n'ai aucun intérêt à vous tromper. Mais nous trouverons encore pis que cela.

Mescam, Miranda et le petit Dan David s'étaient levés précipitamment et jetaient des regards inquiets autour d'eux.

O'Léary après avoir écrasé toutes les araignées et visité attentivement les environs de l'arbre, déclara qu'il n'y avait plus de dangers; alors les cinq amis s'assirent en rond.

— Quel drôle de pays! dit en riant Mornas. Cela ne ressemble guère à la France.

— Ni à la verte Erin. Et cependant ce serait un pays riche et agréable s'il n'y avait pas tant de serpents et la fièvre jaune.

Sous un arbre renversé, non loin d'eux, des gloussements retentirent et un grand bruit d'ailes frappa l'air.

— Des *coqs à fraise!* s'écria l'Irlandais. C'est très bon à manger.

Il courut vers le tronc d'arbre, épaula rapidement et déchargea sa carabine.

Un superbe oiseau, gros comme une forte perdrix rouge, mais porteur d'une sorte de fraise en plumes autour du cou, s'abattit et l'Irlandais le ramassa.

— C'est fort bon rôti; mais avec la chaleur qui règne ici, nous ferions bien de le mettre immédiatement à la broche.

Incontinent, le mousse pluma le gibier. Mescam et l'Espagnol allumèrent du feu. Mornas vida et troussa le coq comme s'il eut été à la cuisine de la *Syracusa*.

Une appétissante odeur de rôti s'exhala dans la clairière.

— A table! cria joyeusement l'Irlandais, et souhaitons toujours d'avoir autant à nous mettre sous la dent plus tard, mais ménagez le contenu de vos gourdes : nous sommes loin de l'eau potable.

— Il me semble, demanda l'ex-clerc, que le terrain est assez humide et que des sources.....

— On voit bien que vous ne connaissez rien, interrompit Patrick, car une seule gorgée de votre soi-disant eau de source vous donnerait immédiatement le choléra ou tout au moins la fièvre.

Tout le monde nettoya les os du rôti sans laisser de restes. Quelques lampées de l'eau de leurs gourdes mêlée de rhum, arrosèrent ce repas; et tout à fait dispos, ils reprirent leur route.

Quelques milles plus loin, la forêt continuait toujours, mais le chemin se trouva barré par un étang très large et très long.

Qu'il était triste et lugubre, cet étang encaissé comme une chaudière par les rebords escarpés de la forêt. Couvert de vieux troncs d'arbres calcinés par le temps, pétrifiés par les eaux, ces squelettes décharnés laissaient émerger leurs têtes noueuses et chauves et tendaient leurs branches tordues.

La forêt était noire, les eaux et les vieux troncs étaient plus noirs encore, mais le ciel était bleu et le soleil dardait ses rayons suffoquants. Dans cette sombre solitude la lumière faisait une tache éclatante de blancheur et parfaitement ronde au milieu de l'étang, que recouvrait comme d'un linceul l'ombre profonde des vieux pins.

Ce gouffre semblait avoir été creusé jadis par un tremblement de terre. Un morceau de la forêt s'était effondré dans les convulsions du feu souterrain et avait été couvert par les eaux. On n'y apercevait aucune trace de végétation. Pas un oiseau, pas même un caïman. Seules de grandes couleuvres constrictors, noires comme de l'ébène, dormaient au soleil, sur les arbres immergés, entrelaçant en des nœuds hideux leurs têtes plates et leurs corps monstrueux. On se serait cru sur les bords d'un des lacs sinistres de l'enfer païen.

Il faisait de plus en plus chaud; les couleuvres suivaient les étrangers de leurs yeux jaunes, dardant leur langue et sifflant avec effroi à leur approche.

— Mon Dieu! sainte Vierge où sommes-nous? murmurait Mescam avec terreur.

Miranda était un peu pâle; quant à Pierre la peur le saisit, et il fut sur le point de retourner en arrière. Patrick seul était calme. Le mousse trop jeune pour comprendre l'horrible beauté de ce lieu sinistre n'osait regarder cette scène et se cramponnait avec effroi à la main de l'Irlandais.

— Eh bien! Pierre, que dites-vous de cela?

Mais Pierre Mornas eut la vision de monceaux de pépites luisant au soleil dans un ravin lointain, il raffermit son courage chancelant, et répondit hardiment :

— Quand on veut on n'a pas peur.

L'Irlandais ne répliqua pas, se contentant de hocher sentencieusement la tête.

— Comment passerons-nous? demanda Miranda.

— Par ici, indiqua Patrick du doigt.

Et il montra une sorte de clairière moins encombrée de troncs d'arbres et qui s'enfonçait dans l'intérieur de la forêt.

Certes ces grands bois n'étaient pas sinistres comme l'étang qu'ils encadraient, mais on y éprouvait une impression de solennelle tristesse. La demi-obscurité dont ils étaient enveloppés, le silence qui y régnait, silence que n'interrompait même pas le bruit de leurs pas amorti par un épais tapis de feuilles mortes; l'aspect imposant de ces troncs énormes régulièrement alignés et se perdant dans un éloignement infini, les gémissements de la brise passant à travers les aiguilles effilées des pins et imitant le son plaintif de l'orgue dans ce temple immense dont les arbres formaient la colonnade, le désert enfin dans toute sa majesté grandiose, serraient le cœur des aventuriers et le remplissait d'une sorte de terreur.

— Nous sommes dans les *barrens* ou terrains à croûte solide et à sous-sol inondé, dit l'Irlandais, mais patience nous verrons bientôt les cyprières.

— Est-ce encore loin? car toujours des pins, c'est monotone, demanda l'Espagnol.

— Vous regretterez plus tôt ces arbres que vous ne pensez et demain ou après-demain, nous ne serons pas dans un pays enchanteur.

— Faut-il absolument passer par les cyprières.

— Oui, c'est notre route la plus directe, à moins de revenir sur nos pas et de faire un grand détour de plusieurs jours de marche.

— Et quand commencent-elles?

— Pas très loin d'ici. Mais le mieux serait de camper, afin de réserver nos forces pour le passage de ces marais.

— Soit, campons alors, fit Mornas.

Ils prirent toutes les précautions nécessaires, allumèrent un grand feu et soupèrent de trois autres coqs à fraises, abattus par Mornas en cherchant du bois mort. Sauf l'Irlandais qui s'offrit pour veiller une partie de la nuit, tous rompus de fatigue s'endormirent bientôt.

Vers une heure du matin, Pierre Mornas prit son tour de garde. Ce n'était pas qu'on eût à craindre beaucoup les hommes; cependant les Séminoles et les Nègres Marrons ne permettaient guère à cette époque de pénétrer dans la forêt, leur refuge; leur demeure habituelle était heureusement encore plus à l'est vers la Floride.

Le vent soufflait tristement dans les rameaux des arbres; des cerfs bramaient, des hiboux s'appelaient avec des rires et des ricanements affreux. Que tout cela était loin de ressembler à la Bretagne. La conquête de l'or était peut-être une chimère. Mais la réalité, c'était la mort autour de lui, sous mille formes. Et Pierre Mornas allait et venait, sondant les ténèbres, écoutant tous ces bruits de la forêt et n'appuyant le pied sur le sol qu'avec précaution. Les serpents, les ours, les conguars, les araignées, les scorpions, que de choses à craindre!

Un moment, il faillit s'endormir, appuyé au tronc d'un pin, mais il se réveilla après quelques instants de sommeil. Il crut voir une ombre s'approcher du feu; il réveilla aussitôt Patrick qui sauta sur son fusil.

— Je ne vois rien, dit Patrick après avoir regardé autour de lui.

— Cependant, il m'a semblé distinguer un homme marchant avec précaution.

L'Irlandais prit une branche résineuse enflammée en guise de torche et fit une ronde autour du bivouac.

— Rien, je ne vois rien.

Le visage baissé vers la terre, il chercha une trace, une empreinte de chaussure; mais les aiguilles de pin entassées par le temps ne conservaient aucun indice. Découragés, ils revinrent au camp.

— Inutile de parler de cela aux autres, recommanda l'Irlandais. Nous verrons mieux demain matin. Quelque Nègre Marron probablement. Tout de même faites bonne garde, et avec un bâillement, il rejoignit les trois autres dormeurs et se coucha près du foyer.

L'inconnu, prenant un tison, alluma un calumet indien (page 165)

II. — LE TROISIÈME LARRON

A cinq cents mètres environ du campement, dans une sorte
d'enfoncement, sous un cèdre énorme, près d'une de ces
mares d'eau noire si communes dans les *barrens* de la
Louisiane, une grosse masse sombre accroupie était immobile.
A une petite distance, même à la lueur du petit feu de bois
pourri qui flambait devant elle, on aurait pris cette chose pour
un ours aussi bien que pour un homme. Et cependant, la couverture de laine grossière s'entr'ouvrit et un grand corps
humain se leva silencieusement.

L'inconnu se dirigea vers son feu et prenant un tison, alluma
un de ces calumets indiens de pierre rouge à long tuyau de
roseau.

La faible lumière du foyer éclaira une figure étrange et re-
poussante. Des yeux caves très noirs brillaient sous des orbites
à arcades surplombantes comme celles des singes. Un nez long
effilé et très recourbé, une large bouche meublée de vilaines

dents jaunes, de grandes oreilles pointues et velues, un menton saillant, un teint olivâtre, qu'une épaisse couche de crasse ne contribuait point à blanchir, tout dans cet être était répugnant et inquiétant. Sa chevelure grise, car cet homme pouvait avoir soixante ans environ, était nattée et tombait sur ses épaules comme celle des Peaux-Rouges.

Il jeta un regard autour de lui et siffla doucement.

Un chien énorme à figure de loup, le poil gris semé de taches brunes, les oreilles droites, le museau effilé, la queue touffue, accourut en bondissant. Les grands yeux jaunes du quadrupède brillaient de férocité, autant que ceux de son maître d'astuce et de méchanceté.

— Rien autour de nous, Wolf?

L'animal remua la queue et s'allongea aux pieds de son maître, comme pour lui dire qu'il n'y avait aucun danger immédiat.

— C'est bon, nous pouvons dormir. Mais auparavant regardons s'il n'y a ni serpents, ni scorpions près de l'arbre.

Et lentement, courbant son grand corps maigre, le rodeur fit le tour du cèdre.

Il était vêtu d'un pantalon de peau de daim, chaussé de mocassines en cuir de buffle comme ceux des Indiens. Une veste de velours marron et une toque de fourrure complétaient cet ajustement saúvage; le tout était sale, déchiré et usé. Une longue carabine, un large *bowie-knife,* une paire de pistolets formaient ses armes défensives et offensives. Près de lui, dans l'enfoncement du cèdre, on voyait une bouilloire et une hache. Malgré sa maigreur et son âge avancé, l'inconnu paraissait encore alerte et vigoureux.

Il ne vit rien d'insolite et revint près de son feu. La solitude avait sans doute donné à ce singulier personnage, la manie du soliloque, car tout en recouvrant les charbons ardents d'une nouvelle couche d'écorces pourries et choisies avec soin, il murmura :

— Je sais bien, Nat Richards que tu es loin des étrangers, mais la nuit un feu se voit à une grande distance. Prends donc mieux tes précautions. Wolf devient vieux et sourd et pour sûr, commettra quelque sottise un de ces jours. Il ne distingue plus le pas d'un blanc de celui d'un indien. Vilaine bête !

Mauvais pays et j'espère bien que ces étrangers y resteront. Cependant Nat Richards, mon garçon, il faut qu'ils arrivent deux au Val-d'Or, parce qu'alors ils se disputeront, se tueront, et toi vieux Nat, tu deviendras le seul possesseur des beaux *nuggets,* ah ! ah ! Nat vieux faquin, tu pourras boire du wiskey et du gin jusqu'à la fin des siècles !

Ça, as-tu bien compté les étrangers? Un qui montait la garde ; il a bien l'air d'un étranger, celui-là, et, veux-tu parier, il vient en Amérique pour la première fois ; deux autres qui dormaient : un Français sans doute comme la sentinelle et l'autre que je n'ai pas vu. Mais j'aurais donné ce qui me reste de wiskey pour distinguer nettement la figure du grand allongé sous le pin. Si j'ai de bons yeux, il me semble reconnaître en lui quelqu'un que j'ai vu autrefois. Où donc?

Quelques minutes, il demeura accroupi à la manière des Indiens, le visage caché dans ses mains.

— Ne serait-ce pas au nouveau Mexique? non plutôt dans l'Arizona? Tiens ! tiens ! mais c'est l'Irlandais. Décidément tu vieillis Nat Richard. Tu ne l'as donc pas reconnu l'autre jour au *Poisson-Volant?* Mais c'est l'Irlandais du Val-d'Or. Pourquoi donc cet imbécile de Main-Rouge des Apaches ne m'a-t-il pas laissé prendre le trésor? Il ne le voulait pas ; l'or de ses pères ! les ossements de ses pères ! Sottises ! Ces Peaux-Rouges n'en font rien et moi je boirais du wiskey. Du wiskey !

Et les grands yeux noirs du bandit se prirent à briller à la perspective d'orgies futures.

— En attendant, Nat Richard, humecte-toi le gosier d'une goutte de la *rosée des montagnes,* comme disent les Irlandais. Cela t'éclaircira les idées et tu réfléchiras mieux.

Il déboucla une sacoche de cuir et prit une gourde clissée. Avec délices, lentement, il savoura deux gorgées.

— Sois sage, Nat Richards, garde le reste pour l'avenir. Plus tard, quand nous aurons conquis le Val-d'Or, nous n'aurons plus besoin d'être si parcimonieux.

Que disions-nous donc? L'Irlandais et celui qui fait sentinelle sont sans doute les chefs de la bande. Ceux-là mourront les derniers. Quant aux autres, je verrai. Peut-être la fièvre, les caïmans ou les Comanches m'épargneront-ils la besogne. Mais dormons. Demain, nous avons la grande cyprière à traverser.

Nat Richards était natif de l'Etat de Vermont. D'abord commis de banque, chassé pour indélicatesse, il fit un peu toutes sortes de métiers et devint finalement trappeur; mais sa méchanceté, ses habitudes de vol et son naturel bas et vindicatif, le firent chasser de toutes les bandes, et enfin isolé dans la prairie, il menait la vie des Outlaws du désert, volant les blancs et les rouges, les trahissant et dans ses périodes de richesse, venant à Saint-Louis, Santa-Fé ou Tubac, quelquefois même à la Nouvelle-Orléans, faire des orgies monstrueuses, d'où il sortait sans le sou, mais plus altéré que jamais et prêt à tout, afin de se procurer une nouvelle ivresse de wiskey. C'était dans une de ces parties de plaisir, *au Poisson-Volant* qu'il avait entendu par surprise le récit d'O'Léary et résolu de mettre à profit pour son propre compte les confidences de l'Irlandais.

Depuis leur départ, il suivait les cinq amis. Doué d'une merveilleuse connaissance du désert Américain, qu'il avait parcouru dans toutes ses parties, aidé par son chien Wolf, il ne doutait pas du succès, mais il préférait laisser les étrangers s'engager dans ces régions inconnues et se faire guider par eux au moins jusqu'à mi-route. Plus tard, il verrait à se défaire de ces concurrents redoutables.

Le misérable enveloppé de sa couverture ne tarda pas à s'endormir près du petit feu qui brûlait sans flamme ni fumée et sous la garde de son précieux auxiliaire, le chien Wolf.

Mescam tâchait de lui faire boire quelques gouttes de rhum (page 165)

III. — LA PLAINE EMPOISONNÉE

Le matin suivant, les chercheurs d'or après avoir pris un quart de thé bouillant mêlé de rhum, levèrent le camp. Pierre Mornas se sentait tout courbaturé; Mescam se plaignait de maux de tête, mais le mousse faisait peine à voir. Le pauvre petit avait perdu les fraîches couleurs de ses joues; il tremblait de fièvre, cependant il se traîna courageusement sans se plaindre.

Les pins diminuaient à vue d'œil, bientôt, ils furent remplacés par les cyprès.

— Seigneur quel pays! s'écria Mescam, après trois heures de chemin.

Cette exclamation du Breton était vraiment justifiée, car le pays devenait aussi horrible que dangereux.

Qu'on s'imagine une vaste plaine de boue noire liquide. Çà et là à une distance de cinq à six mètres les uns des autres, d'énormes cyprès rouge brun dressaient leurs fûts gigantes-

ques de trente mètres de hauteur sans une branche; mais au
sommet un bouquet de brindilles d'un vert sombre indiquait
seul que le bois n'était pas mort. Des lianes grosses comme le
bras, grises, vertes ou noires se tendaient d'un arbre à l'autre.
Ces sortes de câbles soutenaient d'immenses grappes de
mousses grises argentées d'un effet funèbre, et des orchidées
bizarres telles que l'*arcophyle* épineuse qui pue comme un
vieux cadavre et dont les fleurs ressemblaient à de petites têtes
de mort.

Ces cyprès avaient des racines, mais des racines bien curieu-
ses, très longues, très contournées. Elles s'enfonçaient dans
l'eau à une profondeur inconnue, se couvraient de boues, de
galles, de loupes, de verrues étranges et fantastiques. Alors
c'étaient des trous, des cavernes, des antres, où des animaux
aux formes monstrueuses s'agitaient et battaient de leurs pattes
difformes la boue du marais.

Dans quelques endroits, les tempêtes, la foudre et la vieillesse avaient fait un véritable massacre d'arbres. Enchevêtrés
les uns dans les autres, ils servaient de piédestaux à des cham-
pignons mousseux, des lichens noirs, des cryptogames inconnus. On eût dit le paradis de la moisissure.

Tranquillement depuis des siècles, tous ces débris végétaux
pourrissaient, s'accumulaient, formant des bancs d'un terreau
gras et qui lui-même engraissait d'autres plantes. La vie
tournant dans un éternel cercle plongeait ses racines dans la
mort.

Cette purée de décomposition, surchauffée par les rayons
du soleil, à peine tamisés par les brins de verdure des cimes de
cyprès, exhalait une puanteur horrible. Une chaleur étouffante,
des miasmes putrides planaient sans cesse sur ces plaines
inondées. Des odeurs de phosphore, des odeurs cadavériques
s'élevaient continuellement envoyées par les détritus d'animaux qui se décomposaient et s'entassaient à côté du bois
pourri et des feuilles tombées.

Sautant de racines en racines, glissant et tombant parfois
dans la boue noire, se raccrochant au milieu des troncs d'ar-

bres, geignant, suant et soufflant, les cinq aventuriers avan-
cèrent lentement.

Le pauvre petit Dan David était bien malade; ses yeux
boursouflés par la piqûre des moustiques pouvaient à peine
s'ouvrir. Il grelottait sous ses vêtements couverts de
boue.

Un instant, on s'arrêta sur une petite plage de sable solide et
on adossa le pauvre enfant à la souche d'un gros arbre. Age-
nouillé près de lui, Mescam tâchait de lui faire boire quelques
gouttes de rhum; mais doucement, David tournait la tête et
refusait.

— Vous n'auriez pas dû emmener cet enfant, dit rudement
Patrick à Mornas.

— Et du diable, si je pouvais deviner que ce pays fût si incroyable! Est-il vraiment bien malade?

— C'est-à-dire que demain probablement, il nous faudra
chercher un endroit pour l'enterrer, repartit l'autre à voix
basse.

— Vous exagérez, Patrick?

— Je n'en ai nullement envie. Il a un accès très grave; si ce
soir la dose de quinine n'agit pas, demain il sera mort.

Pierre ne répliqua pas, mais il resta songeur. Quel pays!
quelle entrée en campagne. Ah! ils étaient loin les *nuggets* du
Val-d'Or.

— Mais, demanda Miranda, ne pourrions-nous trouver une
autre place pour camper?

— Voyez, cherchez, répondit Patrick.

Vainement l'Espagnol chercha. Ce n'était partout qu'un
affreux chaos de choses en décomposition.

Je crois, pensa-t-il, que je ne suis point encore à la veille
d'entamer une partie avec mes pépites. Enfin, allons de l'avant.
Inutile de récriminer. *Quien sabe?* En attendant trouvons
quelque chose à manger.

Et il s'éloigna un peu, franchissant lestement une barrière de
troncs renversés.

Un roulement sourd lui fit dresser vivement la tête. Un vol

d'énormes pélicans bruns s'abattit sur les arbres ; autour de lui avec bruit, ils battaient des ailes, claquaient leurs grands becs et poussaient des cris aigus.

Des mouettes, des hérons, des corbeaux les suivirent croassant et sifflant. Pendant quelques minutes ce fut un concert vraiment infernal.

Plus loin, des vautours cendrés, des aigles à tête blanche, des pygargues planaient avec ces grands coups d'aile particuliers aux rapaces.

Autour de lui l'Espagnol distingua une foule d'êtres grouillant et vivant dans cette vase immonde. Des tortues battaient le limon de leurs larges pattes, des couleuvres d'eau rampaient et traçaient un sillage dans les ondes irrisées et une insupportable odeur s'exhalait ; de ce cloaque parmi les branches amoncelées, des loutres se glissaient. Plus loin, une chouette, les yeux brillants dans l'obscurité de sa caverne, guettait des rats musqués. Des lézards, des salamandres visqueuses, le dos semé de grosses pustules verdâtres, couraient sur les troncs abattus.

Animée par le va et vient incessant d'insectes, de fourmis, de gros coléoptères, une vieille souche isolée servait de juchoir à une cigogne blanche, qui de temps à autre gobait les araignées mygales ou les scorpions venimeux.

Tout en haut, dans le feuillage se jouaient des perroquets et des écureuils.

Miranda tua plusieurs écureuils et manqua d'être mordu par un *coperkead* ou tête de cuivre, serpent des plus dangereux.

Quand il revint, la discorde était au camp.

Pierre Mornas accusait l'Irlandais de les avoir trompés et de les mener dans des lieux impraticables.

Ce dernier se récria et dit avec un juron irlandais des plus accentués :

— Si vous n'êtes pas content, monsieur le Français, je vous tourne les talons, et bonsoir débrouillez-vous.

Miranda à grand'peine les apaisa et leur prêcha l'union. Puis

il aida Mescam, toujours bon et serviable, à faire prendre au
pauvre Dan David une nouvelle dose de quinine et une tasse
de thé.

Avec beaucoup de peine, ils allumèrent du feu. Les écureuils
furent dépouillés et rôtis ; la nuit venue ce fut au tour de Mescam de veiller sur ses compagnons.

Il faisait nuit close, le feu du campement ne jetait plus que
de faibles lueurs, car Mescam n'avait plus de bois pour l'entretenir, et dans ce marécage, il était impossible de renouveler la
provision.

Le marin breton, son fusil sur l'épaule, allait et venait sur le
petit plateau sablonneux, écoutant les bruits de la cyprière.

Si brave qu'il fût, cette solitude extraordinaire l'inquiétait.

Cependant, il avait déjà bravé bien des périls. Tout enfant,
naviguant avec son père sur les vagues menaçantes près de
l'île de Sein et de la baie d'Audierne, il s'était vu plusieurs fois
en péril. Mais la mer était son élément, il connaissait cette
vieille ennemie depuis sa naissance, tandis qu'ici c'était l'inconnu terrible. Quels bruits ! Ces battements dans la boue
liquide, ces ronflements sourds, c'étaient les caïmans en liesse.
Un cliquetis, un fronfrontement d'écailles dénonçait le passage
d'un serpent.

Plus loin les miaulements rauques des couguars, les gémissements des hiboux, que de choses effrayantes !

— Si j'avais su ce que c'était, pensait-il, sûrement je ne serais
pas venu.

Mais la perspective de l'or l'avait entraîné comme les autres.
Une courte prière lui donna du courage ; ce fut cependant avec
une véritable joie qu'il vit le jour se lever peu à peu, tout rosé
au-dessus de l'immense marais.

Le pauvre Dan David était moins malade. Il respirait plus
librement. L'accès était passé, mais très faible, il pouvait à
peine se tenir sur ses jambes. Miranda lui donna le bras et
l'étape commença.

Peu à peu, les cyprès s'éclaircirent, le fond du terrain devint
plus solide.

Des hickoris, des saules, des crabes se montrèrent par touffes et vers midi, les aventuriers débouchèrent dans une vaste plaine herbue.

Quelle joie ce fut de quitter les tristes cyprières et leurs bourbiers infects. D'un commun accord, les cinq hommes décidèrent de se reposer quelques jours dans la savane pour se remettre de leurs fatigues et permettre à Dan David de reprendre des forces.

— Hier j'ai vu passer un homme avec un très gros chien (page 170)

IV. — Menaces pour l'avenir

Ils étaient dans une de ces savanes qui dans le nord-ouest des Etats-Unis portent le nom de *Prairies,* et dans l'Amérique du Sud, celui de *Llanos* ou *Pampas.*

Le sol assez sec, presque plat, à part de très légères buttes ou renflements, était couvert d'un gazon fin, épais appelé *buffalogran* ou herbe aux buffles.

Aussi loin que le regard pouvait porter, on ne distinguait que cette plaine sans bornes dont les lointains bleuâtres, s'enfonçaient à l'extrémité de l'horizon. Des bosquets de cotonniers, des saules, des trembles mouchetaient d'une teinte plus sombre cette immensité verte et le cours d'une rivière se trouvait indiqué par une large bordure de roseaux qui remuaient leurs tiges jaunâtres sous la brise tiède.

C'était bien le désert, car on ne voyait aucune trace d'habitation humaine, sauf un sentier formé par les foulées des cava-

liers et des bêtes de somme pour se rendre à Austin. Nul indice
d'être humain en-dehors de ce sentier. En revanche, le pays
était très giboyeux : des nuées de courlis, de bécassines et de
canards hantaient les bords de la rivière. Des daims galopaient
dans les herbes et des perdrix couraient entre les touffes de
graminées, affolées par le bruit des pas de nos aventuriers.

La température très chaude, n'était pas étouffante comme
dans les swamps et les cyprières. Au contraire les poumons
de nos voyageurs se dilataient en respirant cet air pur et chargé
de senteurs balsamiques. Miranda très supérieur à ses compagnons, grâce à ses études universitaires, admirait en passant
les fleurs dont les espèces couvraient ce sol privilégié.

Des anémones d'un rose pâle ou d'un lilas délicieux étalaient
leurs coupes colorées à côté des marguerites blanches à queue
rouge ou des pétunias sauvages.

Dans les bosquets de cotonniers, des clématites, des vignes
vierges se nouaient autour des troncs et sur les buttes rocail-
leuses, là où la terre plus maigre était moins gazonnée, les
plantes grasses se traînaient sur le sol tordues de mille façons
et garnies de fleurs jaunes et pourpres. Des lézards verts et
d'autres reptiles se faufilaient çà et là, mais en quantité bien
moindre en comparaison du nombre des reptiles affreux que
les cinq compagnons avaient aperçus dans les *bayous* et les
cyprières.

Assis près d'un feu de branches sèches, les aventuriers
devisaient joyeusement en savourant les perdrix tuées le matin
même par Mescam et l'Irlandais. Dan David était tout à fait
revenu à la vie, ses joues pâlies se rosaient de nouveau, ses
yeux brillaient de plaisir en mordant à belles dents une aile
savoureuse.

— Eh bien ! Patrick, nous voilà débarrassés des cyprières,
de la boue et des serpents ? dit Mornas.

— Pour les cyprières, oui, quant aux caïmans nous en verrons encore quelques-uns. Et les serpents nous les trouverons
partout, moins nombreux, mais aussi mauvais.

— En tous cas, reprit l'ex-clerc, nous avons affronté le plus terrible du voyage?

— Non certes! nous n'avons eu jusqu'à présent qu'à lutter avec la nature. Bientôt nous aurons les Indiens sur les bras, et qui sait? peut-être même des blancs, car si j'en juge par certaine piste que j'ai relevée devant nous, ce matin quelqu'un nous précède et qui nous donnera sans doute de l'embarras.

— Allons donc! s'exclamèrent Miranda et Mornas.

— Je ne peux guère préciser : un homme accompagné d'un chien. Ce n'est pas un Indien, ils ne s'avancent pas encore de ce côté, et puis, ils n'ont jamais de chiens dans leurs expéditions.

— Que pouvons-nous craindre d'un seul homme? prononça avec dédain l'Espagnol.

— Pour le moment, je n'en sais rien, mais cet homme qui tantôt nous suit, tantôt nous précède ne me dit rien de bon.

— Hier, raconta le mousse, pendant que Miranda dormait et que vous étiez en chasse tous les trois, j'ai vu passer un homme avec un très gros chien à deux cents pas de nous.

— Ceci est particulier, ajouta Pierre. Vous vous rappelez Patrick, cette ombre que j'ai cru entrevoir dans les bois de pins la nuit de ma première garde?

— Oui, vous m'aviez fait part de votre remarque. C'est sans doute le même personnage.

— Mais alors, s'écria à son tour Mescam, vous souvenez-vous Mornas, au *Poisson Volant,* à la Nouvelle-Orléans, ce grand escogriffe qui étendait les pieds sans façon derrière votre tête. Eh bien! je me souviens maintenant qu'il avait un gros chien couché près de lui, un chien gris avec des taches brunes.

— Un chien semblable marchait en avant de mon homme d'hier, affirma David.

— Je ne vois pas du tout comment un homme avec un chien gris peut nous causer de l'embarras, fit Mornas.

— Ce n'est pas le chien, répondit l'Irlandais, mais le maître.

Sans doute, il a entendu notre conversation au sujet du placer et ce gaillard-là a résolu d'en faire son profit.

Un grand pli creusa instantanément le front de l'ex-clerc. Lui qui trouvait déjà qu'ils seraient trop au partage, aurait peut-être à compter avec un de ces brigands redoutables, l'écume des prairies de l'ouest.

Tous demeurèrent silencieux quelques minutes. Enfin, l'Espagnol prit la parole le premier.

— Mais enfin, nous sommes cinq et il est seul.

— Vous ne connaissez pas ces gaillards-là, repartit vivement O'Léary. Au bon moment, il saura trouver des compagnons de son espèce, même s'il le faut, toute une tribu indienne, et il nous tombera sur le dos, comme cela nous est arrivé au Canadien et à moi dans mon premier voyage.

— Alors vous croyez qu'il nous suit?

— Je ne peux encore l'affirmer, mais si après avoir dépassé la ville d'Austin, nous avons encore ce drôle sur nos talons, nous ferons bien de nous en débarrasser avec un bon coup de carabine.

L'Irlandais disait cela avec autant de calme que s'il se fût agi d'une bête dangereuse. Mais l'habitude de la vie sauvage dans le désert américain durcit le cœur du civilisé et ôte à la vie humaine beaucoup de son prix.

— Faisons bonne garde alors, dit l'Espagnol.

— Oh! n'ayez pas peur! senor Miranda. D'ici aux montagnes rocheuses, au placer même, nous n'avons rien à craindre. Nous le guidons, car il ne connait pas personnellement le gisement d'or. Seulement arrivés au Val-d'Or, tenons-nous soigneusement sur nos gardes.

Ce jour-là, on ne parla plus de l'inconnu au chien gris. La nuit venue, Miranda, Mescam et Mornas ne s'endormirent que fort tard, ce personnage mystérieux les troublait beaucoup.

Leur voyage était commencé depuis trente jours. A la prairie succédaient des champs cultivés, des habitations, des villages. On approchait d'Austin.

A la première *Hacienda* qu'ils rencontrèrent, ils renouve-
lèrent leurs provisions de pain, sous la forme de *tortillas* et
demandèrent si on n'avait pas vu passer un homme avec un
chien gris tout tacheté de brun.

La réponse fut négative; et à l'habitation suivante, ils n'obtin-
rent aucun renseignement. Ils crurent soit à la disparition de
l'homme mystérieux, soit à sa résolution de prendre une autre
route. Seul Patrick pensa qu'on le reverrait; mais il garda ses
réflexions pour lui.

— Je me suis glissé doucement (page 175)

V. — Le passage du Rio del Norte

— Connaissez-vous bien la route? demanda un soir Mornas
à l'Irlandais.

— Certainement, c'est la sixième fois que je viens par ici.

— C'est que je vous vois tourner les yeux de tous côtés,
comme si vous vous étiez égaré.

— J'ai mes raisons pour le faire.

— Lesquelles?

— Vous êtes trop curieux, venez plutôt chercher un daim ou
une antilope avec moi pour notre souper.

Mornas regarda fixement l'Irlandais qui par un signe rapide
lui montra ses trois compagnons et il le comprit. La chasse au
daim n'était qu'un prétexte. Patrick avait sans doute une confidence à lui faire.

Il prit son fusil et suivit O'Léary. A une centaine de mètres
du camp, l'Irlandais s'arrêta.

— Eh bien! qu'y a-t-il? demanda Mornas.

— Je sais que vous tenez plus que les autres à découvrir le placer.

Mornas recula d'un pas; et fixant les yeux sur l'Irlandais, il lui répondit d'une voix mal assurée :

— Miranda et Mescam y tiennent autant que moi.

— N'importe, poursuivit O'Léary avec un sourire de doute. Voici la situation : Il y a que le bonhomme au chien tacheté, nous suit pour ainsi dire pas à pas. Ce qui m'ennuie profondément. Ce matin, avant que vous fussiez éveillé, je suis sorti du campement et j'ai été examiner un peu les alentours. J'espérais trouver un couple de dindons sauvages et je désirais aussi apercevoir cet être singulier.

— Et alors?

— Alors au bout d'une heure d'investigation, j'ai vu à l'aube une légère fumée qui s'élevait d'un bouquet de cotonniers sur les bords del Norte, je me suis glissé doucement et ai distingué un feu autour duquel étaient couchés non pas un, mais dix ou douze hommes au moins, et dont plus de la moitié étaient des Indiens. Je n'ai pas pu bien discerner à quelle tribu ils appartenaient, car un énorme chien gris m'a senti et s'est mis à aboyer avec fureur. Heureusement pour moi, j'ai pu regagner à temps un fourré pas trop éloigné et les inconnus ont rappelé leur chien, croyant sans doute au passage d'une bête fauve. Je suis revenu en rampant presque jusqu'au camp et voilà

— Cela prouve? demanda anxieusement Mornas.

— Eh bien ! cela prouve que l'homme au chien gris a trouvé des compagnons et qu'ils nous suivent pas à pas. Mais je ne crois pas qu'ils nous attaquent de suite. N'importe c'est gênant.

La confidence de l'Irlandais bouleversa Mornas.

— Nous sommes trop loin pour reculer. Quel est votre avis?

— Doubler l'étape et passer le Rio del Norte en amont. Peut-être les dépisterons-nous.

— Il faudra essayer.

Ils revinrent les mains vides au camp; Mornas prit la parole et raconta l'aventure de Patrick.

— Le passage du del Norte est difficile, mais nous l'essayerons quand même, car c'est notre seul moyen de salut, dirent à la fois Miranda et Mescam.

Cette scène se passait dans une de ces immenses solitudes américaines, dans les vraies prairies de l'ouest. Plus d'un mois s'était écoulé depuis leur passage à Austin.

De vastes plateaux gypseux, couverts de graminées basses et peu serrées, s'étageaient en gradins légèrement ondulés. Aux magnolias, aux nickoris des bords du Colorado succédaient maintenant des saules et des chênes; souvent de véritables bois peu élevés arrêtaient la vue. Quelques conifères se montraient dans les terrains les plus arides et les plus montueux.

Le sol très sec et assez friable était criblé de millions de terriers de ces curieux animaux, appelés *chiens de prairies*. Le jeune Dan David s'amusait beaucoup des culbutes et des sauts des jolis petits rongeurs. Des troupes de bisons et de chevaux sauvages passaient depuis plusieurs jours en vue des aventuriers. Cette matinée-là, Miranda réussit même à tuer un jeune veau et cet exploit faillit priver la petite troupe d'un de ses meilleurs membres.

Au moment où l'Espagnol triomphant allait s'approcher de sa victime, il vit une masse énorme d'un brun noirâtre qui accourait sur lui au grand galop. C'était la mère du jeune bison qui cherchait sa progéniture. À la vue du chasseur, elle s'arrêta un moment inquiète; mais bientôt la fureur l'emporta sur la crainte. Baissant la tête et soulevant des mottes de terre avec ses cornes recourbées, elle s'élança en poussant de sourds mugissements.

Heureusement que Miranda avait eu la précaution de recharger son arme, ainsi qu'O'Léary le recommandait toujours à ses compagnons, et ne perdant pas son sang-froid, il se jeta rapidement de côté derrière un bouquet de saules. La monstrueuse bête passa à côté de lui, rapide comme la foudre, brisant les plantes et les arbustes. L'Espagnol l'ajusta et par une chance inouïe lui envoya sa balle au défaut de l'épaule. La brute puissante tomba en beuglant plaintivement et Miranda lui tira un second coup qui la tua net.

Jusqu'à ce jour, quelques daims et antilopes de prairie, avaient été les plus grosses pièces de gibier abattues par les cinq amis. On peut juger avec quelle joie cette capture fut accueillie. Mescam s'empressa d'amener auprès des deux bêtes la vieille mule achetée par eux à Austin pour le transport de leurs bagages et ils la chargèrent des meilleurs morceaux de viande. Ils s'étaient munis à Austin d'une petite provision de sel : ils en soupoudrèrent les quartiers pour les conserver quelques jours.

Au retour de cette expédition, l'Espagnol regretta vivement de n'avoir point de chevaux à sa disposition.

— Oh! si nous avions des chevaux, disait-il, ce ne serait qu'un jeu pour passer sur l'autre rive du del Norte.

— Mauvaise bête souvent qu'un cheval en territoire indien, répondit O'Léary. S'il est ferré c'est une trace facile à suivre pour ces diables de Peaux-Rouges.

— Oui, mais quand on est poursuivi ?

— Certes, il vaut mieux souvent fuir que de combattre. Mais quelquefois le cheval butte, tombe et vous restez pris comme un rat dans une ratière. Ça m'est arrivé il y a six ans dans l'Arkansas. Ces démons me poursuivaient. J'éperonnais mon cheval, mais le terrain n'était point facile. Nous étions dans une sorte de taillis. A un moment ma monture se prend le pied dans une racine et nous roulons sur le sol. Je veux me dégager, impossible. Le soir même, j'étais lié au poteau de supplice et sans l'arrivée d'un parti de trappeurs, j'aurais été rôti comme un coq-d'inde.

— Vos histoires d'Indiens sont fort drôles, grommela l'ex-clerc, mais indiquez-nous plutôt quelques moyens de passer la rivière. Sera-ce à la nage ?

— Si nous n'avions tout ce matériel à transporter, répondit tranquillement Patrick, en montrant les fusils, les couvertures et les provisions ce serait facile, mais chargés comme nous le sommes, à dix brasses du bord, nous coulerions.

Le radeau vogua lentement sur les eaux du fleuve (page 183)

— Faisons un radeau, proposa Mescam.

— Mescam a raison, dirent Patrick et Miranda.

Les bois légers ne manquaient pas. Patrick, Mescam et Miranda coupèrent des saules et des bottes de roseaux. Mornas et le mousse lièrent et assemblèrent des faisceaux de roseaux creux comme flotteurs, et sur ces fagots flottants ils tendirent des branches de saules élastiques et résistantes, formant plancher. D'autres roseaux complétèrent la plate-forme. Vers le soir, le radeau était terminé.

En cet endroit heureusement, le Rio del Norte n'était pas très large. La nuit venue, avec mille précautions, ils lancèrent le radeau à l'eau et après avoir soigneusement éparpillé les débris de branches et de roseaux qui pouvaient déceler leur travail, Miranda et Patrick qui étaient bons nageurs, se dépouillèrent de leurs vêtements et entrèrent dans la rivière. L'eau n'était pas très froide et il n'y avait point de caïmans dans cette région. Mescam et Pierre Mornas juchés sur l'îlot flottant, le dirigeaient avec une longue perche, tandis que les deux nageurs le poussaient par derrière. Au mousse, incombait la garde des bagages et le soin de tenir la longe de la mule.

Sans secousse, le radeau se détacha du rivage et vogua lentement sur les eaux calmes du fleuve. Arrivé au milieu, il fut pris par le courant et décrivit un demi-cercle, mais cela ne fut pas long, il finit par franchir le centre de la rivière et après quelques soubresauts longea la rive droite peu élevée.

— Allons! le ciel est avec nous, dit l'Irlandais. Vous trois les passagers, débarquez sans secousses. Miranda attrapez la bride de la mule et faites la prendre pied à terre.

Avec une branche recourbée en crochet et figurant une gaffe, Mescam saisit une grosse racine du rivage et graduellement le radeau longea le bord du fleuve.

— Ouf! s'écria Mornas, nous voilà sains et saufs. La peur de chavirer, je l'avoue me rendait cette navigation pénible.

— Gardez vos émotions pour d'autres occasions, repartit l'Irlandais. En attendant débarquons doucement les bagages. Après nous démolirons le radeau pour qu'on ne le voie pas descendre la rivière : ce qui donnerait l'éveil à nos ennemis.

Rapidement les chercheurs d'or se mirent à l'œuvre. Ils brisèrent les liens d'osiers, éparpillèrent les roseaux et bientôt les débris emportés par le courant se disséminèrent le long du fleuve.

— Bien travaillé, fit Patrick. Maintenant, nous pouvons camper dans ce massif de peupliers. Nous y serons en sûreté, mais n'allumons pas de feu.

Dociles aux conseils de l'Irlandais, les aventuriers pénétrèrent sous le bosquet de peupliers, et, après avoir soigneusement battu les buissons pour chasser les serpents et autres bêtes nuisibles, ils s'installèrent sur leur couverture, et attaquèrent à belles dents un morceau de bison froid, cuit le matin.

Chacun mangeait avec appétit, l'esprit plus libre. Le fleuve n'était pas une vaine barrière et les protégeait.

Le ciel très pur se parait de millions d'étoiles, une lune resplendissante éclairait les eaux du fleuve. Des oiseaux moqueurs perchés sur les arbres de la rive chantaient à plein gosier. Des hurlements lointains annonçaient les *coyottes* en chasse.

Le dîner fini, l'Irlandais s'apprêtait à prendre la garde quand une exclamation du mousse attira son attention.

— Mais, regardez donc là-bas sur l'autre bord !

Une grande clarté éclairait cette rive. Un grand feu flambait et crépitait. Des ombres passaient et reparaissaient devant le feu et les aventuriers entendirent des voix lointaines, des hennissements de chevaux et de mules, des aboiements de chiens.

Après un instant de réflexion, l'Irlandais dit à ses compagnons impatients de connaître l'explication de cette étrange scène :

— C'est probablement la halte d'une caravane de Mexicains en route pour Santa-Fé. Mais elle doit être bien nombreuse, car il n'est pas prudent d'allumer de tels brasiers la nuit dans le désert, ajouta-t-il sentencieusement ici. Nous sommes en plein pays Comanche et ces démons rouges sont toujours à l'affût de pillage et de massacre.

— Tiens voilà pour toi, vieux voleur (page 119)

VI. — ATTAQUÉS PAR LES PEAUX-ROUGES

Les jours succédaient aux jours; les aventuriers poursuivaient leur long et pénible voyage. Aux prairies plantureuses du Colorado et du Rio del Norte, avait fait place maintenant une terre singulière.

C'était un immense plateau élevé, aride, brûlé par le soleil, dont quelques gommiers rabougris, des armoises bleuâtres et des absinthes grises formaient toute la végétation. Sous le ciel d'un bleu cru, la terre blanchâtre du sol prenait une couleur aveuglante. Par un effet de mirage commun dans ce désert, tout à coup les voyageurs altérés voyaient surgir au loin des lacs azurés, frangés d'une bordure de végétation luxuriante. Des villes, des dômes, des tours se reflétaient dans le miroir de ces eaux. Des bateaux aux voiles blanches sillonnaient les lacs, et quand ils avançaient ces dômes, ces villes, ces tours s'effaçaient et des tourbillons d'une poussière crayeuse les enveloppaient, pénétrant dans leurs bouches et les aveuglant.

Accroupi près d'un petit feu d'armoises desséchées, Mornas s'efforçait de faire cuire deux de ces petits lièvres grisâtres à la chair amère, qui abondent dans le désert américain.

Tout en cuisinant, il réfléchissait et ses pensées n'étaient point gaies. Plus on marchait, plus le désert devenait aride et sans eau. La veille, ils avaient bien rencontré quelques flaques d'une eau saumâtre. Mais ce jour-là, ils n'étaient pas sûrs d'avoir la même bonne fortune.

De plus, les munitions diminuaient et les Indiens augmentaient. Trois jours avant, ils avaient failli tomber dans un parti de Comanches qui battaient la campagne et si l'Irlandais ce jour-là leur eût permis d'allumer du feu, les Indiens attirés par la fumée auraient certainement attaqué leur campement.

Quelle peine pour conquérir ce trésor problématique. Mais si l'Irlandais s'était trompé ou les trompait?

A cette pensée, Mornas grinça des dents et jeta sur le pauvre Patrick de farouches regards. Dan l'aidait dans ses fonctions d'armurier, car il nettoyait en ce moment son rifle et celui de Mornas. Mescam et Miranda cherchaient de l'eau dans un rayon de cinq cents pas autour du camp.

— Dites donc Pierre? demanda Patrick, ne trouvez-vous pas que nous sommes bien mal placés, si les Indiens venaient à nous attaquer.

Mornas leva la tête et regarda autour de lui. La plaine était nue, le vent sec et âpre du désert secouait les armoises et les sauges aux fleurs de pourpre s'inclinaient sous son souffle. Des aigles volaient très haut, décrivant de grandes orbes, et quelques antilopes galopaient au loin, mais rien en ce moment ne décelait la présence des Indiens.

— Je ne vois rien, Patrick, qui puisse vous effrayer et d'ailleurs nous n'avons pas le choix d'un emplacement. Tout est pareil dans ce maudit pays.

— Mais regardez sur votre droite, ce massif rocheux; ne ferions-nous pas bien de nous y loger?

— Peut-être. Comme vous voudrez. Attendez au moins que les lièvres soient cuits.

— Ils le sont assez. J'ai des pressentiments qui ne me trompent pas. Vous verrez, nous serons attaqués avant peu.

— Puisque vous avez si peur, fit Mornas avec une intonation de mépris, allons. Dan ramena quelques tisons.

— Non, non pas de feu surtout.

— Eh bien ! alors, prends les lièvres on les mangera tels qu'ils sont, repartit Mornas avec colère.

Patrick O'Léary, ne jugea pas à propos de relever l'amertume des paroles de son compagnon, mais il l'aida à charger sur la mule les armes, les vivres, les couvertures et les précéda sur le massif rocheux qu'il désignait.

A cet endroit, la plaine s'élevait brusquement, formant un dôme plus sec et plus aride encore que le reste. Un monticule de rochers couronnait le sommet du dôme. En arrivant au pied de cet escarpement, Pierre reconnut la justesse de vues de l'Irlandais Les rochers fendus par la foudre et les intempéries d'une longue suite de siècles étaient amoncelées les uns sur les autres en tas cyclopéens.

Des vides d'une profondeur et d'une taille respectable existaient entre les éclats des pierres, et Mornas remarqua non sans une profonde satisfaction l'aspect abrupt du côté opposé à leur premier campement.

— Nous serons bien ici Patrick, mais il faudrait voir si Mescam et Miranda ne reviennent pas.

— Je vais les chercher, dit sans hésiter le petit Dan David, et il dégringola la pente rocheuse.

Miranda et Mescam revenaient avec deux outres d'eau et deux autres lièvres tués par Mescam. Ils étaient couverts de poussière blanche et leurs yeux fatigués par la réfraction des rayons solaires sur le sol crayeux du désert étaient rouges et enflammés.

Etonné de ne voir personne au campement qu'ils avaient quitté deux heures auparavant, ils se regardèrent assez incertains, lorsque Dan David les rejoignit et leur annonça les nouvelles dispositions stratégiques prises par O'Léary. Ils s'en réjouirent beaucoup, surtout Miranda qui avait déjà fait obser-

ver le danger d'un campement dans cette vaste plaine nue,
Avec peine, lourdement chargés par les outres, ils grimpèrent
le massif rocheux et pénétrèrent dans le réduit où déjà étaient
réunis Patrick et l'ex-clerc.

— Comment trouvez-vous ma forteresse senor Miranda?

— C'est superbe et surtout commode en cas d'attaque,
Patrick. Fasse le ciel que nous trouvions la pareille chaque
soir pour abriter nos têtes.

Mescam examinait attentivement le rocher ; tout à coup il
poussa une exclamation :

— Venez donc voir, cria-t-il aux autres.

Une ouverture se dessinait en noir sur le mur de roches
grisâtres. Une grotte spacieuse prenait jour de ce côté et se
perdait dans les entrailles de la terre.

— Avant d'y pénétrer, voyons s'il n'y a aucune trace de
bêtes fauves, dit prudemment O'Léary. Je ne me soucie guère
d'être embrassé en entrant par un ours ou un couguar.

— Nous avons des bougies et une lanterne dans l'équipe-
ment de la mule. Allumons-la et en avant, je passe le premier,
s'écria Miranda.

— Diable, c'est noir et profond comme un vestibule de l'enfer, dit l'Irlandais. Nous allons peut-être trouver un trésor.

Le sol était sec et raboteux ; autant qu'ils en purent juger à
la faible clarté de leur lanterne, cette grotte était naturelle,
cependant les parois portaient des traces de travail humain.

Miranda qui tenait le fanal, montra à ses amis des hiérogly-
phes curieux tracés sur les murs de grès. Ces signes représen-
taient des bisons et des antilopes, des combats et des divinités
monstrueuses.

La caverne était très grande, tantôt elle serpentait en étroit
couloir dans le massif de grès, tantôt elle s'évasait en voûte
élevée en atteignant la couche calcaire. Un moment, elle devint
si haute que leur faible lumière promenée en tous sens pouvait
à peine illuminer les sombres profondeurs. Un instant, le petit
Dan qui se tenait peureusement derrière les autres crût voir de
grands objets rouges se dresser contre le fond de la muraille.

Il ne se trompait pas. Tout au fond de la grotte, ils virent une rangée d'énormes jarres en terre rouge de près de quatre pieds de hauteur.

— Mais c'est un trésor! s'écria Mornas.

— Peut-être une sépulture, objecta Miranda.

— Du reste, nous allons voir ce que renferment ces marmites, fit l'Irlandais en assénant un grand coup avec le dos de sa hache sur la jarre la plus voisine.

A la grande terreur de tous, sauf de Miranda qui s'y attendait, un squelette humain roulé dans une natte fine surgit d'entre les débris du vase.

— Mais c'est un cercueil, fit Mescam avec épouvante.

— Oui, ce sont autant de cercueils, affirma l'Espagnol et qui remontent certainement à une époque antérieure à la conquête de Fernand Cortez.

— Vous croyez que nous ne trouverons rien là-dedans? demanda Mornas à Miranda

— Vous pouvez les défoncer toutes et vous ne trouverez rien.

L'Irlandais et Mescam semblaient en proie à une sorte de terreur superstitieuse et n'osait toucher aux jarres. Mornas pris d'une curiosité avide et animé de la soif de l'or, saisit la hache de Patrick et se mit à démolir toutes les jarres les unes après les autres.

Toutes contenaient un squelette placé selon la coutume indienne : le mort avait été plié en deux, les genoux à la hauteur de la poitrine et solidement fixé avec des fibres d'agaves ; une natte fine enroulée et cousue sur le corps ne laissait paraître que la tête. Divers objets étaient mêlés à ces restes humains. Des pointes de flèches en obsidienne, des fourneaux de pipes en terre rouge représentant un serpent enroulé, mais sauf un petit grain d'or, ils ne trouvèrent aucune autre trace du précieux métal.

Mornas avait fini ses recherches, quand l'Espagnol lui demanda d'un air moqueur, s'il avait retrouvé les mines du Potosi; il jeta sa hache sur le sol avec découragement sans répondre.

— Si nous allions manger les lièvres ? demanda le petit Dan David.

— Ce garçon a raison, fit l'Irlandais et on rebroussa chemin, laissant les momies empilées les unes sur les autres avec les tessons de poterie.

Pierre Mornas trouva les lièvres exécrables, mais Miranda ayant attribué son manque de goût à sa déception, il faillit se jeter sur l'Espagnol. Au fond, il était furieux contre le licencié qui le dominait autant par sa supériorité morale que par son mépris des richesses.

— Si jamais tu viens à trépasser, ruffian de Cadix, je ne te pleurerai pas, pensa Mornas.

Après avoir arrosé leur maigre repas de quelques gorgées d'eau saumâtre, on tint conseil pour savoir si l'on resterait dans cet endroit pour passer la nuit, ou si l'on décamperait immédiatement.

Après une discussion passionnée, Miranda, O'Léary et Mornas préférant rester sur la colline, l'emportèrent sur Mescam et le mousse que le voisinage des squelettes effrayait beaucoup.

— Si nous restons sur cette montagne, je vais couper un peu de fourrage en bas pour la mule. La pauvre bête a jeûné cette après-midi.

Le mousse se joignit au matelot ; ils coupèrent et empilèrent dans une couverture le plus d'herbe qu'ils purent trouver.

Le jour baissait, le soleil se couchait à l'extrémité de la plaine dans un bain de pourpre et d'or. De gros nuages gris accouraient de l'est. Des alouettes du désert volaient, regagnant leur gîte en poussant un *sirily* monotone. Des vautours planaient encore en l'air et les lièvres d'armoises galopaient çà et là, s'aplatissant peureusement sur le sol, quand un rapace projetait son ombre au-dessus d'eux. Tout paraissait tranquille dans la solitude.

Cependant Dan David qui venait de nouer son paquet d'herbe, s'écria :

— Mescam, n'entendez-vous rien ?

— Rien du tout, mon garçon.

— J'ai cru percevoir cependant le galop de plusieurs chevaux.

Mescam colla son oreille sur le sol et s'écria :

— En effet on dirait des chevaux.

— Si c'étaient des sauvages? hasarda Dan.

— Ça se pourrait bien. Vite en haut, Dan est leste!

Jetant leurs paquets d'herbe sur leur dos, ils grimpèrent en courant le raidillon. A mi-chemin, Mescam s'étant retourné, cria à Dan qui allait plus vite que lui :

— Tu as raison, Dan ; ce sont bien les sauvages.

Un épais nuage de poussière accourait de l'ouest et annonçait l'arrivée de cavaliers. Sous les derniers rayons du soleil couchant, étincelèrent des fers de lances. De grands boucliers en peau de buffle ballotaient sur les épaules des rouges cavaliers. Leurs carquois et leurs arcs tressautaient à chaque mouvement de leurs coursiers. Ces derniers, sauvages comme leurs maîtres, allaient un galop d'enfer, le cou allongé, la tête un peu basse. A un signal donné probablement par le chef de la troupe, les cavaliers s'arrêtèrent court et les chevaux demeurèrent raidis sur leurs jarrets frémissants, semblables aux coursiers des bas-reliefs antiques.

Mais les deux matelots étaient déjà dans l'intérieur des roches et leurs compagnons prévenus accoururent à l'entrée de la grotte.

— N'avancez pas! articula rudement l'Irlandais. Voulez-vous qu'ils nous voient et que nous ayons ces démons rouges sur le dos. Attendez avant de vous montrer de savoir ce qu'ils veulent faire.

— Que veulent-ils donc? demanda Mornas.

— Chercher des traces et s'ils voient notre ancien campement, ils ne seront pas longs à découvrir qui et combien nous sommes. Alors...

— Alors? fit Miranda.

— Alors, par tous les saints martyrs de Limerick, nous passerons un mauvais quart d'heure.

— Pourquoi donc? hasarda Pierre.

— Mais ignorant! vous ne pouvez vous imaginer la cruauté
de ces Peaux-Rouges. D'abord avant de discourir sur leurs
qualités, prenons nos mesures en cas d'attaque. Vous Miranda,
attachez soigneusement la mule au fond de la grotte, si elle
peut passer par l'entrée, car elle décèlerait notre présence par
ses braiements. Vous Pierre aidez-moi, ainsi que Dan à charger toutes nos armes et à disposer les munitions, de façon à les
avoir toutes sous la main. Une seconde perdue peut coûter la
vie à l'un de nous. Que Mescam entasse le plus qu'il pourra de
grosses pierres à l'entrée du sentier.

Les aventuriers un peu rassurés par l'initiative et le ton de
commandement de l'énergique Patrick, exécutèrent rapidement ses ordres. Toutes les armes furent chargées et Pierre
regretta en ce moment ses coups inutiles tirés sur un gibier
inabordable.

Mescam, en matelot débrouillard, entassa près de l'entrée du
réduit de gros quartiers de roc. Comme dans les sièges de
l'antiquité, on devait les précipiter sur les assiégeants.

Miranda réussit à faire entrer la mule dans le souterrain, et
une fois toutes les dispositions prises, ils attendirent en
silence.

— Ont-ils des armes à feu? demanda l'Espagnol.

— Je ne crois pas, mais leurs flèches portent loin et juste et
ils sont au moins vingt-cinq.

Les guerriers rouges étaient toujours assemblés formant un
magnifique peloton. Quelques-uns, des chefs sans doute, avaient
une coiffure singulière : de grandes plumes d'aigle plantées dans
leurs cheveux raides et noirs, formaient un casque à cimier
très élevé. La plupart étaient presque nus : une simple peau de
daim ou de panthère autour des reins. Grands et élancés, montant leurs chevaux en vrais centaures, ils ouvraient largement
leurs narines, semblant aspirer l'odeur des visages pâles.

Cent mètres à peine les séparaient du monticule, et les chercheurs d'or attendaient anxieusement.

— Mes prévisions étaient bien fondées, dit sourdement

Patrick. Voilà l'homme au chien vu par Dan David dans la prairie du Colorado.

— Je le reconnais bien, et son chien aussi, murmura le jeune garçon.

Et l'Irlandais désigna du doigt à ses compagnons, un individu de haute taille qui se détachant du gros de la troupe et suivi d'un énorme chien, tacheté de brun, se mit à explorer lentement le pied de la colline.

— Que peut-il chercher ainsi? murmura tout bas Pierre Mornas.

— Mais tout simplement notre bivouac de ce matin. Ce gaillard-là, vous le savez bien, nous suit à la piste depuis la Nouvelle-Orléans. Il est pressé de nous trouver. Dans quel but? Je n'en sais rien.

L'homme au chien qui n'était autre que Nat Richards, le solitaire que nous avons déjà vu espionner les chercheurs d'or dans les forêts de pins de la Louisiane, continuait ses recherches. Maintenant, il pressait un peu le pas de son cheval et son chien courait en avant, remuant la queue comme un vrai chien d'arrêt.

— Ce vilain toutou va nous découvrir, répétait avec angoisse le petit Dan David.

La peur et la cupidité se livraient un violent combat dans l'âme de bandit de Mornas. D'un côté, il craignait d'être tué ou capturé par les Indiens; de l'autre, il ne pouvait s'empêcher d'escompter la mort d'un de ses compagnons. Ce serait un de moins au partage. Mais si malheureusement Patrick succombait, quelle perte pour la troupe! Patrick le guide vers le placer d'or. Il faisait bon marché de Miranda ou Mescam, pourvu que Patrick vécût jusqu'au Val-d'Or; après, il le tuerait.

Pendant qu'il roulait ces horribles pensées, l'Irlandais d'une voix grave annonça :

— Le voilà sur notre campement de ce matin, dans quelques minutes il sera ici.

Le feu du matin avait été éteint, les cendres dispersées, mais

le chien ne s'en arrêta pas moins à sa place. Il poussa un grondement sourd. Nat Richards scruta attentivement les alentours
du foyer et au bout de quelques minutes d'examen, se redressa
sur sa selle et lança son cheval au petit trot. Le chien le précé-
dait en aboyant plus fort.

Déjà, il touchait le pied de la colline lorsqu'il s'arrêta net, et
tourna bride. An un sifflement de son maître le chien revint
sur ses pas.

— Eh ! mais il s'en va, dirent avec joie Miranda et Mescam.

— Certainement, il s'en va, répliqua O'Léary, mais pas pour
longtemps ; il va raconter aux Comanches le résultat de ses
recherches et à tout à l'heure l'assaut.

Un colloque animé s'établit entre les chefs indiens et Nat
Richards. Les premiers en leur qualité de cavaliers, semblaient
n'avoir qu'une médiocre envie d'attaquer les chercheurs d'or
dans leur forteresse, mais le vieux Nat paraissait insister vivement pour l'ouverture des hostilités.

Le cœur battait fort dans la poitrine de Mornas et de ses
compagnons. Silencieux, accroupis, à l'entrée de la grotte, ils
attendaient les événements.

Bientôt, ils virent le vieux Yankee mettre pied à terre et
suivi de son chien, grimper la colline. A mi-hauteur, il s'arrêta
et à haute voix, commença le discours suivant en anglais.

— Les cinq blancs enfermés dans ces rochers, écoutez-moi
bien : le Loup gris, grand chef des guerriers comanches, désire
se procurer de l'or pour munir ses hommes de *rifles*. Je sais
que l'un de vous connaît un grand placer où l'or abonde. Le
Loup gris promet de vous laisser la vie sauve et une partie des
nuggets, si vous consentez à le conduire au Val-d'Or. Moi, Nat
Richards, je me porte garant de sa parole.

— Oui, compte là-dessus, souffla à mi-voix Patrick.

— Eh bien! moi Patrick O'Léary, dit en se relevant à son
tour l'Irlandais, je te somme vieux mendiant de déguerpir
d'ici au plus vite, sinon tu vois? et il montra son fusil.

Le vieux Richards haussa dédaigneusement les épaules et se
contenta de répondre :

— Que votre destinée s'accomplisse à tous ! Toi, l'Irlandais, tu seras épargné, mais plus tard nous saurons te délier la langue sur le secret du Val-d'Or.

Et il descendit la colline en courant.

Quelques minutes après, les Comanches, sauf cinq restés pour tenir les chevaux, mettaient pied à terre et s'élançaient avec une sauvage clameur à l'assaut du monticule.

— Ajustez bien ces sauvages, Miranda et Pierre ; vous Mescam assommez le maudit chien avec une pierre si vous pouvez. Mes amis, en joue !... feu ! cria l'Irlandais.

Deux détonations retentirent et les deux premiers Indiens qui apparurent dans le sentier étroit et encaissé, tombèrent.

— Tiens voilà pour toi, vieux voleur, ajouta O'Léary en voyant apparaître la tête hirsute de Nat Richards et il le tua. En même temps, son chien reçut de Mescam une énorme pierre sur les reins qui le coucha par terre.

— Bravo ! Mescam, bien ajusté.

Mais le petit Dan passa les pistolets chargés aux tireurs et reprit les carabines pour les recharger.

Les Comanches trop nombreux pour l'étroitesse du sentier se bousculaient en montant ; aussi ne pouvaient-ils faire usage de leurs arcs. Quelques-uns décochèrent cependant des flèches, mais les traits se perdirent au-dessus des aventuriers. L'Irlandais, Miranda et Mescam tirèrent chacun les deux coups de leurs pistolets dans la masse des Indiens et des hurlements de douleur retentirent. Ce fut bien pis lorsque tout un amoncellement de grosses pierres tomba sur les Peaux-Rouges. Comme tous les Indiens des prairies, une fois, le premier élan brisé, ils se replièrent en désordre se culbutant pour fuir plus vite hors de la portée des carabines.

La nuit était venue, une lune resplendissante éclairait le champ de bataille. A la lueur de l'astre des nuits, les assiégés virent distinctement les Indiens commencer des préparatifs de campement. Ils avaient enlevé leurs camarades tués ou blessés, mais le corps de Nat Richards restait sur le penchant de la colline et son chien hurlait faiblement les reins brisés.

— Achevez-le, dit Miranda à l'Irlandais.

— Non, ma foi, je ne vais pas tirer un coup de fusil de trop.
Demain, nous n'aurons peut-être pas assez de munitions.

Dan David jeta sur le chien quelques grosses pierres dont
une mit fin à ses souffrances.

De leur citadelle, les assiégés voyaient distinctement les
Indiens campés autour des feux allumés. Les chevaux pais-
saient les maigres touffes d'herbe près de leurs maîtres. Les
chefs reconnaissables au haut cimier de plumes d'aigle fumaient
accroupis devant les foyers. Sans doute, ils s'entretenaient des
événements de la journée et arrêtaient le plan de bataille pour
le lendemain.

— Avons-nous quelque chose à craindre pour cette nuit?
demanda Miranda.

— Non, fit O'Léary, ils sont trop fins pour essayer de nous
surprendre avec ce clair de lune, mais demain matin de bonne
heure, il pourrait y avoir une nouvelle attaque. Aussi veillons
mes amis à tour de rôle et ne nous laissons pas surprendre.

Mornas s'offrit pour passer les deux premières heures de la
nuit. Ses compagnons se roulèrent dans leurs couvertures, et
malgré le péril qui les environnait, la fatigue de la journée
l'emportant, ils s'endormirent bientôt.

Pierre Mornas, son fusil posé sur les genoux, assis à l'entrée
de la grotte, fort inquiet, ne quittait pas des yeux le camp des
Indiens. Les foyers n'étaient plus que des monceaux de braises
rouges. Tout paraissait tranquille; seul le cri du hibou ou celui
de l'engoulevent traversait les airs à intervalles réguliers.
D'abord, il n'y prêta aucune attention, puis il s'étonna de la
persistance de ces cris d'oiseaux, puis il s'en alarma.

Vers une heure du matin, les cris cessèrent et la lune se voila
de nuages. Pierre sentait ses yeux s'alourdir dans un demi sommeil; avec effort, il soulevait sa tête appesantie. Cependant,
un incident l'empêcha de se laisser aller tout à fait au sommeil.
Un gros buisson de mimosa épineux qu'il avait remarqué la
veille au soir au pied des rochers, lui parut plus rapproché.
Croyant être sous l'empire d'une illusion des sens, il se frotta

les yeux et regarda attentivement : le buisson s'était encore
rapproché de lui, très lentement il est vrai. Pris de peur, il se
leva d'un bond, donna l'alerte et lâcha son coup de fusil sur
l'arbuste.

Un hurlement lui répondit, et un Comanche lâchant sa gar-
niture de feuillage descendit en courant la pente et s'enfuit
vers le camp.

— Il est heureux que vous l'ayez vu à temps, mon cher
Pierre, car quelques minutes plus tard, nous n'aurions retrouvé
que votre cadavre scalpé.

— Et vous Patrick, qui affirmiez hier soir encore, qu'ils ne
nous attaqueraient pas la nuit.

— N'avais-je pas raison? ce Peau-Rouge est un jeune brave
qui est venu pour conquérir une chevelure de visage pâle.
Mais comme vous le voyez, il était seul. Ces choses là arrivent
souvent chez ces démons rouges.

Vers le matin, une grande agitation s'éleva parmi les
Comanches. Trois montèrent à cheval et partirent au galop du
côté du nord-est.

Qu'est-ce que cette manœuvre là? demandèrent à l'Irlandais
ses compagnons.

— Probablement, ils ne se sentent pas en force et vont chercher d'autres bandits de leur tribu.

— Diable, diable, ça se complique.

— Certainement, car ils commenceront un siège en règle et
nous réduiront par la faim et la soif.

On déjeuna tristement des restes de la veille, on vida le
fond des outres et la journée se passa lourde et monotone
pour les assiégés.

Une chaleur intense échauffait le dôme de roches; allongés
dans le couloir, les aventuriers passèrent une triste après-midi
et une plus triste nuit.

Le lendemain matin, l'implacable soleil se leva aussi chaud,
aussi brûlant que la veille. Des effets de mirage montraient au
loin des lacs d'eau douce, des verdures dans l'immense plaine
aride. Les Comanches insensibles à ce soleil de feu, semblaient

préparer leurs armes ; d'autres allumaient des feux de tiges de
sauge desséchée et faisaient cuire des tranches d'antilopes sur
les charbons ardents. On en voyait qui s'abreuvaient goulû-
ment à des outres de peau de buffle.

La vue de ce festin, les gestes moqueurs de ces Peaux-
Rouges rendaient encore plus triste la position des cinq amis,
l'estomac tiraillé par la faim, le gosier desséché et torturé par la
soif, ils étaient sombres et abattus.

— J'espère bien! s'écria Mornas qu'ils vont nous attaquer;
sinon, je vous propose de descendre jusqu'au bas du sentier et
de tirer sur eux. Ce que je souffre est au-dessus de toute comparaison. C'est du feu qui me brûle la poitrine.

Personne ne lui répondit : Miranda l'air dédaigneux fumait
tranquillement une cigarette. Mescam de temps à autre faisait
un signe de croix et murmurait une prière. Le petit Dan David,
bien qu'élevé dans la religion protestante ou plutôt hors de
toute religion, imitait le Breton qu'il affectionnait beaucoup.
L'Irlandais, rompu par son genre de vie à ces terribles événements du désert, regardait impassible les allées et venues des
Indiens. Les heures passaient, les souffrances augmentaient.
Tout à coup, un nuage de poussière au loin et des cris partis
du camp indien, annoncèrent l'arrivée de nouveaux ennemis.

— Ah ! ah ! dit Miranda, voilà sans doute le renfort attendu.

Une vingtaine de cavaliers accouraient au grand galop. On
entendait le sabot des chevaux frapper le sol durci; avec une
certaine satisfaction, Patrick constata chez ces nouveaux
arrivés l'absence absolu d'armes à feu.

— Voici l'attaque. Attention, dit Patrick.

Soit qu'ils fussent pressés d'en finir avec les visages pâles,
soit pour toute autre cause inconnue, tous les cavaliers mirent
pied à terre et réunis à ceux qui étaient là depuis trois jours,
ils s'élancèrent tumultueusement comme l'avant veille, hurlant
et montrant leurs faces cuivrées peinturlurées de noir et de
jaune. Une volée de flèches cribla instantanément la colline.
Mornas en reçut une qui lui écorcha un peu l'épaule. Les autres
s'émoussèrent sur les rochers de l'entrée. Deux coups de fusil

seulement répondirent à cette attaque furieuse. Ils furent bien
visés, car deux Indiens roulèrent sur le sol.

Mais les Comanches ne s'effrayaient pas comme l'avant-
veille. Mescam et l'Irlandais déchargèrent encore leurs pistolets. O'Léary se retourna : l'Espagnol, l'ex-clerc et le mousse
avaient disparu !

— Ah ! les lâches, murmura-t-il, ils se sont enfuis dans la
caverne !

— Nous ne sommes pas des lâches, cria la voix de Miranda
de l'autre côté de l'entrée du souterrain. Mais pour Dieu, rentrez
vite tous deux ou vous allez faire manquer notre stratagème.

— Quel stratagème ? demanda l'Irlandais

— Vite, vite, rentrez.

Il était temps. Les Indiens n'étaient plus qu'à vingt pas et
montaient rapidement.

Mescam se retourna pour leur lancer deux ou trois blocs de
pierre, mais Patrick l'en empêcha et le poussa dans la
caverne.

Patrick et le matelot breton reculèrent en voyant au lieu de
leurs trois amis, une rangée de momies posées en demi-cercle
des deux côtés de l'entrée.

— Placez-vous au fond, commanda Miranda et pas un mot,
pas un souffle.

Quelques minutes se passèrent. Le premier Comanche arrivé
sur le seuil de la porte, n'osa entrer. Il hasarda un coup d'œil à
l'intérieur, mais attendit les autres Indiens pour pénétrer.

Pendant que le Peau-Rouge se retournait pour voir si on le
suivait, Miranda s'élança et prenant une des momies à bras le
corps, il la posa tout à fait à l'entrée de la grotte ; Mornas opéra
la même manœuvre. Tout le gros des Comanches arrivait en
hurlant et en bondissant.

A l'aspect des crânes polis des momies, de leurs faces camar-
des, de leurs bouches sans lèvres d'où les dents saillaient dans
un rictus abominable, quelques-uns se laissèrent tomber le
visage contre terre, saisis de stupeur ; d'autres plus affolés, encore, lâchèrent leurs armes et dégringolèrent à travers la foule

des combattants. Pendant quelques minutes ce fut une confusion inexprimable.

— Feu ! commanda O'Léary.

Les quatre hommes tirèrent chacun un coup de carabine dans
cette masse tourbillonnante. Le mousse passa ensuite les pistolets et rechargea les autres armes. Pendant dix minutes les
cinq aventuriers tirèrent sur les Indiens qui dégringolèrent en
hurlant de terreur, le penchant escarpé de la colline.

— Cessez le feu ! cria Miranda. Les voilà qui détalent cette
fois pour de bon.

Sans chercher à enlever leurs morts et leurs blessés, les
Indiens coururent en désordre vers leur camp. Ceux qui étaient
restés, ignorant l'aventure interrogèrent vainement les fuyards.
Les autres sautèrent en selle et au bout d'un quart d'heure,
toute la bande disparaissait comme un vol de vautours, dans un
tourbillon de poussière.

— Hurrah ! hurrah ! cria Patrick, plein de joie. Pour une
bonne farce, Miranda et Pierre, c'est une bonne farce jouée à
ces damnés de Peaux-Rouges.

— Ne ferions-nous pas bien de détaler d'ici ? demanda Mornas. Ils pourraient revenir et notre ruse de guerre ne réussirait
pas une seconde fois.

Ils descendirent dans la plaine et se hasardèrent dans le camp
abandonné. Les Comanches avaient fui avec une telle précipi-
tation qu'ils avaient laissé sur le sol, près des feux, pas mal
d'objets entr'autres plusieurs outres pleines d'eau et des sacs
en cuir remplis de *ceccina* ou viande séchée.

C'était une aubaine inappréciable pour des affamés comme
nos chercheurs d'or. Un cheval même était resté attaché à un
buisson, et se cabrait en vrai cheval sauvage à la vue des
Européens. Mais Patrick le saisit par la bride, et le contraignit
à recevoir en charge, tout ce que la vieille mule ne pouvait
point porter : sacs de ceccina, outres d'eau, couteaux et lances
furent arrimés sur le dos de la malheureuse bête que Miranda
monta par-dessus le marché, et la petite caravane s'avança plus
avant dans les solitudes du nord-ouest.

En avant les vieux mâles baissaient la tête (page 205)

VII. — Migration de bisons

Le ciel était d'un bleu grisâtre; l'air lourd et embrasé. La plaine s'étendait à perte de vue avec des ondulations à peine sensibles. Le sol sablonneux était couvert d'un gravier jaunâtre; parfois des stries de roches calcaires comme des sillons perçaient le sable. Çà et là de grandes pierres, blocs erratiques, apportés probablement dans ces solitudes par le déluge des âges préhistoriques, émergeaient de cet océan de poussière jaune. Des lichens roux, des mousses à moitié desséchées formaient des taches de couleur vive sur les pierres grises.

A quelque distance les uns des autres, dans les dépressions du sol, des lacs peu profonds laissaient dormir leurs eaux saumâtres. Le pourtour de ces lacs garni de roseaux et de hautes herbes desséchées par le vent et le soleil, semblait fait de végétaux en zinc, tant les pauvres plantes avaient perdu de leurs couleurs primitives.

De longues failles, comme autant de fêlures de l'écorce ter-

restre, coupaient le sol de loin en loin. Quelques-unes se trans-
formaient en ravins profonds au fond desquels des ruisselets
coulaient silencieusement. Les moins considérables de ces
canons en miniature renfermaient quelques arbustes, quelques
buissons épineux. Mais dans le reste de la plaine, pas un arbre,
pas un arbuste. Bien que le temps fut calme, des rafales soulevaient en tourbillonnant des colonnes de poussière qui paraissaient cheminer lentement.

Quelques grenouilles coassaient mélancoliquement sur le
bord des mares; des insectes tourbillonnaient au-dessus de
ces nappes tranquilles. Des vautours et des aigles décrivaient
des orbes immenses dans l'azur pâli du ciel, et sur les roches les
plus chaudes et les plus arides, de gros lézards noirs, la tête
cornue comme des diablotins, se traînaient lourdement.

Quatre hommes et un enfant de quatorze ans marchaient
péniblement dans ce désert aussi desséché, aussi mortel que le
Sahara. Une mule boiteuse, un cheval efflanqué les suivaient la
tête basse. Tous avaient un air des plus misérables. Les privations, la chaleur, la fatigue avaient creusé leurs joues, noirci
leur teint. La barbe longue, les cheveux en broussaille, ils
avaient bien l'air de véritables bandits. Leurs vêtements étaient
usés et déchirés; leurs pieds sortaient de chaussures lamenta-
bles et des chapeaux de paille effrangés couvraient leurs
têtes.

Depuis huit jours ils *trimaient*, selon l'expression de Mornas dans cet affreux pays. L'Irlandais avait sans doute perdu
sa route, car deux fois ils tournèrent dans le même cercle. Ce
soir-là, ils étaient sombres, mécontents, silencieux plus encore
que de coutume. Leurs munitions baissaient d'une façon inquiétante, le dernier morceau de ceccina avait été dévoré et les
outres pendaient flasques sur le dos de la vieille mule.

— Grâce! cria le petit Dan David, les pieds meurtris et
saignants, la figure enflée et noircie par le soleil.

Pierre le regarda :

— Pauvre petit diable! A la fin nous allons laisser nos os
dans ce pays de malheur. Où camperons-nous, Patrick?

L'Irlandais scruta l'horizon. Il n'y avait ni bois, ni rocher pour s'abriter.

— Sommes-nous en sûreté? demanda Miranda.

— Certes, oui, les Indiens ne se hasardent point dans ce désert. Il n'y a rien à piller ici.

— C'est bon! gronda Mornas. Ah! Patrick, comme j'en ai assez de toutes ces promenades! Quand verrons-nous les montagnes de San-Saba que vous nous promettez depuis une semaine?

— Demain, certainement.

— Ou après-demain. Bienheureux sera le jour où je pourrai fouler une autre terre que cet affreux sable jaune. Je ne puis marcher plus longtemps. Voulez-vous, les autres, camper ici?

— Nous ne demandons pas mieux, répondirent l'Espagnol et Mescam. N'est-ce pas de l'eau qui brille là-bas.

— Voyons d'abord, si elle est potable, répondit Patrick.

Quand il atteignit la mare, il y puisa dans un quart de fer-blanc et porta le liquide à sa bouche.

Ce fut avec une grimace de dégoût qu'il la rejeta vivement.

L'eau était affreusement salée, la mule et le cheval comanche n'en voulurent même point. Ils broutèrent seulement quelque peu d'herbe sèche.

— Quelle situation! s'écria Pierre. Moi, j'ai une soif encore plus ardente que dans la grotte aux momies.

— Allons plus loin, peut-être trouverons-nous quelque chose de mieux, hasarda Mescam, et le pauvre marin, malgré sa propre fatigue, chargea le petit Dan David sur ses épaules.

On marcha encore pendant une demi-heure et on découvrit un ravin plus profond que les autres où coulait un ruisseau assez fort; mais les parois du canon étaient fort escarpés et pouvaient avoir de quarante à cinquante pieds de profondeur. Pierre Mornas très altéré, supportant moins que les autres les privations, voulut y descendre : trois *lazos* de cuir tressé, trouvés après la déroute des Indiens lui servirent pour cet audacieux projet.

Il se fit attacher les épaules et tout doucement s'aidant des aspérités des roches, descendit dans le lit de la rivière. Il but avidement l'eau fraîche et très bonne, puis il remplit les outres. Tout le monde se désaltéra ainsi que les deux bêtes de somme.

Un peu ranimés par l'eau qu'ils avaient bue, les aventuriers se demandaient ce qu'ils pourraient manger, et l'Irlandais parlait même de tuer le cheval moins utile que la mule, quand Mescam découvrit deux tortues de terre assez grosses. On se jeta sur elles. Elles furent cuites dans leurs carapaces et dévorées jusqu'à la dernière miette.

Deux jours après, ils se trouvèrent sur la limite du désert au pied des montagnes rocheuses. Les grandes prairies, les grandes plaines finissaient et cependant on n'était pas encore tout à fait en plein pays montagneux.

Une suite de collines couvertes d'herbes et de bouquets d'arbres coupées de rivières remplaçaient maintenant le plateau sec et nu du Llano-Estacado. Le gibier devenait moins rare à mesure qu'ils s'enfonçaient dans cette région.

L'Irlandais fut obligé d'intervenir auprès de ses compagnons, pour qu'ils ne gaspillassent pas inutilement leurs munitions. Il fut décidé que Mescam et Patrick, les deux meilleurs tireurs de la bande seraient les seuls à chasser.

Un jour, dans une vallée traversée par le Rio-Pecos et dominée par la Sierra de Moro, ils virent une masse brune, comme une mer mouvante qui s'avançait à l'horizon.

— Vite! vite! cria Patrick, gagnons la colline que voilà — montrant une éminence escarpée et couverte d'arbres dont ils n'étaient pas éloignés de plus de deux cents pas, — où nous sommes perdus.

— Qu'est-ce donc? demandèrent ses compagnons.

— C'est un immense troupeau de bisons et s'il nous trouve sur sa route, nous sommes perdus.

Miranda et Pierre Mornas qui étaient en selle, poussèrent vivement le cheval et la mule bien refaits et reposés depuis la sortie du désert. O'Léary, Mescam et Dan David gagnèrent la colline le plus vite possible.

Il était temps : les bisons s'avançaient rapidement. Des

mugissements sauvages sortaient de cette énorme bande de ruminants. Ils étaient plus de deux mille et leurs masses confuses accouraient comme des flots bruns. En avant les vieux mâles baissaient la tête, labourant le sol de leurs cornes que leur barbe noire et épaisse balayait; on entendait la terre trembler sous leurs pesants sabots.

Ces colosses s'arrêtèrent, sentant des hommes près d'eux. Il y eut un mouvement de bousculade terrible; les derniers rangs poussant les premiers, les forçaient à avancer; après quelques moments d'hésitation, dans une poussée irrésistible, l'immense troupeau s'élança dans la rivière où sa descente produisit l'effet d'une vague de mascaret. L'eau reflua sur les bords et inonda les berges; sans diminuer de vitesse, les bisons continuèrent sur l'autre rive leur course furibonde et la terre résonnait encore sous leurs pas que leur masse mugissante disparaissait vers les solitudes à l'orient du Pécos.

Une jeune bête d'un an environ était restée en arrière. Probablement bousculée et foulée aux pieds par ses compagnons, elle avait une jambe abîmée, car elle se traînait péniblement poussant des mugissements de détresse. Les chercheurs d'or quittèrent précipitamment le haut de la colline et la tuèrent.

— C'est vraiment terrible, Patrick, dit Pierre, ces troupeaux de bisons, je ne pouvais m'en faire une idée avant ce jour.

— Et si par malheur, nous nous fussions trouvés sans abri, ajouta Miranda, nous étions piétinés et broyés sous leur masse.

Mescam aidait Patrick à dépouiller l'animal de sa belle robe brune.

— Voilà des provisions pour plusieurs jours, dit le premier; mais comment conserver cette viande fraîche.

— Ce ne sera pas difficile. Miranda et Pierre, vous qui ne faites rien en ce moment, ramassez-moi une quantité de branches feuillues et de bois mort. Dan coupera des brassées d'herbes vertes.

En vrai coureur de prairie, l'Irlandais déshabilla lestement la bête, mit de côté la bosse déjà assez grosse en annonçant qu'il en ferait une *bottemada délicieuse*.

La viande, divisée en longues lanières, fut disposée sur une sorte de gril en bois à six pieds au-dessus d'un vaste brasier de bois mort que l'on recouvrit de branches vertes et d'herbe, de manière à produire une fumée épaisse.

Sous l'action de la fumée, la viande perdit peu à peu sa belle couleur rouge, devint sèche, noire et cassante. L'Irlandais affirma qu'au bout de trente-six heures de ce traitement, elle serait à l'abri de la décomposition.

— Mais, demanda Mornas et votre *bottemada*.

— Je vais la préparer et vous verrez ce que cela vaut.

— D'abord creusez-moi un vaste trou en terre.

En une demi-heure, les aventuriers avec leurs hachettes, leurs couteaux et des bâtons pointus, avaient fait une excavation profonde d'un mètre au moins.

— C'est bien, dit O'Léary, mais ce n'est pas tout ; il faut me faire un feu colossal, quelque chose comme un bûcher d'Apaches en goguettes.

— Ne parlons pas de sauvages, si vous le voulez bien, s'écria Pierre. Nous les avons assez connus comme cela.

— Nous en verrons d'autres, soyez sans crainte.

Le feu demandé par l'Irlandais, ne tarda pas à se transformer en un monceau de braises. Quand ce ne fut plus que des cendres chaudes, il garnit l'intérieur du trou de feuilles aromatiques, roula soigneusement la bosse de bison dans d'autres feuilles, l'enfouit au fond du trou avec les cendres tout autour, recouvrit le tout de terre, et demanda d'allumer un nouveau feu par-dessus.

Pierre Mornas regardait les préparatifs de ce repas barbare avec une profonde surprise, et non sans un certain dégoût, mais quand quatre heures après, Patrick déterra son plat, des odeurs de venaison rôtie produisirent de telles titillations sur ses sens olfactifs qu'il s'empressa d'en réclamer sa part.

Étendus sur l'herbe, les cinq compagnons dévorèrent joyeusement la *bottemada*. L'énorme rôti diminua à vue d'œil. Pour ces pauvres diables errants depuis trois semaines dans le désert du Llano-Estacado où le gibier était fort rare, c'était un repas royal.

— C'est autrement bon que la *ceccina* des Comanches, disait le petit Dan la bouche pleine.

— Certainement, si je reviens dans mon pays avec ma part de pépites d'or, affirma impudemment Mornas, j'indiquerai cette recette à ma cuisinière.

— Mais en France, vous n'aurez pas de bison, fit en riant Miranda.

— Ah! c'est vrai, et un simple bœuf ne remplacera pas cet animal disgracieux, mais succulent.

— Je préférerais moi au contraire manger de mon bœuf de Bretagne, quoique ceci soit excellent.

— Allons, dit Mornas, en ricanant, voilà encore Mescam qui parle en oiseau de mauvais augure. Il a peur de tout.

— Je ne suis pas plus poltron qu'un autre, mais je ne vois pas, sans frissonner, défiler cette interminable succession de plaines arides et sans eaux et j'appréhende fort le passage des montagnes.

Ainsi, devisant et mangeant, les chercheurs d'or passèrent les deux meilleures heures de leur voyage. Mais l'Irlandais ne négligeait point en même temps le boucanage du bison et le lendemain dans la journée, il termina l'opération et montra à ses amis, les lanières de la viande desséchées à point.

De leur côté, le cheval comanche et la vieille mule s'étaient refaits de leurs longs jeûnes ; et quand on abandonna les rives du Pécos, les deux bêtes étaient pleines d'entrain comme leurs maîtres.

Il monta lentement, collé au roc (page 212)

VIII. — Pénible ascension

La petite caravane suivait maintenant un sentier rocailleux à peine tracé dans les montagnes rocheuses. A la brillante végétation des bords du Pécos succédait une nature austère.

C'était un chaos de rochers brisés, de défilés, de précipices, de torrents, de cascades. Loin d'être aride le terrain était partout couvert d'une végétation sombre et touffue. Les pentes raides étaient garnies d'un réseau inextricable de plantes grimpantes. Des sapins énormes poussaient au-dessus des abîmes, d'où montait le sourd grondement des torrents. Des mousses vertes dans les endroits peu éclairés, grises et jaunes dans les parties où le soleil pouvait jeter ses rayons, formaient des tapis épais où les pieds s'enfonçaient sans bruit.

Un silence imposant, régnait dans ces montagnes. Seuls, le cri des aigles, la chute des pommes de pins, une branche morte qui se rompait et le fracas des torrents le troublaient.

Doublement oppressés par la raideur de la pente et cette

nature muette, les cinq amis se sentaient l'âme vaguement émue. Ce pays était si différent de ceux qu'ils venaient de traverser.

Alerte et dispos, l'Irlandais marchait en tête d'un pas toujours égal. La fatigue ne semblait pas avoir de prises sur cette organisation de fer.

Miranda venait ensuite le regard vif et scrutateur.

Mescam et Dan David devenus inséparables, gravissaient lentement les pentes, souvent se tenant par la main, comme un père et son fils. Le Breton était émerveillé de cette nature grandiose. Pour lui, ces arbres si élevés qu'ils semblaient se perdre dans les nues, ces rochers inclinés au-dessus des torrents : tout cet ensemble de choses belles et redoutables, lui inspiraient un sentiment indéfini de la puissance divine.

Trop jeune pour avoir ces pensées, le petit Dan marchait joyeusement, suivant les cabrioles des écureuils sur les arbres verts et le vol des grands rapaces autour des pics de la montagne.

Quant à Pierre, ce n'était plus de l'admiration ni de l'étonnement, mais un ennui profond qui le gagnait.

Pour lui ces arbres étaient des arbres un peu plus grands que les autres, les rochers étaient plus lourds, la route plus difficile. Mais l'or? où était donc ce Val de l'Or? Que de fatigues, que de souffrances pour un trésor problématique ! mais n'avait-il pas tenu deux fois un trésor plus réel · la caisse de le Guellec, et les valeurs du malheureux Louisianais à la Nouvelle-Orléans? Patrick se moquait d'eux et les faisait promener dans des chemins impossibles. Après les cyprières, les Comanches. Hier le désert sans eau. Aujourd'hui des sentiers de chèvre, dans des montagnes pleines d'embûches. Et demain?

Demain, nouveaux sentiers plus difficiles, nouveaux déserts et nouveaux sauvages : Navayoes, Yampericos, Moquis, Zunis, Apaches et bien d'autres encore. Tous les démons rouges de l'Amérique. Et ils étaient encore cinq, cinq à partager, toujours cinq. L'un d'entre eux ne pourrait-il diparaître : Miranda, Mescam ou même Dan David?

Miranda le savant, le lettré qui connaissait tant de choses, qui avait tout lu, tout étudié; aussi fort en théologie qu'en mathématiques, en histoire qu'en langues étrangères, était antipathique à Pierre à cause de sa supériorité morale; il se sentait écrasé par cette individualité puissante.

Et Mescam, son compatriote, toujours obligeant, bon, fidèle, content de tout, résigné dans les plus périlleuses alternatives, était encore plus désagréable à Mornas avec ses idées religieuses, ses invocations pieuses au moment du danger. Oh! oui, celui-là lorsque le placer serait découvert, il saurait s'en débarrasser.

Et Mornas lentement suivait les autres, se demandant comment il emporterait cette masse d'or. La mule et le cheval en porteraient bien chacun 160 livres au moins et en calculant le prix du précieux métal à 1,500 francs environ la livre, il n'arrivait qu'au chiffre de 480,000 francs. C'était encore loin du million rêvé. Mais si ses compagnons mouraient après le partage, il reviendrait à Socorro, le village mexicain le plus proche, et là, il louerait d'autres mules pour les charger d'or.

La montée continuait toujours. Les sapins succédaient aux sapins; les rochers se multipliaient plus abrupts, plus imposants; le sentier devenait plus étroit et plus difficile. Des pierres roulantes l'encombraient et il fallait éviter les troncs d'arbres morts tombés et barrant le chemin.

Parfois, ils côtoyaient un ravin tellement profond que l'on ne pouvait apercevoir le torrent qui mugissait au fond. Les grands arbres disparaissaient, remplacés par des pins chétifs, rabougris, accrochés aux flancs des rochers. Des génévriers aux feuilles sombres dressaient leurs têtes épineuses dans les creux abrités. Maintenant, ils étaient obligés de veiller sur leurs bêtes et de les tenir par la bride. Le cheval comanche habitué aux plaines sans limites, buttait fréquemment et n'avançait qu'à force de coups.

Ce n'était plus la chaude température de la prairie; le soir venu, le vent s'élevait âpre, l'air était froid et les cinq amis frissonnants se serraient près du feu de bivouac, enroulés dans leurs couvertures.

Les privations recommencèrent; le gibier était rare, l'eau difficile à atteindre; aucun fruit sauvage, aucune racine comestible. Le cinquième jour de la montée, ils n'eurent rien à manger et l'Irlandais parla sérieusement de tuer le cheval indien inutile, prétendait-il; mais Mornas s'y opposa avec énergie. Comment emporter l'or au retour?

Personne ne répondit; ils se serrèrent très affamés ce soir-là autour de leur feu.

Le lendemain à l'aube, ils décampèrent sans une parole, et reprirent les interminables montées et descentes. Pour comble d'infortune, un brouillard épais, phénomène fréquent sur ces hauteurs les enveloppa. Leurs vêtements en lambeaux les garantirent mal contre la pluie qui ne tarda pas à tomber et vers midi, ils arrivèrent à une sorte de cul-de-sac. Un tremblement de terre récent avait bouché le passage. Le sentier était barré par une haute muraille de granit presque verticale.

A droite et à gauche, c'étaient des pentes si raides qu'il paraissait impossible de les escalader. Des touffes d'herbes dures poussaient çà et là entre les assises de roches et, sauf quelques maigres arbrisseaux, il n'y avait pas d'autre végétation.

Quelle déception! Il fallait revenir sur ses pas, redescendre pendant plus d'une journée pour trouver un passage problématique. Mais la faim se faisait durement sentir, et avant d'avoir trouvé une autre route, ils tomberaient certainement d'inanition.

Ils se regardèrent atterrés sans trouver un mot à dire. Alors, Patrick prit la parole.

— Mes amis, nous ne trouverons rien à manger avant longtemps dans ces montagnes. Tuons le cheval et mangeons-le. Quand nous aurons repris des forces, nous verrons à nous débrouiller.

Personne n'opposa cette fois d'objection, et ce fut vite fait. Le pauvre coursier des prairies reçut un coup de fusil dans l'oreille. O'Léary avec l'aide de Mescam le dépouilla pendant que les

trois autres allumèrent péniblement du feu avec les broussailles humides. Des tranches de cette pauvre viande maigre
et sèche rôtirent tant bien que mal, et ils dévorèrent tant ils
avaient faim cette chair à moitié cuite. La mule s'aperçut bientôt de la disparition du cheval, elle le chercha partout d'un œil
inquiet.

— Tout de même une *bottemada* serait mieux reçue, fit re-
marquer l'Espagnol; mais il faut se contenter de ce qu'on a.

Quand ils eurent mangé, ils tinrent conseil; ils avaient les
trois solides lassos conquis sur les Comanches; s'ils pouvaient
parvenir à les attacher à des arbres suffisamment solides, en
s'aidant mutuellement, peut-être grimperaient-ils cette pente
raide.

Pierre et l'Irlandais hochèrent la tête en regardant ces deux
murs élevés de plus de cent pieds. A dix mètres au-dessus d'eux
un arbuste épineux enfonçait ses racines dans le roc, c'était le
point d'appui le plus rapproché d'eux.

— Je vais essayer, dit Dan David.

Et le courageux enfant, les lassos enroulés autour du corps,
tenta hardiment cette téméraire entreprise. Quelques petites
saillies du roc, quelques touffes d'herbes étaient les seuls points
d'appui de ce chemin aérien, pour arriver jusqu'à l'arbuste.

Avec une prudence et un sang-froid au-dessus de son âge, il
monta lentement, collé au roc. Les autres anxieux le regardaient, le cœur battant d'angoisse : si une pierre se détachait,
si ses pieds glissaient sur les parois unies, c'était une mort
affreuse pour le pauvre petit.

Enfin hâletant au bout d'un quart d'heure d'effort, il atteignit
le buisson, c'était un pin rachitique solidement implanté dans
une fissure de la roche.

Alors le jeune mousse attacha solidement l'un des lassos et
jeta l'autre extrémité à ses compagnons qui se mirent à battre
des mains de joie. Mescam le premier, s'aidant de la corde de
cuir tressée, gravit moins péniblement la pente raide pendant
que le mousse atteignait un second buisson. Miranda et Patrick
le suivirent. Mornas frissonna de tout son corps en voyant ses

compagnons ramper une main cramponnée au lasso, et l'autre aux aspérités de la muraille. Enfin, il leur cria :

— Et la mule qu'en ferons-nous ?

Patrick et Miranda éclatèrent de rire.

— Mais enfin, allez-vous laisser vos fusils et vos couvertures ?

— Imbécile, lui répondit l'Irlandais, vous allez en faire un
paquet et nous les hisserons au sommet de la montagne.

— Et moi, vous allez me laisser ici !

— Ça, s'exclama rudement Miranda, nous prenez-vous oui
ou non pour de véritables *caballeras*. Foi de Castillan, à la fin
vous m'échauffez les oreilles.

Mornas s'avisa un peu tard qu'il jugeait les autres d'après ses
propres sentiments. Silencieusement, il ramassa les armes et
les couvertures et en fit un paquet. Quand il eut fini le mousse
avait atteint le dernier buisson. Quelques pieds le séparaient
du sommet, les autres cramponnés à divers étages regardaient
sa dernière ascension.

Un hurrah partit de leurs poitrines quand ils le virent au
sommet. Puis ils descendirent le premier lasso et montèrent le
paquet d'armes. Alors Mornas put *prendre la rampe,* comme
lui cria amicalement l'Espagnol.

Au bout d'une heure, ils étaient sains et sauf sur un plateau
culminant.

Il disparut avec son gibier dans l'abîme (page 219)

IX. — MORT TRAGIQUE DE MIRANDA

Trois jours après, les cinq aventuriers épuisés de fatigues arrivaient au village de Socorro, village mexicain, habité en grande partie par des Indiens pueblos et quelques blancs d'origine espagnole.

Bien que ce ne fût qu'un bourg de très peu d'importance, composé de maisons bâties en pisé et couvertes de terrasses de terre battue, il leur sembla entrer dans une capitale; il y avait près de trois mois depuis Austin qu'ils n'avaient couché sous un toit.

Le soir de leur arrivée, descendus dans une pauvre *Posada*, ils admirèrent naïvement l'intérieur cependant bien primitif de cette modeste hôtellerie.

De leur côté les Mexicains se pressaient autour d'eux, les accablant de questions sur leur voyage, sur la traversée du Llano-Estacado, réputé alors infranchissable. Les Comanches n'étaient point connus des *hacenderos* de Socorro, mais en

revanche, ils parlaient beaucoup des Apaches, de leurs incur-
sions fréquentes et de leur cruauté. Chaque indigène renché-
rissait sur son voisin : l'un avait failli périr dans telle embus-
cade des Indiens ; un autre racontait les ruses infernales de ces
démons. Et les tournées de *mescal* et de *refino* se succédaient.
Il était plus de minuit quand enfin les Socorriens se décidèrent
à laisser les chercheurs d'or prendre un repos bien gagné.

Mais il fallait renouveler une bonne partie des approvision-
nements : poudre et plomb d'abord, puis vêtements et chaussures qui étaient en loques. On leur recommanda ensuite de
se munir d'outres. Il y avait un plateau désert, non loin des
sources du Rio-Gila où l'eau manquait absolument. Un peu
de viande séchée et quelques litres de rhum étaient aussi
indispensables.

Mais qui paierait ?

Miranda, Mescam et le petit Dan avaient fourni leur dernier
dollar à Austin. Aussi sauf l'Irlandais, les trois compagnons de
Mornas étaient fort intrigués à ce sujet.

Mais tout à coup sans aucune préparation, O'Léary s'adressant à Mornas, lui dit :

—Nous avons absolument besoin de ces objets. Nous n'avons
plus un dollar en poche, c'est vous qui allez payer.

Pierre Mornas pâlit. Sa main se crispa sur le canon de sa
carabine ; mais il répondit d'une voix assez assurée :

— Et avec quoi, Patrick ?

— Avec le contenu de votre ceinture.

— Je ne sais de quelle ceinture vous voulez parler.

— Mon cher ami, ne faites pas l'étonné. Un soir après notre
passage à Austin, je vous ai vu pendant que les autres dormaient, compter votre réserve. Vous aviez pas mal d'or et de
bank-notes bleues de France. Même, je m'étonnais qu'avec
une telle somme, vous eussiez songé à tenter cette entreprise
bonne pour des pauvres diables comme nous, au lieu d'entrer
dans quelque maison de commerce de la Nouvelle-Orléans.

Pierre devint livide, de grosses gouttes de sueur perlèrent
sur ses tempes. Instinctivement, Mescam, se rappelant dans

quelles conditions Mornas avait sollicité son admission dans
l'équipage de la *Syracusa*, s'écarta de lui par un mouvement
de défiance. Miranda et le mousse regardèrent l'ex-clerc avec
curiosité.

— Je ne vous demande pas, reprit l'Irlandais, l'origine de cet
argent. Je suppose que comme nous, vous êtes un honnête
garçon ; seulement, vous le voyez bien, vous êtes le seul d'entre nous à pouvoir subvenir aux frais de l'expédition. Nous
vous en tiendrons compte plus tard en augmentant votre part.

D'une voix étranglée, Pierre demanda :

— Combien vous faut-il ?

— Environ cent dollars.

— C'est beaucoup ! Enfin, je vais vous les donner.

Il s'écarta un peu de ses compagnons, et revint en rappor-
tant la somme.

Patrick se chargea des nouvelles acquisitions. La poudre et
le plomb coûtèrent fort cher, bien que de qualité médiocre. Il
remplaça les anciennes couvertures usées et trouées par des
zarapés solides, en forte laine ; et comme chaussure, il fit
prendre à ses amis la *botta* mexicaine, sorte de bottine en
peau de chèvre non tannée et qui brave les épines des cactus et
des mescals. Enfin, il acheta aussi une mule pour remplacer
celle abandonnée dans le *canon* des montagnes rocheuses.

— Je ne vous donnerai plus rien, déclara Mornas le soir,
cette expédition me coûte déjà fort cher.

— Mon cher Pierre, vos amis sont comme vous et même en
moins bonne situation, car sans barguigner ils ont fourni jusqu'à leur dernier *cent*. Et si nous découvrons le placer vide, fit
en clignant malicieusement de l'œil, l'Irlandais.

— Comment vide ? s'écria Pierre avec fureur.

— Oui, d'autres peuvent l'avoir découvert depuis mon dernier voyage.

Et il lui tourna le dos.

Mornas le visage contracté par la colère, allait éclater en injures contre O'Léary ; mais il vit dans les yeux de Miranda une
expression si dédaigneuse, dans ceux de Mescam, une telle

défiance contre lui, qu'il se renferma dans un mutisme complet. Désormais, il fit presque bande à part et ne parla à ses compagnons que dans les occasions forcées.

Ils se reposèrent trois jours à Socorro. Miranda, en sa qualité d'Espagnol pur sang, ne fraya guère avec les indigènes, les tenant pour d'anciens insurgés contre la mère-patrie. Mornas qui savait maintenant assez d'espagnol pour se faire entendre, questionna en vain les habitants sur les pays arrosés par le Rio-Gila, mais il resta confondu de l'ignorance des Mexicains, qui la plupart à vingt lieues de leur village, ignoraient absolument la région voisine. Quelques-uns avaient poussé jusqu'à Santa-Fé, un ou deux avaient parcouru le sud de la Sonora; mais la peur des Apaches l'emportait sur leur cupidité.

La semaine écoulée, les voyageurs se remirent en route. L'entrain des premières étapes était complètement tombé; Miranda et Patrick silencieux marchaient en tête. Mescam et Dan David échangeaient de rares paroles. Pierre Mornas toujours seul fermait la marche.

Sombre, la mine farouche, il se demandait si cette expédition à la recherche d'un placer chimérique, n'était pas une duperie. Il ne pardonnerait pas à l'Irlandais d'avoir parlé de sa réserve d'or et de billets conservée dans sa ceinture. Si ses compagnons, tentés par les sept ou huit mille francs que cette ceinture recélait encore, allaient le dépouiller et l'abandonner seul dans ce désert !

D'après l'avis des habitants de Socorro, il y avait un massif rocheux sans eau à traverser avant de parvenir au Rio-Gila.

Le dixième jour, la petite troupe se trouva sur un plateau assez élevé, aride, sans végétation. Je dis sans végétation et c'est à tort, car cette terre ingrate nourrissait des plantes tellement étranges, qu'au premier aspect on avait peine à croire que ce fussent des plantes.

D'énormes cactus-raquettes amoncelés les uns sur les autres, d'un vert jaunâtre, dressaient vers le ciel les aiguilles effilées de leurs redoutables épines. A côté des cactus globuleux ressemblaient à de gros melons, sur lesquels d'autres melons plus

petits, auraient poussé. Cet entassement de sphères épineuses,
lourdes et d'un gris de zinc, portaient une multitude de grosses
fleurs rouges ou groseilles en forme de calices. Des serpen-
taires traînaient leurs longues tiges sans feuilles sur le sol
caillouteux, ou parties d'un tronc unique, rayonnaient comme
les longs bras d'une pieuvre. Des cactus cierges, droits, cylin-
driques, s'élevaient à une hauteur prodigieuse et ressemblaient
à d'immobiles et tristes vieillards ; quelques-uns se ramifiaient
comme des candélabres, à côté d'euphorbes aux troncs can-
nelés comme une colonne dorique.

Tous ces végétaux bizarres, couverts d'aiguilles pointues, de
poils raides, de duvet grisâtre avaient cette teinte neutre, ces
couleurs effacées des herbes sèches. Plantes habituées à vivre
sans eau, aucune vapeur, aucun souffle humide ne venaient
rafraîchir et vivifier leurs troncs desséchés.

Les aloès, les agaves, aux feuilles raides, et taillées comme
des lames de sabre, s'émaillaient de gerbes de fleurs rouges ou
jaunes. Quelques espèces étaient verruqueuses, couvertes de
boutons livides comme des pustules.

Malgré ces fleurs, ce paysage était triste. Nulle voix
d'oiseau, si ce n'est le cri aigu des vautours n'animait ce désert.
D'énormes iguanes grimpés sur les buttes volcaniques, leur
gros cou gonflé, les yeux brillants, regardaient passer les
voyageurs et souvent ces derniers voyaient des serpents noi-
râtres se faufiler entre les racines des plantes grasses.

Ils retrouvèrent dans cette solitude toutes les tristesses du
Llano-Estacado. Ces roches noires, brisées et dont les frag-
ments crépitaient comme du verre cassé sous leurs pas, ces
barancas si raides, ces montées et ces descentes continues et
surtout le soleil torride qui tombait d'aplomb et chauffait le sol
sombre, tout les engageait à hâter le pas. Aussi les deux jours
passés sur ce plateau furent pour eux deux jours d'intolérable
souffrance.

Le revers de la montagne était plus garni d'arbres, et d'arbres verts cette fois comme le sequoia. A l'étape du soir ils
découvrirent à leur grande joie une source d'eau fraîche.

Le lendemain, ils se reposaient sur un petit plateau de la fatigue des trois jours précédents, lorsque Dan David toujours à l'affût des incidents, s'écria :

— Tiens ! des béliers ! comme ils sont gros !

Tous se levèrent et aperçurent quatre bêtes à longs poils frisés comme de la laine, et la tête armée d'énormes cornes recourbées.

— Ce sont des *big-horns*, dit l'Irlandais et c'est très bon à manger, mais difficile à approcher.

Miranda saisit sa carabine et tira sur le plus rapproché.

La petite troupe des big-horns s'enfuit au galop, et l'Espagnol courut son fusil à la main à leur poursuite. Les autres venaient derrière, mais à une certaine distance.

Un sentier étroit côtoyant un *lagnon* profond courait le long d'une corniche ; les mouflons l'enfilèrent et disparurent à un tournant. Mais Miranda avait vu celui qu'il avait tiré, rester en arrière. Et sans songer au danger qu'il y avait à poursuivre un animal encore aussi agile, malgré sa blessure, il courut à travers les pierres roulantes pour s'en emparer. Le mouflon faiblissait visiblement ; il lui tira un second coup et ne l'atteignit pas. Alors, il lâcha son arme et prit son bowie-knife. Bientôt il rejoignit l'animal, le saisit par une des cornes et voulut lui plonger son couteau dans la gorge ; mais la peur rendit des forces au big-horn et d'un soubresaut, se rejetant de côté, il entraîna l'Espagnol du côté du *canon*.

Miranda vit le danger, mais trop tard. Entraîné par l'élan de l'animal, il glissa sur un fragment de roche polie, et disparut avec son gibier dans l'abîme.

Quand, quelques minutes après, les autres arrivèrent sur les bords du précipice, ils ne trouvèrent que la carabine de l'Espagnol. Vingt pas plus loin, ils aperçurent des pierres arrachées, des touffes d'herbes foulées et les empreintes de deux talons sur l'extrême bord du bloc de pierre.

— Oh ! fit Mescam, un malheur est arrivé, notre pauvre compagnon est tombé dans le précipice. Patrick, Pierre, vite, déroulez les lassos, je descends.

— Mais c'est une folie! s'écria l'Irlandais, la *barranca* est profonde. L'obscurité empêche de rien voir.

Le Breton insista et il fallut céder. Il se fit attacher au bout des trois lassos liés l'un au bout de l'autre et ses trois compagnons laissèrent doucement filer la corde.

C'était lugubre cette descente du Breton, une torche à la main, dans les profondeurs du gouffre, d'où montait le bruit d'un torrent. Mescam eut beau promener sa lumière au-dessus des eaux, il ne vit que des tourbillons d'écume et ne perçut que le fracas du torrent. Il cria de le remonter et avec mille peines, les trois aventuriers le retirèrent du gouffre.

— Vous n'avez rien vu? demanda Pierre.

— Hélas! non, ma torche n'éclairait pas assez, je recommencerai demain.

— Demain, il fera jour, c'est vrai, répondit Patrick, mais le corps de notre pauvre camarade sera bien loin d'ici entraîné par les eaux.

Ils revinrent à leur campement et soupèrent silencieusement, songeant à cette triste mort. Par son courage et sa bonne humeur, l'Espagnol était une recrue précieuse pour la petite bande; c'était lui qui apaisait les disputes entre Pierre et l'Irlandais. Seul Mornas se réjouit de la mort du licencié de Salamanque. Son cinquième du placer devenait un quart.

Le lendemain, Mescam voulut tenter une dernière descente dans le gouffre, mais Patrick s'y opposa formellement et force fut au marin breton de céder devant la menace qu'on lui fit de l'abandonner.

Soudain, il poussa un cri d'angoisse (page 228)

X. — LA PIQURE DE SERPENT

Trois jours après la disparition de Miranda dans les eaux du torrent, Patrick annonça aux trois autres associés que le surlendemain probablement, ils camperaient en vue du placer.

Cette nouvelle combla de joie Mornas qui s'était de nouveau fâché avec Patrick dans la journée, à propos d'une rude observation de l'Irlandais sur la manière dont il avait disposé les bagages sur la mule. Mescam ne parut point très joyeux. Il hocha seulement la tête, en disant :

— Ce n'est pas tout de trouver de l'or, il faudra encore revenir sur nos pas.

Le petit Dan David était trop fatigué pour éprouver du plaisir à cette nouvelle et il était trop jeune pour connaître la *fièvre* de l'or qui empoignait maintenant l'Irlandais et Mornas.

La veille du jour où les aventuriers devaient arriver au placer, au moment de camper, l'Irlandais demanda à Mescam de chercher du bois mort. Ils étaient dans un vallon aux pentes dénudées, couvertes seulement de quelques arbustes chétifs et de touffes d'herbes raides et dures ; le combustible manquait totalement.

Mescam partit avec Dan David. Çà et là, ils glanèrent des branches sèches qu'ils lièrent en fagot. Le soleil baissait derrière les pentes ; dans une demi-heure le crépuscule allait succéder au jour. En revenant vers l'endroit choisi par Patrick pour passer la nuit, le Breton marchait courbé sous le plus lourd fagot.

— Voilà un beau buisson, dit-il à Dan, en montrant une grosse cépée d'arbrisseaux épineux. Je vais pouvoir augmenter mon fagot.

Avec sa hachette, il s'apprêta à abattre les petits arbres.

Soudain, il poussa un cri d'angoisse, et recula avec terreur, laissant tomber sa hachette. Dan qui marchait derrière lui, s'écria :

— Qu'avez-vous? Etes-vous blessé, Mescam?

— Non, c'est un serpent qui m'a piqué.

Et Dan vit avec horreur un crotale qui s'enfuyait du buisson.

— Ah! mon Dieu! mon pauvre Mescam! Où est la piqûre?

Le matelot lui tendit son poignet qui était déjà enflé, une auréole ronde, noirâtre, large comme un sou, tachetait la peau brune du poignet. Au milieu, perlait deux petites gouttelettes de sang.

— Courons au camp, s'écria le mousse. Patrick connaît un remède contre la piqûre des serpents.

Mescam essaya de marcher, mais au bout de dix pas, il fut pris d'étourdissements.

— Je ne peux pas, la tête me tourne.

Le petit Dan lui donna le bras, mais en vain : Mescam ne pouvait plus mettre un pied devant l'autre.

— Ah! mon Dieu! s'écria-t-il, en se laissant tomber à terre. J'étouffe, je ne vois plus clair. Dan, je vous en prie, courez chercher Patrick.

Dan partit comme une flèche et fit en dix minutes le demi-mille qui le séparait du campement.

— Qu'y a-t-il encore? demanda Patrick, d'un ton rude, au mousse.

Nous dirons pour sa justification qu'il venait d'avoir une nouvelle querelle avec Pierre Mornas.

— Oh! Patrick, c'est Mescam qui vient d'être piqué par un serpent!

— Ah! le malheureux! Pierre vite, la gourde au rhum et nous n'avons pas de feu pour cautériser sa blessure!

Quand ils arrivèrent près de leur malheureux ami, ils le trouvèrent déjà bien changé : sa face était d'une pâleur effrayante, de grosses gouttes de sueur perlaient sur son front, sa respiration était rauque et saccadée.

— Je suis perdu! je souffre trop, secourez-moi, dit-il.

— Allume vite ton fagot, Dan, commanda l'Irlandais. Je vais essayer d'arrêter l'invasion du poison.

Pendant que Dan faisait ce qu'il pouvait pour allumer le feu, battant le briquet à tort et à travers dans son trouble, O'Léary essayait de retirer la veste du blessé et de découvrir le bras malade.

Hélas! ce bras était déjà tellement enflé qu'il lui fallut fendre la manche. La peau noircissait à vue d'œil. Les veines et les artères se gonflaient comme prêtes à crever.

C'est trop tard, pensa l'Irlandais. Le malheureux est perdu.

Dan était parvenu à allumer son feu. Patrick saisit une branche incandescente et la posa sur la morsure du serpent. Mescam poussa un gémissement.

— Patrick, c'est trop tard, je vais mourir, j'ai froid jusqu'au cœur.

La figure du malheureux Breton se décomposait de plus en plus. De grosses taches bleuâtres apparaissaient sur la peau livide, les yeux devenaient fixes et vitreux, les extrémités glacées.

— Allons, du courage, mon pauvre Mescam, demain nous serons au Val-d'Or.

Une sorte de sourire erra un moment, sur les lèvres bleues de Mescam, et il laissa avec effort échapper ces paroles :

— De l'or ! à quoi bon !... Je vais mourir... Je voudrais un prêtre... C'est terrible de mourir dans ce désert, sans secours, abandonné... mon Dieu ! ayez pitié de moi !

Sa tête roulait sur ses épaules. Patrick voulut lui faire boire un peu de rhum, mais il refusa.

Tout à coup ses yeux brillèrent d'un fugitif éclat, et avec une voix qui implorait, il demanda à Pierre :

— Si vous trouvez l'or... sur la part qui me serait revenue, portez-en à Audierne un peu pour ma mère. Vous partagerez le reste avec Patrick et Dan.

Le misérable Mornas promit, avec la volonté bien arrêtée de de ne pas tenir son engagement.

Une heure se passa. L'effet du poison augmentait. Mescam, le corps secoué par d'horribles convulsions, les lèvres couvertes d'écume, expira lentement.

A ses côtés sanglotait le mousse Dan David, car il perdait son meilleur ami. Depuis qu'ils avaient commencé ce pénible voyage, le marin avait toujours pris un soin touchant du jeune garçon, et dans les cyprières de la Louisiane, il lui avait prodigué toute sa tendresse et l'avait arraché à la mort.

Ce fut une triste veillée que celle du pauvre Mescam ! Patrick plus sensible de son naturel, ne pouvait s'empêcher de frémir en pensant à ces deux morts si rapprochées. Comment reviendraient-ils lui et Dan de cette expédition ? Car l'Irlandais comptait bien se séparer au plus tôt de Mornas, une fois le partage de l'or terminé.

De son côté, l'ex-clerc, s'il se voyait plus riche en perspective, ne songeait pas sans inquiétude à la future conduite de l'Irlandais vis-à-vis de lui. Depuis plus d'un mois, leurs rapports étaient très tendus et maintenant que Miranda et Mescam, n'étaient plus, il se pourrait bien que Patrick se montrât moins patient devant ses exigences.

Le jour se leva, et quand les rayons du soleil éclairèrent le visage du mort, les trois aventuriers reculèrent d'épouvante, tant il était horrible. Le visage noir comme du charbon, les yeux non fermés tout retournés et blancs, et les lèvres gonflées comme celles d'un nègre.

Mais, il fallut se hâter de rendre à la terre ces pauvres restes, la grande chaleur aidant, l'effet du venin allait bientôt faire tomber en putréfaction le corps du pauvre Breton.

Certainement, si Pierre Mornas eût été seul, il aurait abandonné le corps de son malheureux compatriote et fui ce lieu maudit, mais la présence de Patrick et de Dan l'en empêcha : avec une visible répugnance, il aida à l'enlèvement de Mescam.

Celui-ci fut enfoui au fond d'un trou creusé dans le sol dur. De grosses pierres entassées devaient le protéger contre les attaques des coyotes et des vautours.

Patrick fut obligé d'arracher de cette tombe le pauvre Dan David qui, en souvenir de son ami, fixa solidement sur le sommet du cairn deux grosses branches en croix.

Vers le milieu de la journée, les trois chercheurs d'or décampèrent tristes et découragés : en moins d'une semaine la petite troupe venait de perdre près de la moitié de son effectif et on n'était pas encore au Val-d'Or !

Mornas saisit son pistolet et le déchargea sur Patrick (page 130)

XI. — DERNIER CRIME

La journée avait été fatigante, la chaleur extrême ; montées et descentes s'étaient succédées sans interruption. Le soir, quand déjà le crépuscule tombait sur les montagnes environnantes les trois aventuriers entrèrent dans un vallon encaissé, au fond duquel coulait un torrent.

— C'est le Val-d'Or, annonça l'Irlandais.

— Oh ! enfin. Et où est-il l'or ? demanda vivement Mornas.

— Attendez à demain, car ce soir, avec l'obscurité qui règne ici, il nous serait impossible de voir à deux pas devant nous.

— Mais, n'avons-nous pas de torches ?

— Que je vous défends d'allumer, répondit durement l'Irlandais. Ce serait de la plus grande imprudence : nous sommes dans le voisinage des tribus apaches. Comme je vous l'ai déjà dit au lever du soleil, vous verrez le tombeau de leur chef qui est l'objet d'une vénération particulière.

— Vous avez toujours peur d'un rien.

— Est-ce un rien qu'une centaine de ces diables hurlant sur vos talons. Vous avez dû vous en apercevoir cependant dans les prairies.

Mornas proféra quelques injures à l'adresse d'O'Léary et s'assit par terre mécontent.

Malgré la chaleur de la journée, une brume fraîche enveloppait le vallon. Des hiboux échangeaient leur plainte sinistre d'un rocher à l'autre.

Le feu ordinaire du soir ne fut pas allumé et chacun resta son fusil à la main. Patrick, immobile, le visage sombre songeait que deux ans auparavant il avait été obligé de fuir cette terre promise. Dan David était tout tremblant, l'esprit hanté de la mort tragique de l'Espagnol et du matelot Mescam. Depuis la fin sinistre de ce dernier, il ne mangeait plus, ne dormait plus. C'était trop d'émotions pour le pauvre enfant. Accablé de fatigue, il se laissa choir sur le sol caillouteux et finit par s'assoupir dans un demi sommeil plein de terribles visions.

Mornas triomphait. Enfin, il était près du placer, il tenait presque le trésor. Dangers, fatigues, privations, tout était oublié. Toucher ces pépites d'or, en ramasser sa charge, quelle joie et quelle volupté! Mais un souci le troubla : il faudrait partager. Involontairement de mauvaises pensées se firent jour dans son cerveau. Il regardait parfois dans l'ombre du côté de Patrick, d'un air singulier. Son aversion pour l'Irlandais devint alors de la haine.

— On tombe vite dans un précipice, un bloc de rocher se détache et écrase. Il y a tant d'imprévu dans la vie!

Sauf le mousse, les deux autres aventuriers ne dormirent point. Ils attendirent l'aube avec une impatience fébrile.

Peu à peu, il se leva grisâtre, embrumé, le jour où ils seraient riches! les étoiles disparurent lentement comme à regret et la Sierra, dans ces demi-teintes du matin, se dressa couverte de tours et de créneaux fantastiques.

Une nappe d'eau claire occupait le fond de la vallée et reflétait les saules, dont elle était entourée. Une petite cascade s'élançait des hauteurs et tombait dans le lac. Une plaine s'ou-

vrait plus loin, et le Rio-Gila fuyait vers les régions sauvages
de l'ouest.

La lumière grandit graduellement; des plate-formes, des
rochers étranges, des arbres aux racines tordues émergèrent
des falaises voisines. D'énormes pins penchés vers la vallée,
étendaient une ombre épaisse sur le petit lac.

— Voici le tombeau du chef apache. Regardez comme cela
paraît triste dans le petit jour du matin.

Et Patrick du doigt désigna à Mornas une sorte de soubas-
sement en granit où se dressait le squelette d'un cheval, maintenu debout par des liens cachés. Sur ces ossements blanchis
une selle effrangée balançait les étriers de bois au vent frais du
matin.

Quand le jour fut tout à fait levé, il éclaira des chevelures
humaines attachées à des perches. Ces hideux trophées indiquaient la valeur du chef indien, jadis renommé dans ses
exploits.

Couché dans son tombeau, près de son cheval de bataille, il
dominait les prairies où il avait scalpé tant d'ennemis autrefois.
Et ces chevelures qui se desséchaient sous le soleil ardent
étaient les symboles de sa ruse et de son courage. Des vautours
volaient au-dessus de ce sépulcre barbare, et criaient comme
s'ils eussent voulu réveiller celui qui dormait à jamais et le
prévenir de l'intrusion des visages pâles.

Mais le soleil se leva, teignant de lueurs dorées, les profondeurs de la vallée; ses chauds rayons coloraient crûment ce
squelette équestre et le dessinait dans toute sa laideur.

— Voilà un triste paysage, dit Mornas, et dont la vue seule
me glace d'effroi.

— Sans compter, répondit Patrick que si les Apaches surve-
naient, ils ne seraient point longtemps à nous faire regretter
d'y être venu.

— Dépêchons-nous. Où est l'or?

— La *poche* se trouve derrière le tombeau du chef apache.
Prenons notre charge et après quittons cette maudite vallée au
plus vite.

Ils laissèrent le petit Dan, près de la mule et des bagages, et ne gardant que leurs armes, ils s'apprêtèrent à escalader la pyramide du tombeau.

— Vous ne serez pas longtemps; j'ai peur de rester seul ici, implora le mousse.

— Non, non, nous allons revenir de suite et tu auras ta part.

Péniblement, ils grimpèrent sur la plate-forme et quand ils furent dessus :

— C'est là! voyez, fit joyeusement l'Irlandais.

Une profonde dépression se trouvait derrière le tombeau et les deux aventuriers, s'accrochant aux racines et aux aspérités des roches, descendirent.

Au spectacle qui s'offrit à sa vue, l'émotion de Pierre Mornas devint telle qu'il crut s'évanouir.

Le soleil maintenant haut à l'horizon, dardait ses rayons sur des cailloux de toutes tailles, depuis la grosseur du poing jusqu'à celle d'un pois, épars çà et là : jaunes, polies, arrondies, des paillettes lumineuses scintillaient au soleil.

Ces pierres étaient de l'or! C'étaient des pépites énormes, les plus beaux *nuggets* que jamais *digger*, affamé d'or eût aperçus; sans doute, aux époques géologiques, un torrent les avait découverts et roulés. Maintenant dans cette vallée solitaire, ils brillaient sous le clair soleil de Dieu!

— Oh! de l'or! que c'est lourd!

Et Mornas prenait une pépite, puis la rejetait pour en prendre une autre plus grosse ; il courait çà et là, les yeux hagards. Sa joie était violente à faire peur.

Patrick plus raisonnable avait étendu une couverture par terre et l'emplissait de pépites.

Un moment les regards des deux hommes se croisèrent; regards chargés de haine et de convoitise. Pierre avançait la main pour prendre un caillou d'or tout près de la couverture.

— Je vous défends de toucher à cette partie du terrain.

Et l'Irlandais, rapidement du bout de sa botte, traça une ligne sur le sable.

— Pourquoi cela, Patrick? Vous me donnez la plus petite part.

— N'est-ce pas moi qui vous ai fait connaître le placer?

— Qui a fait les frais de l'expédition? Sans moi, vous erreriez encore en haillons dans les rues de la Nouvelle-Orléans.

— Tant pis, c'est votre part. Je ne vous donnerai pas un grain d'or de plus.

— Misérable mendiant d'Irlande! hurla Pierre Mornas, hors de lui.

— Taisez-vous! ou...

Et l'Irlandais porta la main sur la poignée de son *bowie-knife.*

— Tu me menaces, coquin! Tiens, voilà le cas que je fais de tes bravades!

Ivre de fureur, Mornas saisit son pistolet et le déchargea sur Patrick.

Ce dernier frappé en plein cœur, tourna sur lui-même et tomba la face sur une grosse pépite d'or qu'il mordit dans les dernières convulsions de l'agonie.

Pierre atterré par ce nouveau meurtre, son pistolet encore fumant à la main, resta un moment immobile. Un cri d'angoisse poussé près du squelette du coursier apache, le tira de sa stupeur.

— Oh! Pierre, quel malheur! Qu'avez-vous fait?

C'était Dan David qui, inquiet de ne pas voir revenir ses deux compagnons, s'était décidé à aller les retrouver : du haut du tombeau, il avait entendu l'altercation et vu l'attaque sauvage de Mornas.

Quelques secondes, le jeune mousse regarda le meurtrier avec effroi.

Pierre fit quelques pas vers lui.

— Ne me touchez pas assassin! cria le jeune mousse, et plein de terreur, Dan s'enfuit sans détourner la tête.

Assassin! quel dénouement à cette odyssée! Chaque fois qu'il touchait à la fortune, c'était un nouveau crime. Il resta un moment anéanti, les pensées se heurtant dans son cerveau.

Puis, il voulut voir, si l'Irlandais était bien mort. Il lui souleva la tête et eut peur en voyant les yeux du pauvre Patrick qui vitreux, agrandis par la mort le regardaient. Pierre terrifié, laissa retomber cette tête qui rendit un bruit sourd en frappant le sol.

Mais chez Mornas la peur et l'irrésolution n'étaient pas de longue durée.

— Tant pis! c'est de sa faute. Pourquoi m'a-t-il provoqué?

— Et puis, dit-il à mi-voix après un silence, personne ne le saura. Mais vite, tâchons de prendre notre charge d'or, le séjour ici n'est point sûr.

Et dans la même couverture qui avait servi à l'Irlandais, il continua d'amonceler des pépites sur le tas déjà commencé par Patrick. Fiévreusement, il ramassait, ramassait toujours. Le tas grossissait rapidement. Jugeant qu'il devait en avoir ce qu'il pouvait en porter, il réunit les quatre pans du *sarape* et les noua; puis d'un vigoureux effort, il essaya de charger son butin sur son dos.

— Dieu! que c'est lourd; jamais je ne pourrai porter cela.

Il le laissa tomber à terre et tristement s'assit à côté du tas d'or.

— Comment l'emporter? si je pouvais amener la mule jusqu'ici.

A l'autre bout de la dépression de terrain, où était amoncelé l'or, existait un petit défilé, assez large pour le passage d'un cheval.

Il n'y avait qu'à contourner ensuite le massif rocheux du tombeau apache.

Il y courut et arriva dans le vallon.

Mais plus rien. C'est singulier.

— Dan, où es-tu? cria-t-il.

L'écho lui renvoya seul le son de sa propre voix.

La mule et Dan David avaient disparu!

Ce pauvre garçon aurait-il tellement perdu la tête, pensa Mornas, qu'il se serait enfui avec la mule. Voilà qui ne m'irait point.

Il appela encore sans plus de résultat.

Il revint au placer et aperçut à son grand effroi deux oiseaux noirs, deux vautours énormes qui se tenaient sur le rocher près du cadavre de l'Irlandais.

Il les chassa en tirant un coup de fusil. S'il l'avait osé, il aurait traîné sa victime jusqu'à quelque gouffre pour se défaire de sa vue; mais, lui qui n'avait pas eu peur de faire subir le même sort au notaire le Guellec, craignait maintenant de toucher à ce corps.

Qu'allait-il faire? que devenir? La tête basse, il réfléchit quelques minutes. Abandonner le placer? sans doute, mais au moins en emportant sa charge d'or.

Pour avoir un poids d'or moins lourd, il rejeta hors de la couverture quelques pépites. A regret, lentement, il chercha les plus petits grains, mais ne pouvant se résoudre à laisser tant d'or, après les avoir jetés, il les reprit et les remit dans le tas. Puis tout à coup comme un fou, il se traîna à genoux et s'emparant des plus gros morceaux, il les joignit à ceux déjà amassés.

L'infortuné Mornas fut attaché solidement sur un cheval (page 235)

QUATRIÈME PARTIE
L'Expiation

I. — LA VENGEANCE DES APACHES

Pendant deux heures, sans souci du soleil ardent qui lui brûlait les épaules, oublieux du temps qui s'enfuyait, il récolta jusqu'au dernier grain d'or.

Le tas était énorme, on aurait pu en remplir une tonne. Déjà les bords de la couverture disparaissaient sous cette montagne de pépites brillantes.

Les vautours étaient revenus et posés à dix pas de Mornas, ils suivaient attentivement tous ses mouvements, comme s'ils eussent été intéressés à cette récolte. Tout à coup, ils s'envolèrent. Une troupe d'hommes envahissait le vallon.

Ils étaient vêtus de peaux d'antilopes, avec des plumes

233

d'aigle fichées dans leurs noirs cheveux, leurs yeux luisants comme des braises. Leur visage, couleur de cuivre rouge, disparaissait à moitié sous une peinture mi-partie noire et blanche.

C'étaient des Apaches qui, avant d'entreprendre une expédition contre les colons du Nouveau-Mexique, venaient implorer la protection du grand chef, qui maintenant chassait dans les prairies célestes.

Ils aperçurent d'abord Pierre Mornas accroupi près de son or, et ensuite le cadavre de l'Irlandais.

— Que fait le visage pâle ici près du tombeau de notre chef vénéré? demanda l'un d'eux en mauvais espagnol, en touchant l'épaule de Mornas.

Pierre se redressa comme si un aspic l'eût piqué; il était tellement absorbé dans ses calculs qu'il n'avait point entendu l'arrivée des Indiens.

Il voulut fuir, mais dix mains brutales le retinrent.

— Grâce! cria le misérable, laissez-moi.

— Que le visage pâle nous dise pourquoi son frère blanc gît à terre, la poitrine trouée.

Mornas ne répondit rien. D'ailleurs, ce qu'il eût dit n'aurait sans doute pas beaucoup amélioré ses affaires, car les Apaches heureux de trouver un blanc s'apprêtaient à lui faire payer cher la profanation du Val-d'Or.

— Le visage pâle ne peut se justifier. Il a commis trois crimes aujourd'hui : d'abord, il a profané le tombeau du grand chef des Apaches, car mes guerriers viennent d'y trouver la trace de ses pas; ensuite, il a voulu ravir le trésor des hommes rouges; enfin, par avarice, et pour ne pas partager avec son frère, il l'a tué. Le visage pâle mourra, proclama sentencieusement le chef des Peaux-Rouges.

Une terreur affreuse s'empara du meurtrier de Patrick et il se débattit en criant : — Grâce!

— Le visage pâle est un lâche, nous le livrerons aux *Squaws* et aux chiens du campement.

Et rapidement, le chef donna l'ordre de le lier. Un lasso attacha ses bras et ses jambes, et comme un paquet, il fut porté

jusqu'à l'extrémité de la vallée. Là, dans un angle formé par
des rochers, une troupe de chevaux était cachée sous la garde
de trois Apaches. L'infortuné Mornas fut attaché solidement
sur un cheval, et la troupe des Indiens forte de cinquante à
soixante guerriers, s'en alla vers l'ouest, descendant le cours
du Rio-Gila.

Les deux vautours, débarrassés de ces importuns, enfoncèrent
leurs griffes dans le cadavre de Patrick et le sang de l'aven-
turier coula en filets rouges sur la nappe jaune des pépites.

II. — LA FIN D'UN BANDIT

Les Indiens galopèrent longtemps. Vers le soir ils firent
halte, et le chef ordonna de descendre Mornas de sa monture.
Le misérable criminel était horriblement secoué par le galop du
cheval à demi-sauvage, et tout son corps meurtri, lui faisait
éprouver d'intolérables souffrances. Une soif ardente collait
ses lèvres, et ce fut avec avidité qu'il aspira le contenu d'une
outre d'eau qu'on lui tendit.

Personne ne lui adressa la parole. Entravé comme une bête,
il gisait sur l'herbe.

Quelles furent ses pensées dans cette nuit de tortures? Peut-
être l'ange du repentir toucha-t-il son front? quand l'aube se
leva dans la prairie, ses traits ravagés étaient plus calmes, son
œil moins hagard et moins farouche.

Le village indien était bâti sur le penchant d'une colline peu
élevée. C'étaient des huttes rondes formées d'une légère charpente de bois de saule, sur laquelle, on avait jeté des peaux de
bisons tannées.

La hutte de Main-Rouge, le chef apache, était plus grande
que les autres. De naïves peintures représentant des scènes de
chasse ou de guerre, étaient tracées sur le cuir des parois.

L'arrivée des guerriers, signalée par les chiens du village, fut
saluée d'un concert de louanges et d'acclamations. Hommes,
femmes, vieillards et enfants se pressèrent voulant voir de

près le visage pâle ; bientôt les injures et les outrages commencèrent. Les uns lui tirèrent les cheveux, les autres lui jetèrent des ordures, mais Main-Rouge avec le bois de sa lance, écarta les plus turbulents et ordonna de faire le silence.

— Guerriers apaches, mes frères, nous étions allés au tombeau du grand chef, pour implorer son soutien près du Grand-Esprit. Nous avons trouvé ce visage pâle qui volait les pierres jaunes après avoir souillé le tombeau. Nous vous l'amenons pour que vous fassiez justice.

Une immense clameur retentit, et des Indiens brandissant, l'un un couteau, l'autre une hache, s'élancèrent vers le prisonnier, mais Main-Rouge les retint.

— Attendez, il nous faut son chant de mort. Qu'on l'attache d'abord au poteau de supplice.

Une demi-douzaine de vigoureux guerriers apportèrent un gros tronc d'arbre, et l'ayant planté solidement, y attachèrent étroitement le malheureux Mornas.

— Allons, dit Main-Rouge, chante-nous ton chant de mort.

Mais Mornas n'avait plus même la force de chanter ; d'ailleurs anéanti par sa course effrénée sur le dos du cheval, fou de peur, il ne comprit pas les paroles du chef.

Son silence fut pris par les Indiens pour une lâcheté et Main-Rouge cracha par terre en signe de dégoût et disant avec mépris :

— Les femmes et les chiens seuls le toucheront.

Une vingtaine de vieilles Squaws hideuses, accoururent armées de bâton et demandèrent qu'on détachât le prisonnier, pour qu'il fît le tour du village escorté par elles.

Main-Rouge délia les lanières de cuir de buffle qui l'attachaient au poteau et livra Mornas à cette tourbe.

Pierre Mornas portait la barbe longue et fournie. Une vieille furie le saisit par sa barbe et voulut l'entraîner vers un groupe de femmes. Mais la peur de mourir donna des forces à l'ex-clerc. Il se débattit violemment et dans sa lutte réussit à se dégager. Il s'empara même du bâton de la vieille et affolé, cou-

rut sur la foule qui l'entourait distribuant des coups de son
gourdin et en recevant d'autres.

Harcelé par les enfants, poursuivi par une nuée de femmes
et de curieux, mordu aux mollets par les chiens de la tribu, il
courait à perdre haleine au hasard comme un cerf traqué, mais
il se trouva enfin acculé au groupe de guerriers, qui flegmati-
quement accroupis sur leurs talons et fumant le calumet, regardaient cette scène de sauvagerie.

Main-Rouge le repoussa dans la foule, et un jeune homme
avec une grande adresse lui lança un lasso. Le nœud coulant
s'enroula autour de son corps, collant ses bras et l'obligeant à
une immobilité absolue.

Il tomba et se meurtrit affreusement; mais ce n'était que le
prélude de son horrible supplice.

On ne le releva pas, seulement on le rattacha, étendu par
terre les bras en croix, et liés ainsi que les jambes à des piquets.
Un vieux sorcier de la tribu, un homme de *grande médecine*,
prit une douzaine de petits morceaux de bois durs et très pointus, et les enfonça sous les ongles des pieds et des mains.

Pierre Mornas poussa des cris de douleur et la masse grouil-
lante de ses persécuteurs cracha sur ce *visage pâle*, qui ne
savait pas endurer une petite souffrance.

Cette première torture subie, on lui fit boire un peu de rhum
et un grand feu fut allumé à ses côtés.

Lentement, en psalmodiant une mélodie étrange, toute la
tribu décrivit autour du malheureux une sorte de farandole. Le
soleil allait se coucher et ses derniers rayons éclairaient la
tribu apache qui, comme un long serpent déroulant ses an-
neaux, dansait processionnellement.

Mornas ne pouvait détacher ses regards de ces faces impas-
sibles couleur de cuivre. Il frissonnait jusqu'à la moëlle sous le
feu de leurs yeux féroces, et il souffrait cruellement aux pieds
et aux mains. Une peur affreuse le saisit à la pensée qu'il allait
mourir. Les récits de Patrick sur les supplices indiens lui
revinrent en foule à la mémoire. Savamment, ses bourreaux le
déchiquèteraient, le lacéreraient tout vivant et la mort n'arri-

verait le délivrer qu'après l'épuisement de tous les raffinements de cruauté sur son misérable corps.

Il voulut prier, mais il ne trouva que des blasphèmes. Il maudit ses bourreaux, se tordit dans des convulsions atroces et ne réussit qu'à resserrer ses liens.

Une fois, la vision de ses victimes : le notaire le Guellec, le vicomte de Rozilis, Patrick, passa devant ses yeux égarés. Il lui sembla les voir se dresser devant lui, approuvant son exécution.

Mais la danse s'arrêta. Sur un signe de Main-Rouge, deux guerriers activèrent le feu et le chef tirant d'un petit sac de peau de daim quatre pépites d'or, grosses comme des noix, les montra à Mornas :

— Voici les pierres jaunes du visage pâle, puisqu'il les aime tant, il les emportera avec lui vers les terres du Grand-Esprit.

Mornas ne comprit pas d'abord la signification de ces paroles, mais il vit Main-Rouge enfoncer profondément les morceaux d'or dans le brasier.

Puis les mêmes danses recommencèrent pendant une heure environ et quand Main-Rouge jugea les cailloux d'or suffisamment chauds, avec un bâton de bois vert fendu à l'extrémité, il les retira du feu.

Un guerrier s'approcha et d'un coup de son couteau à scalper, lui ouvrit le ventre. Main-Rouge grave, comme un sacrificateur antique, déposa dans l'affreuse plaie béante les quatre pépites rougies.

Le misérable Mornas se tordit, au paroxysme de la douleur, injuriant les Apaches, maudissant sa fatale entreprise, écumant comme une bête enragée. L'or brûlait ses entrailles. Une douleur insensée tenaillait tout son corps.

Quelles souffrances! et elles durèrent deux heures, pendant lesquelles ils ne cessa de hurler.

La danse fantastique continua à la lueur des étoiles. Le vent frais de la nuit secouait les peaux de bisons des tentes. Les Peaux-Rouges graves et muets, tournaient en cadence aux sons d'une flûte en roseau.

Peu à peu les cris de Mornas s'apaisèrent. Il demeura quelques minutes les yeux fixes, la bouche entr'ouverte.

De grosses larmes coulèrent de ses yeux, rafraîchissant ses paupières brûlées.

— Mon Dieu ! Oh ! mon Dieu ! Pitié pour moi ! j'ai tué trois hommes !...

Sa tête s'affaissa sur sa poitrine ; il entrevoyait l'au-delà...

Il ne put achever, il était mort !

TABLE

FIN DE LA TABLE

LIMOGES. — Imp. E. ARDANT et Cⁱᵉ.

www.ingramcontent.com/pod-product-compliance
Lightning Source LLC
Chambersburg PA
CBHW061439030726

47503CB00005B/1485